산이 있는 집 우물이 있는 집

산이 있는 집
우물이 있는 집

서울 · 도쿄 왕복서간 에세이

글 | 신경숙 · 츠시마 유코

옮긴이 | 김훈아

현대문학

도쿄에서 소설을 쓰는 여성.

서울에서 소설을 쓰는 여성.

두 사람이 1년 동안 매달 편지를 주고받았습니다. 일본어와 한국어로.

자연과 꽃들에 관한 이야기, 여성에 관한 이야기, 일상에 관한 이야기, 어린 시절에 관한 이야기, 오늘의 일본과 한국사회에 관한 이야기 등 많은 이야기들을 생각나는 대로 나누었습니다. 소설을 쓰는 사람들이니 한쪽에서는 늘 문학에 대해서 생각했습니다.

편지를 주고받은 1년 동안 우리는 서로에게 커다란 격려와 위로를 받으며 풍요로운 마음을 지닐 수 있었습니다. 국경은 어디론가 사라지고, 매일의 생활 속에 그대로 녹아든 자그맣지만 아름다운 선물 같은 경험이었습니다.

일본과 한국의 독자들이 함께 우리의 편지들을 즐겨주시길 진심으로 바랍니다.

—츠시마 유코, 신경숙

차 례

1부. 겨울에서 봄으로

눈 내리는 날에

신경숙 님.

서울의 '산 생활'은 어떠신지요? 산 위의 겨울은 몹시 춥겠지요. 서울의 기온에 비하면 도쿄는 따뜻한 편이지만 정말이지 이곳의 어중간한 난방은 집 안에서도 좀처럼 온기를 느낄 수 없게 합니다. 게다가 이번 겨울은 유난히 추운 탓에 저는 방에 틀어박혀 떨면서 하루하루를 보내고 있어요. 창밖으로 얼어붙은 정원의 눈이 하얗게 빛나고 있는 것이 보이는군요.

하지만 이런 겨울 추위가 어쩌면 당신에게는 어린 시절의 추억을 떠올리게 하는, 결코 싫지만은 않은 일일지도 모르겠습니다. 신경숙 씨가 자란 전라도 내륙지방이 어떤 곳인지 잘 모르지만, 당신 작품을 읽으면 눈에 덮여 겨울 내내 깊은 침묵에 싸인 농촌 모습이 그려집니다. 그런 겨울날, 가족들이 옹기종기 모여 함께 보낸 날들은 무엇보다 소중한 기억이겠지요. 당신 소설에 그려진 시골의 겨울 추위가 이상하게도 내게는 따뜻하게 느껴집니다.

　나는 당신과 달리 도쿄에서 태어나고 자라 도쿄란 도시밖에 모르는 사람입니다. 하지만 그런 내게도 시골과 별로 다를 것 없이 매서웠던 겨울 풍경이 남아 있습니다. 가장 먼저 떠오르는 것은 한겨울 아침에 얼음처럼 차가운 복도를 맨발로 나와 목욕탕에 들어서면 하얀 법랑을 입힌 세숫대야에 어머니가 준비해둔 더운 물에서 김이 모락모락 나는 것입니다. 얼마나 마음이 따뜻해지고 안심이 되었던지요. 밤에 잘 때는 낡은 담요조각으로 둘둘 만 뜨거운 탕파湯婆[1]를 어머니가 주셨습니다. 난방이라고는 숯을 넣은 화로나 고타츠[2]가 있었을 뿐이었지요.

　하지만 도쿄의 겨울은 고맙게도 맑게 갠 날이 많아 낮에 남쪽으로 난 좁은 마루에 있으면 유리창으로 비치는 햇살로도 충분히 몸은 녹일 수 있었습니다. 한시도 손을 쉬지 않았던 어머니도, 그림 그리기를 무척이나 좋아했던 오빠도 그리고 나와 오빠가 서로 예뻐한다는 것이 결국은 못살게 구는 격이 된 쿠로란 이름의 검은 고양이도 모두 그 마루에서 해바라기를 했지요. 집 밖에서는 서릿발을 밟는 감촉이 재미있었고, 화재방지 목적으로 조성된 용

---

1) 금속이나 도기로 된 납작한 병 모양의 난방기구로 안에 뜨거운 물을 넣어 다리나 허리 등을 따뜻하게 한다.—역자 주
2) 테이블 밑에 화로를 넣고 그 위에 이불을 덮어 사용하는 난방기구. 요즘은 전기를 사용한다.—역자 주

수로가 얼면 얼음판 위에 한쪽 발을 딛고 미끄럼을 타거나 마당에 있는 작은 연못에서 스케이트를 타는 시늉을 하며 놀았습니다. 눈이 내리면 오빠랑 같이 쟁반 위에다 귀는 파란 잎이고 눈은 빨간 나무열매인 눈토끼나 눈사람을 만들기도 했습니다.

도쿄가 지금보다 훨씬 추웠던 시절의 저의 낡은 기억들입니다. 이제는 내 자신마저 그런 시절이 있었다는 것이 꿈 같기도 하고, 마치 꾸며낸 이야기 같기도 하군요.

내가 지금 살고 있는 집에도 낡은 우물이 있지만, 어린 시절 살던 집에도 우물이 있었습니다. 겨울에는 추운 날일수록 물이 따뜻하고, 여름이면 차가운 물이 나오는 우물이 얼마나 고마우냐며, 때때로 어른들이 나누시던 이야기가 귓가에 남아 있습니다. 내게는 매우 신비한 이야기처럼 들렸었습니다. 우리 집 옆은 절이었는데 그 경내에는 물이 말라 바닥을 드러낸 우물이 있었습니다. 어린 내게 깊고 어두운 우물 속은 무서워 보였지만 어딘가로 연결되어 있는 것 같아 힘껏 소리를 지르고는 보이지 않는 세계에서 되울리는 내 목소리에 귀를 기울이기도 했어요. 물이 샘솟는 우물과 물이 말라버린 우물. 그것은 도회지의 한쪽에 사는 어린아이에게 삶과 죽음을 느끼게 하는 존재였던 것 같습니다.

도쿄에 그런 우물이 일상적이고 흔하게 있었다는 것과 겨울 우물물의 온기에 대한 고마움을, 우물가에서 빨래를 하지 않은 지 오래된 우리는 깨끗이 잊고 살고 있습니다. 실은 내게도 '우물가에서 '빨래'를 했다는 어머니 말씀은 전설 같은 이야기이지만요.

내가 어렸을 때는 집 주위에 정글처럼 풀이 무성한 공터가 여기저기 있었어요. 거기서 개와 달리기도 하고 뽕나무 열매를 먹거나 벌레를 쫓아다니며 놀았습니다. 물론 진짜 정글은 아니었지만, 덤불 속에 오래된 우물이 숨어 있고 튼튼하게 지어진 창고가 남아 있기도 해 단순한 정글놀이가 아닌 왠지 음산한 폐허 속에 들어가 노는 듯한 스릴도 있었어요. 그 공터가 하나같이 전쟁 중의 공습에 의해 불탄 자리라고는 당시로써는 상상도 못했지요.

내가 모르는 시절에 '전쟁'이란 이름의 몹시 어둡고 비참하며 무서운 일이 있었던 것 같다는 막연한 분위기 정도는 느꼈지만, 제 일상과 그러한 국가적 사정을 연결시켜서는 생각지 못했습니다. 아버지가 패전 직후에 대단히 부자연스러운 죽음을 택했기 때문에 내게는 그 죽음도 '전쟁'이라는 어둠에 싸인 국가적 차원의 것인 것만 같아 제 일상으로 생각할 수 없었는지도 모릅니다.

그렇다고는 해도 참으로 묘한 일입니다. 초등학교 교사 중에는 군인이었거나 대륙에서 돌아온 사람들도 많아 그곳에서 고생했던 이야기를 우리 아이들에게 들려주었고, 동네에는 환자들이 입는 하얀 옷의 상이군인들이 구걸을 하러 다니기도 했지요. 전쟁고아들을 주인공으로 한 라디오드라마에 모두 귀를 기울이고 그 주제가가 유행하던 시절이었는데, 나는 내가 자란 그때가 어떤 시대적 상황이었는지 전혀 파악하지 못했으니까요.

당시 어른들은 아이들에게 구일본제국이 과거에 무슨 일을 했고, 어떻게 그런 전쟁을 하게 되었으며 패전에 이르렀는지 하는 구체적인 과정에 대해 어떠한 말도 하려 하지 않았습니다. 모두가 그저 살아남기에 급급해 과거에 대해 해야 할 말들을 찾지 못했던 것일까요. 아니면 우리 집만이 아버지에 대한 이야기를 봉인하기 위해 모든 '과거'를 완전히 덮었던 걸까요.

어른이 되고 나서는 구일본제국의 무모한 침략전쟁 결과 일본 사회는 모든 것을 잃었으며, 보통 사람들은 어떻게든 목숨을 부지하기 위해 먹고살 길밖에 생각할 수 없는 참담한 상태였음을 알았지만 당시 어린아이였던 저는 스스로의 궁핍함을 지극히 자연스럽고 당연한 일로 받아들였고, 평범하고 사소한 하루하루를 어린아이 나름대로 즐기고 있었습니다.

그렇지만 그런 시절에 남편을 잃고 지적장애를 가진 아들과 어린 딸을 혼자 길러야 했던 제 어머니는 분명 무척이나 고생스러우셨으리라 새삼 생각지 않을 수 없습니다. 자식들이 입을 옷이나 스웨터, 잠옷에서 속옷까지 모두 어머니가 손수 지으셨지요. 무명 우산이나 양말이 떨어지면 어머니는 일일이 천을 대서 꿰매셨습니다. 새것을 사고 싶어도 파는 곳이 없었으니까요. 도심의 작은 마당에서는 닭도 길렀어요. 달걀과 고기를 먹기 위해서지요. 아이들은 서로 달걀을 먹겠다고 매일 쟁탈을 벌였습니다.

이처럼 철이 듦과 동시에 특수한 시대적 빈곤과 더불어 어머니가 개인적으로 체험하셨던 생활의 어려움을 아직도 기억하고 있는 나는, 다소나마 신경숙 씨가 그린 시골생활과 상경 후의 어려웠던 생활들을 조금이나마 이해할 수 있을 것 같다고 감히 이야기하고 싶습니다. 물론 생활의 어려움에 직면했을 때의 가족과 이웃들의 따뜻한 배려에 의한 연대감과 그 온화하고 조용한 표정, 그리고 부드러운 감촉이 내 기억에도 남아 있다는 단순한 생각에 지나지 않지만 말입니다.

그 후 한국은 한국의, 일본은 일본의 커다란 사회적 변화와 정치적 문제를 안은 채 지금은 같은 국제화시대를 맞이하고 있습니다. 지리적으로 가장 가깝기 때문에 한반도와 일본열도는 예로부터 깊은 관계가 있었고 사람들의 왕래 또한 끊이지 않았지요. 이 거리감은 구일본제국의 한반도 식민지화라는 일방적인 '폭력'과 또 간단히는 왕래할 수 없었던 시절을 낳기도 했습니다만, 지금 우리가 다다른 곳은 기묘할 만큼 닮은 소비사회라는 생각이 듭니다.

우리 두 사람은 16년이라는 나이 차이가 있지요. 일반적으로 생각하면 상당히 큰 차이입니다. 그러나 우리는 한국과 일본이라는 서로 다른 시간을 살아왔습니다. 그 시간 속에서 각각의 언어로 소설을 쓰기 시작했고 지금도 쓰고 있지요. 번역을 통해서밖에 작품을 읽을 수 없는 안타까움은 있지만, 그래도 서로의 작품을 읽을 수도 있습니다. 그런 관계에서는 16년이라는 차이도 그다지 크게 느껴지지 않게 되는 모양입니다. 같은 일본작가라면

이 나이 차를 좀 더 의식할지도 모르겠어요. 유감스럽게도 나는 여전히 당신의 말을 이해할 수 없고, 당신도 내 말을 이해할 수 없습니다. 이 언어상의 거리가 시간적인 거리감을 신축적이고 자유롭게 하는 걸까요?

한국 여성작가인 당신과 처음 만난 것도 벌써 10년 전 일이 되었습니다. 이 10년 동안 한국에서 혹은 일본에서 만남을 거듭하는 동안 서로의 말로 대화를 나눌 수는 없어도 특별한 친밀감을 느끼게 되었어요. 이제는 신경숙 씨를 언제부터 알기 시작했는지 기억하기 어려울 정도로 예전부터 가깝게 지내는 사람, 마치 사촌 여동생 같은 생각이 듭니다. 우리는 말과 문화, 생활환경, 나이, 뭐 하나 공유하고 있는 것이 없는데 어떻게 이런 친근한 느낌을 갖게 되었는지 스스로도 당혹스러울 정도입니다.

물론 나는 당신 작품의 독자이기도 합니다. 처음 당신과 만났던 것도 한일작가심포지엄에서였기 때문에 작가 간의 만남, 그러니까 서로의 작품을 열심히 읽는 독자로서의 만남이었습니다. 시마네현에서 있었던 문학심포지엄에 당신이 처음 참가했을 때는, 작년 일본어로도 번역된 장편소설 『외딴방』(슈에이사集英社)을 쓴 직후였더군요. 당시에는 그런 사실을 전혀 몰랐습니다. 처음에는 그저 매우 젊고 말수 적은 여성으로 한국에서 대단히 호평받는 작가라는 소개를 받았으니까요.

작가들이 처음 만나는 경우에는 그 작품이 무척이나 궁금해지는 법이지요. 어떤 작품을 쓰는 작가일까 하는 관심이 없다면 실은 서로 인사를 나누기 어렵지 않을까요. 그렇지만 작가라는 인종은 참으로 묘해서 실제로 만난 인상과 그 작품세계가 완전히 다른 예는 없는 것 같습니다. 아, 역시 이런 소설을 쓰는 사람이구나 하고 작품을 읽을 때마다 수긍하게 되지요. 작품을 읽고 멋대로 상상했던 이미지와 전혀 다른 느낌의 사람도 개중에는 있지만, 그건 그저 겉모습일 뿐, 이야기를 나누는 동안 표정이나 말투에서 그의 작품세계가 역력히 드러나게 되어 작가와 그가 만들어낸 작품세계의 깊은 관련성과 필연성을 다시 한 번 일깨워주는 느낌이 듭니다.

신경숙 씨 작품의 경우도 내게는 당신이 갖는 매력인 '그리움'을 느끼게 합니다. 내가 처음 읽은 작품은 「동짓날」이 아니었나 싶어요. 오래된 복사본이 아직도 제 서재에 있습니다.

한국에서는 경단을 넣은 팥죽을 쑤어 망자의 혼을 맞이한다는 동짓날, 일본은 망자의 혼과는 관계없이 그저 목욕물에 유자를 띄우고 호박을 먹는 풍습이 있습니다. 소설은 시골생활에서 벗어나고 싶어 하나 그럴 수 없는 여자아이의 모습을 그 집 개의 눈을 통해 그린 것이었습니다. 영적능력을 가진 개의 말투가 재미있었지만, 주인 딸의 고민은 무척이나 심각했고 그 땅에 살고 있는 망자들을 포함한 전통과 내일을 예측할 수 없는 시골생활의 모습이 일본인인 내게도 손에 잡힐 듯 전해졌습니다.

당신 소설에서는 주인공들이 길을 걷는 발소리나 걷는 모습, 다리의 촉감과 흙의 감촉, 각각의 인물들의 소리 내지 않은 말,

그리고 망자들의 기척까지 바람 소리처럼 들려옵니다. 그리고 길가의 풀과 새들의 지저귐도 선명하게 들리지요. 당신 소설을 만남으로써 그동안 알고 싶었던 한국여성들의 오늘의 일상을 담은 작품을 읽는 기쁨을 맛볼 수 있었습니다.

우리 세대에 한국문학이라고 하면 정치적인 색채를 띠는 것이 대부분이었습니다. 구일본제국에 의한 식민지화와 남북분단이라는 한반도가 겪고 있는 가혹한 시간들을 생각하면 당연한 일이라 생각되지만, 내게 정치란 상당히 '남성'적인 색조를 띤 것 같아 여자인 내가 그 세계에 뛰어들기가 망설여졌습니다. 그런 과거의 한국문학뿐 아니라 정치적이거나 철학적이라고 하는 왠지 심각한 문학에는 흥미를 가질 수가 없습니다. 그것이 심각한 테마일수록 '여자'들은 저쪽으로 가라고 귀찮아하는 듯한, 경멸하는 듯한 위압적인 남자들의 얼굴을 보는 느낌이 들기 때문입니다.

전쟁 중이든 혹은 어떤 비참한 사건이나 천재지변에 처해 있다 해도, 우리는 먹을 것을 찾아야 하고 화장실에 가야 하며, 연애를 하고 시시한 싸움도 합니다. 누군가는 숨을 거두고 어디서는 아이가 태어나지요. 봄에는 꽃이 피고 신록이 빛을 발합니다. 깊은 슬픔 속에 있어도 작은 웃음이 피기도 합니다. '여자'라는 입장에서 살다보면 그것이 결코 자신의 선택이 아니라 하더라도 한 가지 색으로는 전부 칠할 수 없는, 모순이라고 하면 모순덩어리인 작은 인간의 모습에 애착을 느끼고 맙니다.

이렇게 생각해보면 정치의 시대란 불행한 시대라고밖에 할 수가 없군요.

우리가 만난 한일작가심포지엄도 양국의 문학자들이 좀 더 진솔하게 이야기를 나눌 수 있는 장이 있었으면 하는 생각에서 시작되었습니다. 걸프전쟁이 막 끝난 다음이었지요. 전부터 한국작가들과 개인적으로 교류가 깊었던 나카가미 겐지라는, 저와는 동세대 소설가가 한일작가심포지엄을 열고 싶다는 아이디어를 냈습니다. 다음 해 그는 유감스럽게도 암으로 세상을 떠났지만 그의 뜻을 이어 심포지엄을 열 수 있었습니다. 그리고 12년이 지난 지금, 문학이 놓인 상황과 사회상황이 크게 변했고 우리 심포지엄도 당초의 목적을 완수했다고 판단되어 지금은 막을 내렸습니다.

그러고 보니 시마네현에서 당신과 처음 만났던 해에 일본에서는 대지진과 지하철 사린가스사건이 있었습니다. 문득 발을 멈추어 뒤돌아보면, 우리의 일상을 돌며 흐르는 사회는 늘 크게 변화하고 있음을 통감하지 않을 수 없군요. 그럼에도 불구하고 여전히 그다지 변치 않는 인간의 모습도 있습니다만.

그리고 지금은 2006년 겨울.

이번 겨울 일본에서는 전에 없을 정도의 많은 눈이 내렸습니다. 눈 때문에 열차가 전복되어 사상자를 내고 집이 무너지는 등 새삼스레 눈의 무서움을 깨닫게 합니다. 4미터가 넘는 눈 속에서의 생활은 도쿄에 사는 저로서는 상상이 가지 않습니다.

　신경숙 씨와 1년간 주고받게 될 편지의 처음이 이렇게 추운 겨울에 시작된 것, 물론 우연에 지나지 않은 일이지만, 내게는 왠지 알 수 없는 또 다른 의미가 있는 것만 같은 생각이 듭니다.

　다음 편지가 기다려집니다.

2006년 1월 도쿄에서

츠시마 유코

십 년 후에도

츠시마 님.

지난번 서울에 다녀간 이후로 잘 지내고 계신가요? 일부러 동경에서 스바루지 편집자와 함께 서울을 방문해주신 점 늦었지만 감사드립니다. 츠시마 님이 다녀간 덕분에 허공에 떠 있는 것 같았던 우리들의 일이 구체적으로 진행될 수 있었습니다. 어제는 선물로 주고 간 아름다운 문양(에도시대로부터 전해 내려오는 키리코라 불리는 유리세공법으로 새긴 거라고 했지요.)이 새겨진 청주잔으로 청주를 따라 마셔보았습니다. 얼마 전에 내 『외딴방』 일본어판 편집자였던 이와모토 씨가 서울을 다녀가면서 동경에서 가져온 청주를 한 병 주고 갔거든요. 잔이 품격 있고 우아하니 청주도 한층 깊은 맛이 우러나는 것 같았습니다.

서울은 겨울이 아주 깊습니다. 동경도 마찬가지겠죠?

지금 같은 깊은 겨울엔 시간이 멈춘 듯합니다.

그래서인지 조금 게을러도 될 것 같고, 오래 미뤄뒀던 일을 시작해볼 수도 있을 것 같았는데 달력을 보고는 깜짝 놀랐습니다. 1월도 하순에 접어들고 있군요.

지금 내 집 근처는 길도 산도 나무도 건물도 모두 누군가로부터 조용히 해! 라는 명령을 받은 듯 정지해 있습니다. 나는 이런 겨울의 정적을 좋아합니다. 골목에서 금방이라도 누가 튀어나올 것 같은 여름 한낮과는 달리 겨울 한낮은 응시의 시간이지요.

눈보라 대신 햇살이 온화하게 퍼지는 날에는 의자를 창쪽에 두고 다리를 쭉 뻗고 앉아서 책을 봅니다. 눈이 피로하면 문득 고개를 들어 낡은 이웃집 지붕을 보기도 하고 담장 너머로 마을버스가 지나가는 걸 발견하기도 합니다. 어디선가 약간 주눅이 든 고양이 한 마리가 담장 위로 올라와 살그머니 내 쪽을 살피고 있으면 고양이가 사라질 때까지 바라보기도 합니다. 그러다가 깜북 졸기도 하구요. 이런 겨울의 정적을 즐기다보면 그야말로 시간은 쏜살같이 가버리지요. 그래서 매번 겨울을 보내고 나면 시간을 도둑맞은 것같이 허탈한가봅니다.

츠시마 님을 알게 된 지도 벌써 10년이 되었군요.

우리가 처음 만난 곳을 나는 시마네현으로 기억하고 있는데 맞는지요? 한일작가심포지엄에 참가해 달라는 출판사 쪽의 제의에 기쁘게 나섰던 것은 사실은 여행을 간다는 생각이 앞섰기 때문이었지요. 그때껏 저는 일본에 가보지 못한 상태였거든요. 아,

그런데 심포지엄 프로그램이 하루에 여섯 시간씩 이어져 마치 다시 학생이 된 듯이 공부하며 보냈던 생각이 납니다.

그때 참 많은 이야기들이 오고 갔었습니다. 영어공용화 문제에서부터 참가한 작가들의 작품토론까지 다양하게 의견들이 오고 갔었지요. 그때 나와 유미리 씨에게 던져진 질문이 "모국어에 대해 어떤 생각을 가지고 있는가?"였는데 유미리 씨의 답변이 아직도 기억에 남습니다. 그녀는 부모는 한국인이나 자신은 일본에서 태어나 일본에서 자랐으며 한국어는 단 한 마디도 못한다고 했었지요. 나는 일본인도 아니고 한국인도 아니다, 더구나 한국어는 어렸을 때부터 부모가 싸울 때만 쓰는 말로 기억된다, 고 했던 그녀의 말이 당시의 나에겐 충격이었습니다. 한국에서 태어나 한국말밖에 할 줄 모르는 나에게 한국어는 내 뺨이나 내 눈동자, 내 살갗 밑으로 흐르는 피와 같은 것입니다.

자신의 정체성에 대해서 유미리 씨가 몇 마디 더 보탰는데 정확히 뭐라 했는지 잊었으나 일본에도 한국에도 그 어디에도 속할 수 없는 흔들리는 정체성이 그녀로 하여금 글을 쓰게 하나 보다, 하는 생각을 골똘히 했던 기억이 납니다. 10년 전의 이야기입니다. 그때의 유미리 씨는 갈래머리를 하고 있는 소녀의 얼굴이었고, 나도 모든 것이 다 서툴렀던 삼십 대 초반이었습니다.

시마네현에서 또 한 가지 기억에 남는 건 호수입니다. 호수 이름이 '신지'였다고 기억되는데 맞는지요? 호수라고 하면 나는 연못 정도의 크기로 생각하고 있었어요. 그런데 신지호수는 거의 강에 이르는 크기였어요. 거기 머무는 동안 아침마다 무슨 호수가 이렇게 크지? 의아해하면서 물가를 산책했던 추억이 있습니다. 호텔이 호수를 앞에 두고 있었던 게지요. 그로부터 몇 년 뒤에 페루에 있는 하늘과 가장 가까운 물이라는 '티티카카' 호수에 갔었어요. 티티카카호수 안엔 글쎄 흘러가는 물을 두고 국경까지 있더군요. 그때서야 호수의 크기에 대한 내 개념을 바꾸었지요.

글을 쓰다가 혹시 10년 전 츠시마 님과 처음 만났을 때 사진이 있나 하여 사진첩을 뒤져봤더니 꽤나 긴장된 표정의 내가 정장을 입고 호수 앞에 서 있네요. 우리가 함께 찍은 사진은 없군요. 키가 큰 유하 시인이며, 옷차림이 눈에 띄는 소설가 시마다 마사히코 씨, 나카자와 케이 씨 등은 보이는데요.

10년 전의 사진을 보니 다시금 세월이 느껴집니다. 10년 전 시마네현에서 나는 다른 일본작가들 속에 섞여 있는 츠시마 님을 자주 쳐다봤습니다. 우리가 토론을 하기 위해 각각 한 편씩 번역해 간 작품 중에서 나에겐 츠시마 님의 작품이 가장 인상적이었거든요. 게다가 누군가 츠시마 님을 두고 다자이 오사무의 따님이라고 해서 더 그랬습니다. 이런 말을 해도 되는지 모르겠지만 또 누군가 그랬습니다. 츠시마 님은 다자이 오사무의 따님으로 불리는 걸 좋아하지 않으니 그런 질문은 하지 말라고 말이죠. 츠시마 님과의 인연은 그렇게 시작되었습니다. 서로 언어가 통하지 않아 통역자를 사이에 두고 얘기를 나눠야 했어도 이상하게 나는 츠시마 님이 하는 말을 다 알아들었습니다. 아마 작품을 좋아했던 마음이 있어서 가능했다고 생각됩니다.

겨우 한 편씩만 읽다가 2003년 12월 츠시마 님의 작품집이 한국에서 『나』라는 제목으로 출간되어 나왔을 때 얼마나 반가웠는지 모릅니다. 아이누설화를 현대화시킨 작품들을 매 편 아껴가며 읽었지요. 짧은 이야기 속에 구슬픈 아름다움이 가득 차고 넘치는 작품들이었지요. 아주 먼 데서 들리는 종소리처럼 마음에 파문을 일으키는 작품에 홀린 동료작가들이 한국에 꽤 많습니다. 서로 다른 공간과 다른 문화 속에서 다른 언어를 사용하며 사는데도 어떤 작품에서 비슷한 정서를 느끼고 그에 마음이 공명할 때면 참 신기하단 생각이 듭니다. 물론 번역된 소설집 『나』는 츠시마 님의 작품세계의 한 부분에 불과할 테지요. 어서 장편소설이 번역되어 츠시마 님의 작품을 더 깊이 만났으면 좋겠습니다.

10년 전 시마네현을 시작으로 해서 나는 그동안 일본을 여러 차례 갔었습니다. 문부성 초청으로 3주일 동안 일본을 순회하는 기회도 있었고 한일작가심포지엄으로도 다시 갔었고 개인적인 여행도 있었습니다. 그사이 츠시마 님도 한국에 여러 번 오셨지요. 그때마다 츠시마 님과 짝이 되어 발표도 같이하고 서로의 작품을 토론했었던 시간이 그립군요. 특히 내가 일본에 갈 적마다 츠시마 님은 마다하지 않고 나를 위해 패널이 되어 제 작품에 대한 이야기를 함께 나누어주었습니다. 지난해 여름에 『외딴방』이 번역되어 슈에이사 초청으로 동경에 갔을 때도 츠시마 님의 덕을 많이 입었지요. 집까지 초대해주어 츠시마 님의 작업실에서 차를 마실 수 있었을 뿐 아니라 츠시마 님 표현대로 변하지 않은 옛 동경거리를 두루 걸어볼 수가 있었지요. 『외딴방』을 정성스럽게 번역해주신 안우식 선생님께서 데리고 갔던 기찻길 옆 장어덮밥집도 생각납니다. 아주 오래된 장어덮밥집은 도쿄에서도 손꼽히는 집이라고 들었습니다만 진짜 손님이 많더군요. 그리고 맛이 일품이었습니다.

츠시마 님 작업실 창가에 심어져 있던 대나무가 지금 내 눈앞에 어른거리네요. 역시 우물도요. 어머께서 사용하시던 우물을 메우지 않고 그대로 두었다고 했지요. 내 어머니가 살고 계시는 시골집에도 우물이 아직 그대로 있답니다. 언제 한번 우물에 대한 이야기를 길게 나눠볼까요? 츠시마 님은 일본의 우물에 대해서 나는 한국의 우물에 대해서 쓰면 두 나라의 우물의 형태를 미약하게나마 그려낼 수 있지 않을까요? 나는 낯선 곳에서 우물을 발견하게 되면 물이 마른 우물을 오래오래 들여다보는 버릇이 있답니다. 우물 사진을 열심히 찍었던 시절도 있었지요. 그런데 우물은 사진으로 찍어놓으면 우물인지 뭔지 잘 모르겠는 게 흠이었어요.

어머니께서 물려주셨다는 오래된 동경 집은 츠시마 님과 참 어울렸습니다. 작업실에 놓여 있던 재봉틀을 보고 어머니가 쓰시던 것이라고 했을 때, 찻잔을 두고 역시 어머니가 쓰시던 것이라고 했을 때, 속으로 많이 부러웠어요. 어머니가 돌아가시고 난 후에야 문득 어머니가 이런 찻잔을 쓰셨구나, 나는 참 어머니에 대해서 알고 있는 게 없구나, 하는 생각이 든다고도 했지요. 여성에게 어머니의 부재는 세계의 부재나 다름없다고도요. 나보다 열여섯이 많은 분으로부터 듣는 말이라 마음이 숙연했습니다. 츠시마 님의 어머니에 대한 이야기를 더 듣고 싶군요. 여성에게 역시 여성인 어머니의 존재란 무엇일까요? 내가 부러움을 참지 못하고 어머니께서 남겨준 것들과 함께 지내니 참 좋겠다고 했더니 어머니가 늘 감시하고 있는 것 같아서 나쁜 짓을 못하겠다고, 좋은 것만은 아니라고 하며 웃었지요. 나는 츠시마 님은 아직도 어머니 몰래 하고 싶은 나쁜 짓이 있나 보네, 진짜 좋겠네, 생각했습니다. 역시 그날이었지요. 츠시마 님 안내로 동경대학 근처의 신사와 우에노공원 그리고 고풍스런 찻집 등을 둘러보았지요. 그 신사는 어렸을 때 오빠와 함께 자주 찾던 곳이라고 했었지요. 그 거리는 내가 여지껏 알고 있는 동경하고는 색깔이 달랐어요. 츠시마 님은 몇 번이나 이곳이 진짜 동경이라고 강조했었죠. 오래된 거리는 나지막하고 낡고 조용했었습니다. 나는 츠시마 님이 서울에 오면 진짜 서울이라고 하면서 보여드릴 곳이 어디 있을까? 곰곰 생각했었죠.

친구처럼 스스럼없이 지내다가 어느 날 우리 나이 차이가 열여섯이나 난다는 사실을 알고 얼마나 놀랐는지 모릅니다. 외람되게도 일고여덟 정도 차이 날 거라고 생각하고 있었지 뭐예요. 츠시마 님의 짧은 머리, 야윈 몸, 반짝이는 눈동자, 약간 빠른 말씨가 전혀 나이를 못 느끼게 하거든요. 호세이대학에서 있었던 심포지엄에서 츠시마 님께서 내 『외딴방』을 얘기할 때 그 작품을 쓴 나보다도 더 작품에 대한 분석이 풍요롭고 정확해서 놀랐던 기억도 있습니다. 같은 작가로서 그런 자리에 나오기가 쉽지 않다는 것을 알고 있는 나로서는 매번 과분한 은혜였어요. 더구나 일본에서 번역·출판된 『외딴방』 표지글도 써주셨지요. 깊이 감사드립니다.

그러고 보니 우리가 서신교환을 하게 된 동기도 지난여름에 내가 도쿄에 가게 된 게 실마리가 된 것 같네요. 슈에이사에서 마련한 인터뷰 자리에서 어떤 기자가 일본에 왔으니 꼭 하고 싶은 일이 뭐냐고 묻는 거예요. 기어이 꼭 하고 싶은 일은 없었어요. 그런데 없다고 대답하면 성의 없어 보일까봐 일본작가와 함께 한국 지면과 일본 지면 동시에 글을 써보고 싶다고 했습니다. 계속 츠시마 님의 일본어는 한국어로, 나의 한국어는 일본어로 번역해줄 우리들의 메신저 김훈아 씨가 진짜 그러고 싶냐고 재차 물었어요. 기왕 나온 이야기여서 내가 츠시마 님과 함께 글을 써보면 참 행복할 것 같다, 고 한 것이 이렇게 성사가 되었습니다. 하고 싶은 일이 있으면 막 소문을 내야 하는 건가 봅니다. 이렇게 이루어지는 걸 보니 말예요. 양국의 문학 월간지 『현대문학』과 『스바루』가 이렇게 선뜻 지면을 내주어 가능한 일이었지요.

지난여름에 칠 년 동안 살던 집에서 산꼭대기 주택으로 이사를 했습니다. 나는 대문과 마루 사이에 넓은 마당이 있는 집에서 자랐습니다. 집에 찾아오는 사람이 대문에 들어서면 방 안으로 들어오기까진 그야말로 한참 걸렸지요. 집이 커서가 아니라 한국의 농가 형태가 다 그러했습니다. 대문을 밀고 들어와 마당을 지나고 토방에 올라서서 신발을 벗고 마루에 올라와야 그 다음에 방으로 들어갈 수가 있거든요. 어린 시절을 그 집에서 함께 보낸 형제들은 방 안에서 어른들이 싫어하는 짓(만화 보기, 딱지치기, 화투놀이)을 하다가도 들키지 않고 얼른 피할 수가 있었어요. 어른이 대문을 통과해 마당으로 걸어오는 동안 뒷문으로 달아나기도 하고 만화책을 덮고 대신 국어책을 펼쳐놓을 수가 있었거든요. 짐작이 가시지요? 볼이 빨개진 아이들의 그 재빠른 움직임들요.

하여튼 그 집은 늘 북적였습니다. 대가족인 데다, 찾아오는 사람들이 많았어요. 농가가 다 그렇듯이 마당에는 항상 크고 작은 닭이며 오리, 개들이 우글우글거려서 집은 사람으로 집짐승들로 가득 차 있었죠. 감나무, 배나무, 대추나무, 자두나무 등등도요.

나는 곧잘 식구들, 그중에서 심부름을 시키려는 오빠들을 피해 헛간으로 숨어들곤 했는데 그 헛간에는 짚더미가 깔려 있었고 바로 옆은 돼지가 살고 있는 돼지막이었는데 그 위의 오목한 곳은 닭이 알 낳는 자리이기도 해서 가끔은 알을 낳으려고 예민해 있는 닭의 심기를 건드리지 않기 위해 조용히 해야 했어요. 놀랍게도 가끔 그 헛간을 꿈에서 보곤 한답니다. 이제 그 집은 이 지상에서 없어졌는데도요.

태생지를 떠나 서울로 와서 살기 시작한 지가 이제 28년째 되어갑니다. 태생지에서 겨우 15년 살았던 것이니 이제 내겐 서울이 훨씬 익숙하고 편하지요. 그런데 언제부턴가 은근히 아파트나 빌라가 아니라 대문이 있는 집에서 살고 싶다는 생각을 하게 되었습니다. 곰곰 생각해보면 갑자기 그런 생각이 든 건 아니고 어렸을 때부터 살던 집에 대한 그리움 같은 게 무의식 속에 남아 있었던 게 아닌가 생각됩니다. 예전에 어느 잡지에서 '내가 살고 싶은 집'에 대해서 글을 써 달라는 청을 받은 적이 있었답니다. 마음속으로 이러이러한 집이라고 생각하며 우물이 있고(이 현실에 집에 우물을 판다는 게 꿈같은 일이지만 어쨌든!) 헛간이 있고 집 뒤로 돌아가서는 장독대가 있을 자리, 그 옆의 토란밭이며를 묘사하다가 이거 어디서 많이 본 집인데 싶어 되짚어보니 내가 살고 싶은 집이 곧 내가 어린 시절에 이미 살아봤던 집이었습니다.

하여간 최근 몇 년 동안 외출에서 돌아와 대문을 열고 안으로 들어가고 싶다, 라는 생각을 줄곧 해오다가 지난여름에 이 집으로 이사를 한 거지요. 추위에 대해서 미리 너무 걱정을 한 탓인지 지난번 살던 곳보다 물론 곱으로 춥긴 하지만 그래도 생각보다 덜하네요, 라고 쓰려는데 발이 시렵군요. 지금 어느새 새벽이 되어버렸고 하루 중 이 시간이 가장 춥습니다. 책상에 앉아 있으면 손가락이 시려울 지경이니까요. 그래도 지난번 눈이 내리던 날은 서울이란 곳에 와서 처음으로 빗자루를 들고 나가서 골목의 눈을 쓸었답니다. 내 집 대문이 있는 골목에서 사고가 나면 집주인 책임이라기에 허리를 굽히고 열심히 쓸었어요. 소복이 쌓인 흰 눈을 쓸어내는데 문득 아버지 생각이 나더군요. 내가 자란 곳은 눈이 엄청 내리는 곳이었어요. 한 번 내리면 사나흘씩 이어졌습니다. 올겨울에도 그곳에 연일 눈이 내려 백팔십 센티가 쌓였어요. 그야말로 눈사태가 난 거지요. 사람이 사는 집 지붕이 무너지고 소가 사는 우사가 무너져서 사람도 죽고 소도 죽는 눈난리가 나서 연일 뉴스거리였답니다. 아무리 눈이 많이 내리는 곳이라 하지만 이번같이 많이 내린 눈은 그곳에서 칠십 평생을 살고 계신 내 아버지도 본 적이 없다고 하시더군요. 어렸을 때 밤새 눈이 내린 날 새벽이면 아버지께선 마당에 나가 우물로 가는 길, 대문으로 가는 길, 변소로 가는 길, 이렇게 세 길을 먼저 쓸어놓으셨습니다. 마루로 나와 깨끗이 쓸어진 그 세 길을 보고 있으면 어린 마음인데도 안심이 되곤 했습니다. 눈이 내리는 날 어머니는 아궁이 앞에 우리 형제들 털신들을 나란 나란히 줄을 세워 따뜻하게 해주었지요. 이런 말을 하다 보니 내가 유복한 유년을 보낸 것은 확실한 것 같습니다. 전쟁도 피해서 태어난 세대이니까요. 밥물 위에 고구마나 달걀찜이 쪄지는 날도 눈이 내리는 날이었습니다.

그 마을 앞에 아름드리 팽나무들을 사이에 두고 도랑이 있었는데 도랑 건너로는 가늠할 수 없는 들판이 펼쳐지고 들판을 가로지르며 기찻길이 놓여 있었습니다. 들판에 가득 눈이 쌓이고 그 위로 검은 까마귀떼가 내려와 앉곤 했지요. 흰 눈 위에 내려앉는 검은 까마귀떼를 보려고 장갑이며 귀마개, 목도리를 끼고 막고 친친 두르고 도랑에 나가보곤 했던 그때의 겨울을 까마득하게 잊어버리고 있다가 추운 집에서 겨울을 나는 덕분에 추억으로나마 되찾았습니다.

글을 쓰다가 발이 시려서 양말을 덧신었습니다. 무릎도 담요로 감쌌답니다. 어깨에 숄을 두르면서도 끝내 온풍기를 틀지 않는 나를 보면 이 추위가 싫지는 않은 모양입니다.

며칠 전엔 후배와 허우 샤오시엔 감독의 「카페 뤼미에르」란 영화를 봤습니다. 오즈 야스지로의 탄생 100주년을 기념하여 허우 샤오시엔이 만든 동경이야기였습니다. 오즈 야스지로의 동경이야기가 노인의 시선에 비친 인생의 쓸쓸한 이야기였다면 허우 샤오시엔의 카페 뤼미에르에 담긴 동경이야기는 고독한 젊은이의 눈에 비친 쓸쓸한 이야기였습니다. 어쨌거나 "한 거장이 다른 거장에게 바친 아름다운 헌사"라는 작품평에 동감합니다. 예전에 허우 샤오시엔의 영화 「비정성시」에 매우 마음이 흔들린 적이 있어서 또 그래주기를 기대하며 영화를 보는데 문득문득 츠시마 님이 옆에 있는 듯했습니다. 영화의 배경인 동경거리가 화면을 가득 메우고 있었기 때문이었죠. 어느덧 나에게 동경이란 곳은 츠시마 님이 살고 있는 곳으로 친근하게 와닿습니다.

어디 아프지 마시고 이 겨울 잘 보내셔요.

2006. 1. 17.
서울에서 신경숙 드림

겨울 속 아이누 세계에서 돌아와

신경숙 님.

서울에서 보내주신 첫 편지 감사합니다. 그 후 어떻게 지내시는지요.

무사히 첫 편지가 오갈 수 있어 저로서는 무척 기뻤습니다. 편지를 보낸 다음에 바로 친구인 불어 작가 J. M. G. 르 클레지오 씨와 홋카이도엘 다녀왔습니다.

이번 편지에는 우선 그 이야기부터 하지요.

르 클레지오 씨와 함께 홋카이도에 가서 아이누들을 만나고 그들의 문화를 소개하기로 한 것은 10년 전 약속이었습니다. 늦게나마 약속을 지킬 수 있어 다행이지요. 또 최근에 한국을 매우 좋아하게 되었다는 그의 이야기를 들은 것도 제게는 더없이 반갑고 기쁜 일이었습니다. 홋카이도에 다녀온 다음 르 클레지오 씨는 서둘러 한국으로 가셨습니다.

우리 편지를 번역해주시는 김훈아 씨를 통해 르 클레지오 씨 작품이 한국에도 많이 소개되어 있다는 이야기를 들었습니다. 봄날 부여의 비할 데 없는 아름다움과 고요함을 떠올리면 그의 작품세계가 아무런 저항 없이 그곳에 녹아들 거라 상상할 수 있었고, 신경숙 씨 작품과 그의 작품이 어딘가 통하는 느낌도 들었습니다. 한국어 작가인 신경숙 씨와 불어 작가인 르 클레지오 씨, 그리고 일본어 작가인 나, 이렇게 세 사람이 하나의 완만한 고리처럼 연결된 듯한 설렘이 홋카이도에 머무는 동안 저를 떠나지 않았습니다.

르 클레지오 씨와 처음 만난 것은 멕시코 미초아칸주의 모레리아라는 곳이었습니다. 작가와 과학자들이 한자리에 모여 지구의 미래를 생각하는 상당히 큰 규모의 국제회의가 그곳에서 열렸는데, 어찌된 영문인지 아시아에서 참석한 건 저 혼자뿐이었습니다. 저는 많은 고민 끝에 평소에 관심이 있던 홋카이도(예전에는 사할린이나 크릴제도에도 살았습니다만)의 선주민인 아이누의 구비문학을 소개했습니다.

일본사람(아이누들은 '시삼—좋은 이웃이란 뜻입니다!' 이라 불렀습니다)은 산과 바다에서 나는 양식을 구하기 위해 오래전부터 홋카이도로 가 아이누들의 토지를 일방적으로 빼앗고 힘든 노동을 요구했을 뿐 아니라 동화정책을 써 그들의 말마저 빼앗으려 했습니다. 하지만 언어나 문화란 그렇게 간단히 사라지는 것이 아니지요. 저는 그곳에서 그들의 훌륭한 구비문학이 지금도 전해져내려오고 있으며, 그 속에 표현된 우주관이나 인간과 자연의 관계는 현대문학을 담당하는 우리가 소중히 배워가야 할 것들이라 생각한다는 이야기를 했습니다. 신들의 노래라고 하는 카무이 유카라를 구체적으로 몇 가지 소개하면서요.

발표를 하면서 문득 고개를 들어보니 커다란 덩치의 르 클레지오 씨가 회중석 맨 앞줄 한가운데 앉아 몸을 앞으로 빼고 열심히 듣고 있었습니다. 전날 저녁식사 자리에서 내일 아이누문화에 대해 발표하니까 잘 들어주세요, 라고 했더니, 지나칠 만큼 열심인 태도로 답해주신 것이었지요. 두말할 것 없이 그런 그의 모습에 저는 감격하고 말았습니다. 신경숙 씨도 상상하기 어렵지 않은 일이라 생각합니다만, 외국의 큰 무대에 서서 혼자 강연을 한다는 것은 무척이나 불안한 일이니까요.

그런데 한편으로는 첫날부터 현지 인디오들이 몰려와 회의장을 둘러싸고 있었습니다. 인디오들은 아무 말 없이 그저 침묵으로 일관했습니다. 하지만 날이 갈수록 그 수가 늘어나자 회의 참가자인 우리들도 신경이 쓰이기 시작했지요. 르 클레지오 씨가 인디오말로 그들의 요구를 물었더니, 현지 인디오 대표도 회의에 참가할 수 있게 해 달라는 것이었습니다. 아마존 유역과 북미에서까지 일부러 선주민 대표를 초대하고는 현지 인디오들은 무시하고 있었던 겁니다. 물론 현지 인디오들이 회의에 참가할 수 있도록 우리도 항의에 동참했습니다.

멕시코 인디오 세계를 잘 아는 르 클레지오 씨와는 이렇게 해서 생각지도 못한 인연을 맺게 되었습니다. 그 후 몇 번인가 파리에서 다시 만나고, 니스에 있는 그의 집에 묵기도 하는 사이에 그의 적극적인 추천으로 아이누 구비문학을 불어로 번역·출판하게 되었습니다. 당시 파리에서 제게 아이누 구비문학을 배우던 대학원생들이 번역을 하는 데 힘이 되어준 것도 무척 기뻤습니다. 우리에게는 무척이나 힘든 작업이었지만, 그래도 3년 후에는 무사히 원고를 완성할 수 있었어요. 번역원고를 읽은 르 클레지오 씨한테서 "멋지다! 푹 빠져 읽었다!"는 팩스를 받았을 때는 정말 눈물이 나올 정도로 기뻤습니다.

　갈리마르사에서 『은빛 물방울이 내린다, 내린다―아이누의 노래』란 제목으로 출판된 건 1996년이었습니다. 언젠가 같이 홋카이도에 아이누를 만나러 가자고 약속한 것도 그때였습니다.

　아이누의 카무이 유카라에서 힌트를 얻어, 저는 '시삼'으로서의 입장을 가능한 지키면서 몇 편의 단편을 썼습니다. 한국어로 번역된 그 단편을 당신이 읽고, 지난번 편지에 "멀리서 들리는 종소리처럼 마음에 파문이 인다."고 써주셨습니다. 그 말에 오히려 내 마음에 종소리가 퍼졌습니다. 르 클레지오 씨도 불어로 번역된 같은 작품을 읽고, 매우 좋았다고 말씀해주셨습니다. 비록 반은 인사라고 해도 이럴 때는 가슴 깊은 곳에서 소설을 써오길 정말 잘했다는 생각을 합니다. 제 작품을 통해 카무이 유카라의 아름다움이 "파문"처럼 다양한 언어로 전해지는 것도 제게는 더할 나위 없는 기쁨입니다.

신경숙 씨는 홋카이도의 아이누들을 아시는지요? 폐쇄적인 분위기가 강한 일본에서 아이누 문제는 늘 '시삼'의 차별의식으로 연결됩니다. 차별 같은 건 없다고 많은 사람들이 이야기하지만, 이는 '무관심'이란 차별과 다름 아니라고 저는 생각합니다. 카무이 유카라나 아이누어에 관심이 있는 '시삼'은 여전히 극소수에 지나지 않습니다. 멕시코 인디오처럼 '시삼'에게 아이누는 너무나 가까이 있어 새삼스레 어떻게 관심을 가져야 할지 모르겠다는 사람도 많습니다. 실제로는 아무것도 모르면서 말입니다. 아이누니 선주민이니 하는 번거로운 문제에 어째서 그렇게 관심을 갖느냐며 짜증을 숨기지 않는 사람들도 있습니다.

홋카이도 지명의 대부분은 아이누어 지명을 그대로 무리하게 일본어화시킨 것이고, 궁핍함에 쫓겨 홋카이도로 옮겨 간 많은 '시삼'은 아이누들의 도움으로 혹한의 겨울을 견디는 법을 배웠는데 말입니다.

우리가 찾은 홋카이도는 새하얀 눈의 세계였습니다. 우선 삿포로에 있는 대학에서 대담을 나누고, 저녁에는 우리를 위해 달려온 아이누 현대음악 그룹의 묵쿠리라는 구금口琴과 톤코리라는 몽골의 마두금馬頭琴과 비슷한 악기의 연주를 듣고, 다음 날에는 시라오이라는 곳으로 가 카무이 유카라 명수인 여성의 맑은 노랫소리에 귀를 기울였습니다.

그리고 이튿날 아침, 겨울의 홋카이도에서는 보기 드문 맑은 하늘 아래 노보리베츠에 있는 치리 유키에라는 여성의 묘를 찾았습니다. 눈 덮인 언덕 위 묘지에서는 사파이어색으로 빛나는 태평양이 보였습니다. 치리 유키에 씨는 아이누로는 처음으로 카무이 유카라를 알파벳으로 표기한 다음 일본어로 번역한 『아이누 신요집神謠集』의 저자인데 1922년 열아홉이란 젊은 나이로 세상을 떠났습니다.

성묘 뒤에는 유키에 씨의 질녀인 요코야마 무츠미 씨 댁으로 갔습니다. 무츠미 씨는 유키에 씨에 관한 자료를 보존하고 공개하기 위한 기념관을 지으려고 부단한 노력을 하고 계시지요.

우리를 맞이한 무츠미 씨가 르 클레지오 씨에게 긴장된 얼굴로 물었습니다.

자 보세요, 우리가 아이누입니다. 우리에게 일본인과 다른 점을 찾을 수 있습니까?

르 클레지오 씨는 지극히 자연스럽게 대답했습니다.

아니오, 그렇지만 당신 고모인 유키에 씨와 많이 닮았다고 느꼈습니다. 유키에 씨도 이런 분이었겠구나, 하고 이제는 잘 알 수 있습니다.

그의 대답에 무츠미 씨는 부드러운 미소로 멀리서 찾아온 르 클레지오 씨를 비로소 마음으로부터 받아들이는 것 같았습니다. '희귀'하다는 이유만으로 그녀들을 사양 않고 쳐다보는 사람들이 지금도 많은지 모르겠습니다.

10년 전에 프랑스에서 간행된 『은빛 물방울이 내린다, 내린다—아이누의 노래』를 르 클레지오 씨는 미래의 '치리 유키에 기념관'을 위해 멀리 홋카이도까지 가져다주셨습니다. 그것은 제게도 멋지고 고마운 배려였습니다.

니부타니라는 곳으로 가 아이누박물관을 둘러본 다음에는 아이누어와 자수 등의 전통기술을 젊은이들에게 가르치고 있는 분의 댁에도 방문했습니다. 그 여성 댁에는 일본뿐 아니라 외국에서 온 많은 젊은이들이 하나의 가족처럼 공동생활을 하고 있었습니다. 무츠미 씨나 니부타니 여성의 밝고 강한 모습에 르 클레지오 씨는 상당히 안심한 것 같았습니다. 아이누들은 결코 나약한 동정의 대상만이 아니라고 확인할 수 있었던 것이지요.

그 옛날 이 넓은 홋카이도는 우리 선조들의 자유로운 하늘과 땅이었습니다. / 태고의 자연은 어느새 그 모습이 희미해졌고, 산언저리와 들녘에서 행복하게 살던 사람들은 지금 어디에 있는지. 이제 얼마 남지 않은 우리는 변해가는 세상을 그저 휘둥그레한 눈으로 바라볼 뿐입니다. / 하지만…… 사랑하는 우리 선조들이 삶을 영위하며 서로의 뜻을 전달하기 위해 만들어낸 유구하고 아름다운 말들. 그것마저 나약하게 시들어가는 무리와 함께 사라져버리고 마는 걸까요. 아아, 얼마나 참혹하고 애처로운 일인지…….

치리 유키에 씨의 『아이누 신요집』 서문에 실린 글입니다.

이미 사라진 자유로운 하늘과 땅에 대한 한탄과 선조들의 혼이 담긴 말마저 잃어서는 안 된다는 강한 의지가 담겨 있습니다. 몇 번을 되풀이해 읽어도 나는 이 글에 감동하고 맙니다. 그것은 아마도 '상실'과 '환생'이란 예로부터 인류가 이 지구상에서 겪어온 커다란 '순환'이 한 젊은 아이누 여성에 의해 뚜렷이 인식되고, 그녀의 목소리로 이야기되고 있기 때문이겠지요.

홋카이도 아이누의 세계에서 도쿄로 돌아온 다음, 저는 '상실'과 '환생'에 대해 골똘히 생각 중입니다.

우선은 2월과 3월에 어머니와 오빠, 그리고 아들의 기일이 있는 개인적인 이유가 있겠지요. 이 기일들이 다가오면, 세상을 떠난 가족들이 내 곁에 머물러준 시간과 생명의 의미에 대해 생각하지 않을 수 없습니다. 어머니는 10년 전쯤에, 아들은 21년 전에 세상을 떠났지만, 오빠가 죽은 지는 벌써 46년이나 됩니다. 이렇게 오래된 일이니 이젠 적당히 잊고 살아도 될 것 같은데, 내 꿈에는 아직도 때때로 오빠가 찾아옵니다. 특히 기일이 가까워지면 오빠와 보내던 어린 시절의 시간들이 생생하게 되살아나, 그 특별했던 시간을 너무도 불합리하게 빼앗기고 말았다는 예리한 '상실'의 아픔을 느끼곤 합니다.

그렇지만 이렇게 언제까지고 '상실'을 인식하는 것은 인간이란 존재에 수반된 의미 깊은 특성일지도 모른다는 생각을 합니다. '상실'이란 인식이 있기에 우리는 치리 유키에 씨처럼 잃어버린 소중한 시간을 자신의 시간 속으로 끌어들이고, 그 가치를 깨닫고, 어린 시절의 날들을 개인적인 '신화'처럼 자신의 근거로 삼아 살아가는 것이겠지요⋯⋯.

신경숙 씨의 지난번 편지를 읽으며, 어린 시절을 보낸 집은 그 사람에게는 정말 신화의 무대 같은 곳이구나, 하는 생각을 했습니다. 지금은 이 지상에 없는 시골집을 떠올리면 이미 사라진 아이들의 즐거운 웃음소리와 어른들의 발소리 등의 다양한 소리가 봄의 신록처럼 일제히 떠들썩하게 되살아납니다. 하지만 그것은 또 얼마나 모순되는 이야기인가요. '상실'의 의식이 클수록 '환생'의 기쁨 또한 큽니다. 그러나 그 기쁨은 결코 '상실'의 슬픔을 지우지 못합니다. 슬픔과 기쁨이 우리에게 동시에 밀려오는 것이지요.

신경숙 씨 시골집에는 감나무가 있고 배나무, 대추나무, 자두나무도 있었군요. 내가 자란 도쿄 한복판의 우리 집 뜰에도 여러 과일나무가 있었습니다. 두 종류의 포도나무와 배나무, 복숭아나무, 무화과나무. 하나같이 열매가 작고 벌레 먹은 것들도 있었지만, 그래도 모두 제 맛을 냈습니다. 그 나무들은 전부 이미 사라진 시골집을 그리는 어머니가 도쿄의 마당에 몸소 심은 것들이었습니다. 어머니 고향은 포도와 복숭아로 유명한 곳입니다. 어머니에게는 포도나 복숭아나무가 없는 집은 사람이 사는 집이란 생각이 안 드셨던 거겠지요.

내가 열한 살까지 살았던 그 집은 아버지가 죽은 다음 남은 네

가족이 살았지만, 내게는 가장 그리운 집입니다. 그 집에서 지금 살고 있는 집으로 이사를 해 어머니는 숨을 거두는 날까지, 저도 결국 40년 가까이 살고 있습니다. 손꼽아보면 이전 집에서는 9년 밖에 살지 않았군요. 그렇지만 지금 집으로 이사를 하고 바로 오빠가 세상을 떠났기 때문에 내 '신화시대'의 무대는 9년밖에 살지 않은 이전의 집이 되고 만 것 같습니다.

오빠를 잃고 나서는 모든 것이 완전히 변하고 말았습니다. 그전까지 우리 가족의 생활은 모든 것이 다운증후군인 오빠를 중심으로 한 것이었습니다. 나와 어머니의 관계도 변했고, 마냥 순진하고 즐거웠던 이전의 시간은 두 번 다시 돌아오지 않았기 때문인지 모릅니다. 대학생이 되어 소설 비슷한 것을 몰래 쓰기 시작했을 무렵, 나는 거의 오빠 생각밖에 하지 않았기 때문인지 모릅니다. 그때 나는 '상실'의 아픔에서 언어에 의한 '환생'을 바라고 있었던 걸까요.

지금 내가 살고 있는 집도 어머니가 40년 가까이 사신 곳이기에 뜰의 나무와 담의 얼룩, 우물과 자갈, 그리고 여기서 대대로 살고 있는 두꺼비들한테도 어머니의 기색을 느끼곤 합니다. 어머니가 혼자서 저를 키우셨기 때문에 어머니에 대한 집착이 더욱 강한지도 모르겠습니다. 어머니가 무엇을 느끼고 무슨 생각을 하셨는지 지금도 마음에 걸립니다. 제가 어머니를 슬프게 한 일이 많아 후회스럽기 때문인지도 모르겠어요.

어머니의 기쁨과 슬픔에 이제라도 다가갈 수 있기를 바라며, 이 집에 남겨진 우물물에 가끔 손을 적셔봅니다.

어머니는 시골집에서 친숙한 우물에도 늘 집착하셨습니다. 우물만 있으면 땅 밑에서 샘솟는 물이 어머니가 잃어버린 시간을 되돌려줍니다. 도쿄에 있는 우물은 시골에서 익숙한 두레로 물을 퍼올리는 것이 아니라, 쇠로 된 긴 손잡이를 위아래로 움직이는 수동식 펌프였지만, 그래도 우물은 우물이지요. 땅 밑에서 넉넉하게 샘솟는 우물물에 손을 담글 때마다, 어머니는 일찍 세상을 떠난 아버지나 오빠, 언니들을 불러 모아 그 소리에 귀를 기울였을까, 하고 상상하고 싶어집니다.

어린 시절의 집을 그리워하는 우리의 이런 감정은 당시 부모들이 이미 안고 있던 '상실'의 감촉이 어느새 우리 마음에 전해져 일어나는 것이라 할 수 있을 것 같습니다. 그리고 이러한 '상실'에서 태어난 '환생'의 신기한 작용은 한겨울의 깊은 눈에 싸인 흙처럼 혹은 겨울나무 안에 흐르는 수액처럼 이 세상 깊은 곳에 감추어진 힘인지도 모르겠습니다. 모순된 말이 됩니다만, 말로 할 수 없는 '상실'의 슬픔과 '환생'의 기쁜 울림이야말로 우리가 서로의 언어로 추구하고 있는 것이겠지요.

하고 싶은 이야기가 많은데 벌써 페이지가 다 되었군요. 어린 시절 신경숙 씨가 숨어들곤 했다던 헛간에 대한 이야기도 하고 싶지만, 이건 다음 편지로 미루어야겠군요.

봄을 기다리는 이맘때면 추위를 견디어온 나무들을 바라보는 시간이 길어집니다. 1밀리, 2밀리 그저 작은 싹이 오늘은 얼마나 자랐는지 설레는 마음으로.

모쪼록 감기 걸리지 않도록 조심하세요. 실은 제 감기도 좀처럼 낫질 않는군요.

2006년 2월 도쿄에서

츠시마 유코

다시 돌아오는 것들

츠시마 님.

새벽 세 시부터 눈이 내렸던 며칠 전 아침이었습니다. 눈이 내리는 걸 보며 잠을 자러 갔기 때문에 아침에 눈뜨자마자 얼른 창밖을 내다보았지요. 자고 있는 사이 눈이 얼마나 왔는지 궁금했거든요. 흰 눈이 내 무릎만큼 쌓여 있었습니다. 이런, 봄을 앞두고 있는데 지난번에 이어 또 눈 이야기로 시작하고 있군요.

쌓여 있는 눈 위로 계속 눈이 내리고 있던 그날 아침에 읽었던 츠시마 님의 소설 때문입니다. 눈 내리는 날 아침에 맡는 커피향이 얼마나 근사한지 알기에 오랜만에 커피콩을 갈아서 커피머신에 넣고 아침부터 진한 건 피하고 싶어 연한 커피가 뽑아져 나오도록 물을 더 붓고 커피가 나오기를 기다리다가 식탁에 놓여 있는 츠시마 님의 『나』를 무심코 펼쳤습니다.

중학생 시절 자신이 '쓰시마마루(對馬丸)'라는 학동소개선學童 疏開船을 탔다가 미국 군대의 잠수함 공격으로 바다에서 죽은 오키 나와(沖繩) 아이가 환생한 거라고 주장한 친구가 있었다.

　내가 펼쳐서 읽기 시작한 대목입니다. 몇 장을 더 계속 읽다가 다시 앞장으로 넘겨서 한국어판으로 번역된 제목이 '산불'임을 확인했습니다. 열흘째 계속해서 타고 있는 산불을 끄러 가는 소방차에 대한 묘사가 소설의 첫머리에 등장합니다. 하얗게 빛나는 고속도로가 내려다보이는 식당에서 화자가 산불이 일고 있는 방향을 바라보며 산불의 기척을 더듬어보는 것으로부터 소설은 시작되지요.

　우선, 불타오르는 나무들 냄새가 코를 자극하게 될까. 그리고 조금씩 눈이 아려올까. 목이 알싸해진다. 도로 위로 하얀 연기가 흘러들어 퍼진다. 하얀 어린 동물들 무리 같다. 길 양쪽의 숲에도, 자세히 보니 하얀 연기가 낮게 떠다닌다. 산불인 줄 몰랐다면, 정신없이 홀린 듯 바라보게 될 신기한 풍경. 새들의 날갯짓 소리가 머리 위에서 퍼덕인다. 인간의 비명 같은 울음소리. 새떼들 그림자로 하늘이 뒤덮인다. 연기가 그 뒤를 쫓아간다. 지상에는, 묵묵히 도망가는 동물의 무리. 다람쥐, 토끼, 두더지, 여우, 사슴, 멧돼지, 하늘의 연기와 땅을 기어다니는 연기가 이윽고 하나로 어우러져, 그 연기 속에 나무들의 형체도 빨려 들어간다. 화염의 열기가 갑자기 훅 끼쳐온다. 나뭇가지, 이파리들이 타오르는 메마른 소리…….

그러다가 소설 속의 '나'는 어느 순간 날카롭게 깨닫습니다. 그 뜨거움, 그 소용돌이치는 화염과 연기 속에서 흘린 눈물, 무엇보다도 불이 난 그 산을 질주하던 공포를 자신이 경험한 것처럼 알고 있다는 것을 알아챕니다.

나는 외톨이였다. 녹초가 되어 쓰러지면, 죽음에 삼켜지고 말아. 내 다리가 이렇게 외쳤다. 하지만 급기야 힘이 다해 화염에 휩싸여 자신의 몸이 지글거리며 타는 냄새 속에서 죽게 되리라는 것도, 나는 알고 있었다. 그 슬픔에 온몸이 떨려왔다. 내 옆을, 여우가 달린다. 눈이 빨갛게 이글거린다. 내 눈도 이글거리고 있었을 게 틀림없다. 뜨거운 바람이 함지만 한 붉은 입을 벌리고 뒤쫓아온다. 그 붉은 입이 자꾸자꾸 커져만 간다. 나의 정든 숲은 이제 사라지고 말았다. 다리가 열기에 녹아내린다.
하얀 연기 속에 나는 쓰러져 슬픔의 소리를 지른다. 나의 갈색 사슴의 몸이, 더 이상 움직이지 않는다…….

자신이 미국 군대의 잠수함 공격으로 바다에서 죽은 오키나와 아이가 환생한 거라고 주장한 중학생 때 친구처럼, 작품 속의 '나'도 자신이 언젠가 산불에 타죽은 갈색 사슴이었음을 순간적으로 깨닫는 장면입니다.

환생에 대한 이야기였던 거지요. 이상한 일이지요. 지난번에 다 읽었는데도 처음 읽는 듯했어요. 눈이 세상을 다 덮어버려 환상이 찾아온 걸까요? 읽다가 내가 더욱 흥미를 가지게 된 것은 8년 전에 아이를 잃은 소설 속 화자의 독백이 내가 가끔 하는 생각이었기 때문입니다.

죽은 아이의 베이비시터였던 여성이 갑작스런 사고로 남편을 잃은 후에 소설 속의 '나'에게 보내온 편지와 그 편지에 어떻게 답장을 해야 할까? 고민하는 화자의 번민 사이로 신비하게도 아무런 상관없는 이 현실의 내가 개입해 있는 듯한 느낌이지 뭐예요.

갑자기 남편을 잃은 젊은 여성은 죽은 남편이 점점 누구인지 알 수 없어진다고 하면서도 그 사람을 내부에 늘 느끼고 있기 때문에 잃어버릴 염려는 없을 것 같다고 하지요. 그때까지 자신이 남편이 이러저러한 사람이었다고 나름대로 파악한 모습은 흐릿하게 사라져간다고 말하면서도 네덜란드의 옛 그림 속에서 남편을 발견했다고도 합니다. 농장에서 집오리의 꽁무니를 쫓는 하얀 개, 그림 귀퉁이에 그려진 조그만 점 속에서 남편을 느꼈다는 거지요. 합리적으로 설명할 수는 없지만 분명히 남편임을 확신한다고 합니다.

소설 속의 '나'도 도시에서만 자라 산불 같은 건 본 적도 없다면서도, 중학생 때 친구가 자신은 오키나와의 죽은 아이의 환생이라 했을 때 우습게만 들었다고 하면서도 이 현실 속에서 죽은 아이의 모습을 많이 봤다고 독백하지요. 아이가 수족관 속의 물고기가 되어 자신을 향해 희미하게 웃은 적도 있고, 외국의 바닷가에서는 나비가 된 그 아이가 쫓아오기도 했으며, 마당의 새끼 도마뱀으로도 몇 번이나 환생했었다고요. 죽은 아이는 죽은 해 그해 여름 곧바로 자신의 방으로 돌아왔다고도 합니다. 맨션 8층에 있는 방까지 그 자그마한 몸으로 기어올라 왔다고요. 뿐만 아니라 죽은 아이는 가족이 이사를 했을 때 새집을 보러오기도 합니다. 새로 이사한 집의 거실 유리문 한가운데 달라붙어 구슬처럼 동그랗고 까만 눈으로 가족인 '우리'를 응시하지요.

7년 전쯤이네요.

『기차는 7시에 떠나네』라는 장편소설을 쓰고 있을 때였습니다. 깊은 밤에 아주 가끔 전화를 걸어오는 여성이 있었습니다. 나이는 묻지 않았으나 앳된 목소리로 짐작해보건대 결혼을 한 지가 일이 년 되고 아이는 없는 상태인 여성 같았습니다.

어느 날 아침 출근하는 남편에게 퇴근길에 책 한 권을 사다줄 것을 부탁했다고 합니다. 우연히도 그 책이 『오래전 집을 떠날 때』라는 내 책이었다고 합니다. 저녁에 남편이 책을 사가지고 돌아올 것을 기대하고 있는데 남편은 그날 아침의 출근길 갑작스런 교통사고로 다시는 그들의 방으로 돌아오지 않았다고 했습니다. 갑작스럽게 남편을 잃고 깊은 밤에 가끔 전화를 걸어오는 그녀에게 내가 해줄 수 있는 일은 전화를 끊지 않는 일뿐이었습니다. 그 어떤 말도 부질없이 느껴져 별로 말도 하지 않았습니다. 오히려 그 여인이 내게 많은 이야기를 해줬지요. 남편의 유골은 절집에 두었는데 가끔 찾아간다고 했습니다.

어느 날은 그러더군요. 절에 도착했더니 바람도 불지 않았는데 절집 처마에 매달려 있던 풍경이 흔들리며 소리를 내더랍니다. 남편의 소리라고 했습니다. 만물의 어디서나 남편의 기척을 쫓는 그녀의 이야기들을 나는 1년가량 들어주기만 했습니다. 그녀는 지금도 어디선가 이따금 하늘이나 물소리 혹은 바람이나 꽃이나 그림 속에서 남편을 발견하며 또 다른 삶을 살고 있겠지요. 이제는 나에게 전화를 걸지 않아도 견딜 수 있는 힘이 생겼기에 전화는 걸어오지 않는 거라고 생각합니다.

츠시마 님.

내가 쓴 단편소설 중에 「지금 우리 곁엔 누가 있는 걸까요?」라는 작품이 있습니다. 아, 이 작품은 츠시마 님도 읽었겠군요. 원주에서 한일작가심포지엄을 할 때 내 텍스트로 번역된 게 그 작품이었거든요.

오른쪽 겨드랑이에 귀 모양의 날개가 있는 기형적인 모습에 선천적으로 면역성 결핍 체질로 태어난 딸아이를 잃은 후에 서로 말을 잃은 채 살아가는 부부가 있습니다. 눈보라 치는 어느 겨울밤에 죽은 딸아이가 부부를 찾아오지요. 처음엔 초인종 소리로, 나중엔 목욕탕에서 물장구치는 소리로, 더 나중엔 냉장고 앞에서 옹알거리는 소리로 죽은 아이가 환생하지요. 아내는 남편에게조차 남편은 아내에게조차 내색하지 않고 혼자 싸안으려 했던 고통과 슬픔을 두 부부는 죽은 아이의 방문으로 함께 바라보게 되지요.

그 작품을 쓰면서 느꼈던 감정을 츠시마 님의 「산불」을 읽으면서 고스란히 다시 느꼈습니다. 국적도 자라온 환경도 성장과정에 들었던 이야기도 세대도 경험한 문화도 역사도 다 다른데 어찌 이리 비슷한 생각을 서로 했을까요? 신비로웠습니다.

이 세상에 왔으나 못다 하고 간 목숨에 대한 생각에 깊이 빠질 때가 종종 있습니다. 가끔 뜻밖의 부고를 접하게 될 때면 더욱 골똘해지지요. 목숨을 다하지 못한 죽음을 우리는 인생에서 한두 번씩은 경험하게 됩니다. 나만 놀랄 일 같은데도 알고보면 누구나의 인생에 그런 경험은 끼어 있습니다. 미처 죽음에 대한 인식을 하기도 전인 십 대 때, 그리고 이십 대 때 삼십 대에 둘…… 이러다가 사십이 되면 한참 숫자가 늘어나지요. 어쩌면 살아 있는 사람들은 이미 죽은 이의 몫을 함께 살고 있는지도 모르겠어요. 죽음을 골똘히 생각하다보면 오히려 어떻게 살아야 되겠는지가 희미하게나마 깨달아지니 말입니다.

내가 보는 만물 중에서 특별히 나의 시선을 끌어당기는 것 속에 일찍 죽은 이의 못다 한 숨이 담겨져 있다고 생각하기로 한 것은 죽음에 대해 어떤 식으로든 이해를 해보려는 나의 대처방식이었던 것 같습니다. 그러니 나에게 주어진 시간을 철저하게 사용하고 나의 눈에 비치는 세계에 대해 긴장과 배려의 시선을 거두지 말자, 라고 다짐했습니다. 그렇게 생각하지 않으면 일찍 죽은 이들과 함께하지 못했던 시간, 지키지 못한 약속들, 베풀지 못했던 마음을 어떻게 메워야 할지 난감했거든요. 그러니까 식물이든 동물이든 인간이든 간에 살아 있는 목숨에 대고 내가 알고는 독을 내뿜지 말고 살자, 는 것이지요.

「산불」에서 남편을 잃은 젊은 여성이 항상 마음속을 투명하게 해두면 그 사람의 본질을 어디서든 찾아낼 수 있다고 했던 말이 글로 읽은 게 아니라 내가 하고 있는 말처럼 친숙하게 다가왔던 것은 갑작스럽게 무엇을 잃기도 해야 하는 사람의 마음을 보편적으로 표현해놓아 그럴 테지요.

결국 화자는 그 여성에게 어떤 답장도 보내지 못하지만 저는 츠시마 님이 쓰신 아래와 같은 문장에서 답장 대신을 읽었습니다.

평소에 나이 차이를 그다지 의식하지 않고 함께 영화를 보러 가기도 하고, 서로 일에 대한 푸념을 늘어놓기도 했었는데, 이 편지에 대한 답장을 고심하면서 그녀의 젊음이 무엇보다 내 몸에 와닿았다. 서른이 넘어 나는 아이를 낳았고, 10년 후에 그 아이를 잃었다. 그런 나이에는 변화다운 변화는 이제 내 신변에 일어나지도 않고 바라지도 않는다고 여겼다. 그럼에도 실제로는 얼마나 큰 변화를 허락하고 말았던가. 시부모님이 잇달아 별세했고 우리는 이사를 했고, 남편이 외국으로 부임하면서 나도 그곳에 익숙해졌고 낯선 말을 배웠고, 새로운 친구들도 생기고, 좀처럼 풀리지 않던 내 사무실 작업에 자잘한 장식품을 사 모으는 일이 보태졌다. 거리 풍경도 바뀌고 말았다. 아이가 사용하던 가구를 그대로 쓰고 있는데, 책상 서랍은 어느 틈에 내 소지품들로 가득 찼고, 겉에 쓰인 낙서들도 차츰 엷어져간다. 내 옷이며 구두가 늘어난 만큼, 아이의 옷과 구두가 든 상자는 점점 벽장 구석 쪽으로 밀려난다. 한편, 나는 꿈속에서 지금도 아이를 야단치고 열을 재고 아이의 몸을 씻겨준다.

그렇지요. 내가 바라든 바라지 않든 시간은 또 흘러가고 변화는 또 오지요. 어느덧 상실에도 익숙해지고 머리가 으깨어지는 것 같은 고통도 깊은 숨을 내쉬는 것으로 감당하게 되지요. 그렇게 받아들이며 시간이 흘러가지만 그러나 끝내 또 다 망각할 수는 없어 "나는 꿈속에서 지금도 아이를 야단치고 열을 재고 아이의 몸을 씻겨"주는 게 또 인간이지 않겠습니까.

눈 내리는 날 아침에 우연히 펼쳐놓고 읽게 된 츠시마 님의 작품을 읽으면서 목숨을 다하지 못하고 일찍 죽은 이들이 아침 햇살로 동물원의 사자로 계곡의 나무로 그렇게 다른 모습으로 주변에 존재하고 있는 것 같은 감정을 나도 비슷하게 감지하며 살고 있다는 말을 독후감으로 조금만 말하고 싶었는데 이렇게 길어졌네요. 주변 사람들은 나보고 말수가 없다고 하는데 아무래도 나는 수다쟁이가 틀림없는 것 같습니다.

"삼 센티도 될까 말까 한 회색의 죽은 그 아이가 자신도 알에

서 막 태어난 참이라 어리둥절한 채 곧장 유리문을 향했다."는 대
목을 읽었을 때, "걸음마도 아직 우스꽝스런 죽은 아이가 현관문
에 달라붙은 채 가족이 외출에서 돌아오기를 기다렸던 적도 있었
다."고 화자가 독백하는 장면을 읽었을 때, 그만 내 눈시울이 더
워졌습니다.

그날 아침 눈은 하염없이 내렸지요.

따라놓은 커피는 차디차게 식었고요.

츠시마 님.

지난번 편지 때 츠시마 님의 세대에 한국문학이라고 하면 정
치적인 색채를 띠는 것이 대부분인 인상이라고 했었죠. 한국의
역사는 츠시마 님의 표현처럼 가혹하다고 해야 할 만큼 항상 격
동기에 놓여 있었습니다. 정치적으로나 사회적으로나 먼저 일어
난 일들을 정리할 틈도 없이 곧 새로운 상황에 놓여 있곤 했습니
다. 한국의 문학은 그 일선에 있었습니다. 사회현상과 정치적인
문제가 문학의 중심을 이루었던 시절엔 여성이나 어린이, 노약자
를 중심으로 한 문학적 테마가 약한 편이었으며 츠시마 님의 지
적대로 여자들은 저쪽으로 가라, 는 듯한 느낌마저 없지 않아 있
었습니다.

그러나 80년대 후반을 통과하면서 한국문학에도 커다란 변화
가 있었습니다. 여성이나 어린이, 사회적 약자들의 문제는 물론
이고 사랑, 연애, 죽음이나 권태, 육체에 대해서도 국제적 감각이

한국문학 속으로 깊이 침투해 들어와 어느 작품은 한국식의 지명이나 이름만 바꾸면 무대가 파리인지 프라하인지 서울인지 모를 정도로 감수성의 변화가 있었지요.

10여 년 전까지만 해도 여성 작가들은 보기 드물었지만 지금은 젊은 여성들이 문단에 활발하게 진출해서 한국문학의 중추적 역할을 하고 있으며 뒤이어 경쾌하고 발랄함을 무기로 한 세대가 등장해 일군을 이루고 있기도 합니다. 이 점은 다음에 더 길게 쓸 수 있는 기회가 있으리라고 봅니다. 아쉽게도 번역이 많이 되질 않아 한국문학을 쉽게 접하지 못하는 점이 한국문학에 대한 인식의 틀을 묶어놓고 있지 않나 하는 생각이 듭니다. 현재는 일본이나 한국이나 사회적·정치적 문제를 껴안은 채 다다른 지점이 기묘하게 서로 닮은 소비사회라고 했는 데 동의합니다.

츠시마 님.

서울의 산 생활은 어떠냐고 물었는데 겨울 동안 산에는 손을 꼽을 정도로밖에 가보지 못했습니다. 그저 눈이 쌓여 있는 산을 봐왔네요. 다른 해에는 눈이 오고 나면 일부러라도 산을 찾곤 했습니다.

눈 내리고 난 후에 산에 올라가 보면 눈으로 뒤덮인 나무들에 매혹되어 눈이 휘둥그레지지요. 그런 날은 오히려 춥지도 않고 따뜻할 뿐 아니라 한참 오르면 등줄기로 땀이 흐르고 입으로는 눈꽃을 향해 저절로 감탄사가 흘러나오곤 합니다. 더불어 그런 날 산에 올랐다는 희열이 아주 강렬해서 아무에게나 안녕하세요, 인사를 하게 되죠.

그런데 이번 겨울엔 거의 한 달을 감기를 앓느라 엄두가 나지 않았습니다. 내년부터는 독감주사를 미리 맞아둬야겠다, 싶을 정도로 좀 심하게 앓았지요. 그러던 어느 날 번역자 김훈아 씨가 동경에서 메일을 보내왔더군요. 우리들의 왕복서신 교환 첫 회가 무사히 마쳐진 기념으로 동경에서 『스바루』지 편집자 미즈노 씨와 츠시마 님과 함께 축하 저녁을 먹기로 했다면서 나보고도 오겠어요? 농담처럼 물었어요. 홀쩍 갔다 오고 싶어 마음이 얼마나 들썩거렸는지 모릅니다. 그날 즐거웠는지요?

아, 그리고 한국 출판사 쪽에 내가 츠시마 님의 장편소설을 번역해보라고 권했더니 작품을 추천해보라고 해서 『웃는 늑대』와 『나라 리포트』를 추천했었어요. 『나』가 출간된 뒤에 『파라 21』이라는 계간지의 츠시마 님의 인터뷰를 읽은 걸 참고로 해서 추천했었는데 『웃는 늑대』와 『나라 리포트』 두 작품을 번역을 하기로 츠시마 님이 속한 에이전시와 계약을 하고 사인을 했다고 하더군요.

그런데 뒤늦게 『나라 리포트』가 상당히 번역하기에 어려운 작품이라고 들었습니다. 김훈아 씨를 통해서 말씀드린 대로 이미 사인을 했다고 하지만 『웃는 늑대』는 그대로 진행하고 『나라 리포트』 대신 츠시마 님의 중·단편을 하면 어떨까요?

지금 번역되어 있는 『나』 외의 다른 단편들은 한국 독자들이

접할 기회가 없었다는 생각이 들거든요. 이 기회에 장편으로는 『웃는 늑대』 그리고 중·단편 몇 편이 번역되어 책 한 권으로 묶인다면 한국 독자들이 츠시마 님의 작품들을 장편과 중·단편집 그리고 『나』, 이렇게 골고루 읽을 수 있으니 좋지 않을까요? 한국쪽 출판사에도 『나라 리포트』 대신 중·단편집으로 바꿔보는 게 좋겠다고 다시 권했는데 이미 사인을 해서 가능할지 모르겠다고 하더군요. 츠시마 님이 직접 에이전시에 말씀해주면 가능하지 않을까요? 중·단편도 한국에 번역이 되었으면 싶은 작품을 츠시마 님이 직접 골라주면 훨씬 의미가 있을 것 같구요.

츠시마 님.

저 산은 침묵에 쌓여 있는 것 같아도 안으로는 봄을 맞이하느라 용트림을 하고 있겠죠. 이제 얼마 지나지 않아 연두잎들이 폭죽을 터뜨리듯 돋아날 것입니다. 다음엔 겨울산 대신 봄산 소식을 전해드릴게요. 저 산 속에 내가 오래전부터 사랑해온 아름드리 귀룽나무가 살고 있는데 그 나무 소식도 함께 전해드리겠습니다. 그때까지 안녕히 계세요.

2006. 2. 19. 일요일에
서울에서 신경숙 드림

죽은 이를 위한 날에

이곳은 지난 주말 지나간 돌풍 이후 벚꽃이 피기 시작해 완연한 봄날이……라고 쓰고 싶은데, 실은 좀처럼 따뜻해지지 않은 날씨 때문에 벚꽃은 더 기다려야 할 것 같습니다.

춘분 무렵 한바탕의 거센 바람과 궂은 날씨가 지나간 다음에야 이곳에서는 비로소 진짜 봄이 시작되지요. 어느 해는 이맘때 도쿄에 폭설이 내린 적도 있었답니다.

돌풍이 분 다음 날부터 저는 코후〔甲府〕라는 곳에 와 있습니다. 떠나기 전날 밤까지 강풍에 집이 삐걱거리는 소리를 들으며 걱정도 했지만, 코후에 도착한 오후에는 파란 하늘이 멋지게 펼쳐졌고, 투명한 봄 하늘 아래 반짝이는 산들을 볼 수 있었습니다. 아직 잔설이 가시지 않은 산들의 아름다운 모습을 보면 나도 모르게 경건한 마음이 듭니다. 하지만 토요일인 오늘 오후부터는 다시 하늘이 흐려지더니 산들도 모습을 감추고 말았습니다.

코후라는 곳이 어떤 곳인지 신경숙 씨는 잘 모르시겠군요. 이곳은 도쿄에서 서쪽으로 몇 개의 긴 터널을 지난 다음에 나타나는 분지로 인구 20만 정도의 시입니다. 남쪽으로는 후지산이 서쪽으로는 미나미알프스(남알프스)라 불리는 3천 미터가 넘는 산들이 이어진 것을 볼 수 있어요. 그리고 이곳은 어머니의 고향이기도 합니다.

금요일에 일 때문에 우연히 코후에 오게 되었는데, 바로 돌아가기가 아쉬워 이틀 정도 머물면서 여기서 당신에게 편지를 쓰고 싶어졌습니다. 요즘은 기차로 한 시간 반이면 도쿄에서 이곳까지 올 수 있어요. 기차가 분지로 들어서면 산언저리에 펼쳐진 포도와 복숭아밭이 보이지요. 이제 한 달 정도면 일제히 꽃망울을 터뜨린 복숭아꽃으로 분지는 핑크빛으로 물들 겁니다.

지금은 토요일 오후.

점심을 먹으러 역 앞 백화점에 가서 젊은 사람들로 붐비는 레스토랑에 들어가보았습니다. 교복 차림의 여고생들이 모여 한창 수다에 빠져 있습니다. 찢어진 청바지에 귀와 코에 피어스를 한 젊은이들도 있습니다. 들어왔을 때는 몰랐는데 몇 번이고 이용할 수 있는 드링크바가 있는 요즘 어디서나 볼 수 있는 아메리칸 스타일의 레스토랑이군요. 역 앞에는 말할 것도 없이 패스트푸드점과 금색이나 갈색 등으로 머리카락을 염색한 요즘 젊은이들이 아무렇지도 않게 길을 걷고 있습니다. 옛날 이곳에서 자란 어머니가 보신다면 신기한 외국에 와 있는 것 같겠지요.

결코 멀리 떨어진 고향이 아닌데, 내 기억 속의 어머니는 이곳에 오는 일이 거의 없었습니다. 세상을 떠나기 얼마 전 미나미알프스가 보고 싶다는 말을 언뜻 비치셨지만, 몸이 불편한 어머니를 코후까지 모시는 것은 무리라 생각해 제가 찍어온 사진을 보여드렸어요. 뭔가 궁리를 하면 모셔올 방법도 있지 않았을까 이제와 새삼 후회스럽습니다.

어머니는 고향에 가지 않으셨을 뿐 아니라 고향에 대한 말씀도 하지 않으셨어요. 한 번은 옛날이야기를 들려 달라고 부탁한 적이 있었습니다. 연로하셨으니 이젠 마음이 바뀌지 않았을까 하고 여쭤봤지만, 옛일을 떠올리면 죽은 사람들만 생각나 괴로울 뿐이라며 어머니는 그때도 단호히 거절하셨어요. 그런 말을 들으면 저도 고개를 떨어뜨리고 입을 다물 수밖에 없었지요.

신경숙 씨의 지난달 편지에는 눈보라 치는 밤에 죽은 아이가 그 부모 곁으로 살며시 찾아온다는 당신 작품에 대해 쓰셨지요. "죽은 이의 못 다한 숨"이 주변 어디엔가 깃들어 있을 거란 말과 함께요.

아, 그랬구나, 이 작품은 신경숙 씨가 쓴 것이었구나, 하고 나는 놀라 멍해지지 않을 수 없었습니다. 내게는 너무도 친숙한 감촉의 작품이어서, 작가는 생각지도 않고 가슴속에 소중히 간직하고 있던 작품이었기 때문입니다. 마치 옛날에 내가 어딘가에 발표했던 작품처럼요.

이런 일도 있나 싶어 서둘러 찾아 읽어보고, 그리고 이제는 몇 번 읽었는지도 모를 장편 『외딴방』도 다시 읽었습니다. 그리고 내가 왜 당신과 왕복서간을 쓸 생각을 했는지 이제와 새삼 납득이 갔습니다. 신경숙 씨께 특별한 친밀감과 신뢰감을 갖고 있었던 이유도.

『외딴방』에서 이런 글을 찾았습니다.

어느 시절에나 은밀한 비밀들이, 그 시절에 살아가고 있었던 게 아니라 죽어가고 있었다 해도 겨운 추억들이, 지독한 악취가 끊이지 않는 골목에서도 포동포동하고 푸르스름한 눈빛을 한 아이가 자라고 있듯이, 피로한 푸른 작업복 속에서도 우리들의 가슴이 흰 토란같이 단단해졌듯이, 어느 시절에나 은밀한 추억들이.

은밀한 추억들.
나는 이 말에 깊이 수긍합니다.
어머니에게는 어머니의 '추억들'이 있었고, 그것은 마음 편히 딸인 내 호기심을 채워주기 위해 대답할 수 있는 것이 아니었던 거지요. 이야기하기를 거절할 만큼 어머니 마음속의 '추억들'은 늘 현재형으로 숨쉬고 있었던 거겠지요. 어머니에게는 내가 소설을 쓴다는 이유로 그러한 '추억의 무리'를 안이하고 난폭하게 딸의 말로 주무르는 것을 경계하는 마음이 있지 않으셨나 상상해봅니다.

어느새 밤이 되었지만 다시 밖으로 나가기가 귀찮아 호텔에 있는 레스토랑에서 이곳 명물인 '호오토오'로 저녁을 먹었습니다. 호오토오는 호박이 들어간 우동인데 된장으로 간을 합니다. 쌀이 나지 않은 척박한 땅의 사람들이 예전부터 먹던 음식이지요. 어린 시절부터 이 소박하고 거친 우동을 먹고 자란 탓에 나는 지금도 이 우동을 좋아합니다.

내가 소설이나 수필을 쓰기 시작한 지 벌써 40년이 됩니다. 그런데도 아직 내 '작품' 속의 말이 얼마나 현실 속 침묵의 무게에 가까워졌는지, 저는 늘 불안하고 자신이 없습니다.

글 밖에서 지금 나는? 가슴이 쓰라리다.

당신은 이렇게도 썼지요. 얼얼하고 쓰린 가슴속 아픔을 스스로 '작품'으로 써가며, 그 말들이 실은 자신을 배반하고 있는 것은 아닌지, 그런 의심과 망설임이 늘 내게도 따라다닙니다.

당신은 이미 눈치채셨을 줄 압니다만, 이 왕복서간에도 나는 어머니와 오빠에 대한 이야기는 자주 쓰면서 아들에 대해서는 아직 쓰지 못하고 있습니다. 그것이 어떤 것이든 아들에 대해 쓸 수 있는 말을 찾지 못했기 때문이며, 말로는 표현할 수 없는 감정이 버티고 서서 제 입을 닫게 하기 때문입니다. 지금 내 머릿속은 온통 아들에 대한 생각뿐인데도, 어머니나 오빠에 대한 이야기만 쓰고 있는 나는 당신에게 거짓말을 하는 꼴이 아닐까 싶어 자신이 실망스럽습니다. 하기 쉬운 이야기만 열심히 하고, 소중하게 생각하는 당신에게조차 표면적으로만 대하는 것은 아닌가 하고 말입니다.

그렇지만 여기서, 실은 춘분 다음 날이 아들 기일입니다, 하고 시험 삼아 조심스레 써봐도, 이런 '기일'이란 말이 그 아이에게는 전혀 어울리지 않아 화가 나서 지워버리고 싶어집니다. '아들'이란 말조차 내게 남겨진 실감의 무언가를 배반하고 있는 느낌입니다.

소설이란 형태로, 간접적으로 뭔가를 엮어냄으로써 스스로 결코 말로 할 수 없는 '쓰린 아픔' 혹은 '은밀한 추억들'에 조금이나마 접근할 수 있을지도 모른다는 기대만은 이렇게 허둥거리면서도 버리지 못하고 있습니다. 그렇기 때문에 나는 분명 살아 있는 동안 글쓰기를 그만두지 못하겠지요. 그리고 내 글이 심한 배신만은 범하지 않기를 바라며 단어를 선택하는 일만으로도 힘겨운 것이 내 '창작'인지도 모르겠습니다.

아무리 주저하고 두려워해도 그런 내 마음과는 무관하게 올해도 춘분이 찾아옵니다. 낮과 밤의 길이가 같은 날.

일본에서는 추분과 춘분에 망자의 혼이 찾아온다고들 합니다. 당신 작품을 보면 한국에서는 동짓날에 망자의 혼이 찾아오고, 경단을 넣은 팥죽을 만든다고 되어 있었지요. 일본에서도 춘분과 추분에는 떡을 달게 졸인 팥소로 싸서 먹는 풍습이 있습니다. 저는 그 떡을 좋아하지 않지만요. 그리고 봄의 피안彼岸과 가을의 피안이라 불리는 이 기간에 모두 성묘를 가요. '피안'이란 저 세상이란 뜻입니다. 이 피안 동안에 죽은 사람은 바로 천국에 갈 수 있다고도 합니다만, 그 어떤 말도 소중한 가족을 잃은 사람에게는 위로가 되지 않습니다.

아이를 잃고 맞은 첫 번째 춘분날, 도쿄에는 이례적인 폭설이 내렸습니다.

그래요, 여기서 눈물에 대해 이야기해두고 싶군요.

열한 살 때 지금 내가 살고 있는 집으로 이사한 것은 지난 편지에도 썼었지요. 그 이삿날 저녁, 기르던 개가 새집에서 도망을 쳤는데 그만 도로 맞은편에서 달려오던 트럭에 치여 그 자리에서 죽고 말았습니다. 뒤를 쫓던 저는 그 장면을 목격하고 차도로 달려나가 쓰러진 개를 끌어안았습니다.

개가 죽었다는 사실을 아직 인식하지 못한 제 곁으로 이사를 도와주러 왔던 사촌오빠가 달려왔고, 개를 집 마당까지 옮겨주었습니다. 뜨고 있던 개의 눈을 감겨주며 사촌오빠는 물었습니다. 결국엔 묻어줘야 하지만, 내일까지 기다릴지 지금 묻을지를요. 나는 바로 개를 묻어 달라고 대답했겠지요. 한여름 밤이었습니다. 사촌오빠가 삽으로 구덩이를 파는 동안 나는 내내 개의 몸을 쓰다듬었습니다. 어느새 몸은 단단하고 차가워지기 시작했습니다. 그리고 내 눈에서는 눈물이 뚝뚝 흐르고 있었지요. 마치 낙숫물처럼 떨어지는 눈물에, 왜 이렇게 눈물이 나오는지 저는 당황스러웠습니다.

슬프다는 실감 같은 건 전혀 없었는데 눈물이 계속 나오는 겁니다. 내 의식이나 감정보다 내 몸이 먼저 개의 죽음을 슬퍼했다할 수 있을까요. 사촌오빠와 가족들은 너무 슬퍼한다며 저를 동정했지만, 하지만 그것은 내게 슬픔이란 감정을 수반하지 않은, 내 눈이 제 맘대로 흘린 눈물이었습니다. 그렇기에 그 눈물이야말로 정말 슬픈 눈물이었다 할 수 있을지도 모르겠습니다.

그런 눈물. 춘분이 가까워지면 그 눈물에 대한 기억이 되살아납니다.

눈물에도 여러 종류의 눈물이 있겠지요. 슬픔이란 감정은 참이상한 것입니다. 슬퍼서 눈물이 나오는 것도 괴로운 일이 있어슬퍼지는 것도 아니며, 자신의 슬픔이 무엇이고 어디에 근거하는지, 사람들은 늘 자각하며 사는 것도 아닌 것 같습니다.

지난달부터 나는 신경숙 씨에게 '숨바꼭질' 이야기를 하고 싶었어요.

첫 편지에 당신은 헛간에 숨어 있기를 좋아했다고 쓰셨지요. 나 또한 마당 한쪽에 있던 헛간에 숨어 있는 것을 너무도 좋아했어요!

농가가 아니어서 아주 작은 헛간이었지만, 나무로 된 미닫이를 닫고 어둡고 좁은 구석에 몸을 웅크리고 때로는 가족들이 날찾는 소리를 들으며 꾸벅꾸벅 졸기도 했습니다. 너무 오랫동안 잠이 들어 식구들이 날 찾느라 법석을 피운 적도 있었어요.

아이들은 왜 숨어 있는 것을 좋아하는 걸까요.

일본 아이들 놀이에 '가쿠렌보'란 것이 있습니다. 한국에도 분명 비슷한 놀이가 있겠지요.

우선 한 아이가 '오니'라고 해서 술래가 됩니다. 이것은 중국어로 '숨는다'는 뜻의 '온'이란 말이 일본에 건너와 생긴 말이라고 합니다. '숨은 사람' 그러니까 눈에 보이지 않는 도깨비를 일본에서는 '오니'라고 하는데, 흔히들 따돌림 당하는 사람이나 타관사람이라는 의미로도 쓰지요. 그래서 아이들 놀이 중에서도 특별한 역할을 맡게 된 아이를 '오니'라 부르게 된 것 같아요.

이 오니가 눈을 가리고 있는 사이에 다른 아이들은 각자 숨을 곳을 찾아 몸을 숨기지요. 조금 있다 오니가 "이제 됐니?" 하고 큰 소리로 묻고, 숨을 곳을 찾지 못한 아이가 있을 때는 "아직이야." 하고, 모두가 숨었을 때는 "이제 됐어." 하고 대답을 합니다. 그러면 술래인 오니가 숨은 아이들을 찾기 시작하고, 제일 먼저 들킨 아이는 다음의 오니가 되지요.

누구나 알고 있는 단순하고 평범한 놀이지만, 어쩐지 무서운 느낌도 드는 놀이입니다. 숨은 아이들이 무사히 발견되면 좋지만, 끝까지 찾지 못한 아이는 어떻게 되는지. 오니는 외톨이라 외롭고 두렵기도 합니다. 모두 사라져 주위는 쥐 죽은 듯 조용해지니까요.

내게 '가쿠렌보'는 시간이 지나도 놀이가 되지 못했습니다.

어린아이였을 때는 '숨는다'는 의미를 이해하지 못해 갑자기 다른 아이들이 보이지 않자 울음을 터뜨린 적도 있었고, 겨우 어찌어찌 숨게 된 다음에는 가만히 있을 수가 없어 여기야, 여기 있어, 하고 킥킥거리며 오니에게 가르쳐주기도 했어요. 그러나 조금도 놀이거리가 되지 않는 이 기묘한 '가쿠렌보'를 우리는 지금도 계속하고 있는 것이 아닐까 하는 생각도 듭니다.

당신도 나도 '가쿠렌보'의 오니를 각자 글을 씀으로써 계속하고 있는 걸까요?

일요일. 하늘은 개었는데 다시 차가운 바람이 붑니다. 코후를 떠나기 전에 날아갈 것 같은 바람 속에서 옛 성터인 공원으로 가 망루가 있었던 가장 높은 곳까지 올라가보았습니다. 거기에서는 빙 둘러진 산들을 볼 수 있습니다. 하지만 유감스럽게도 후지산은 완전히 구름 속에 가리어졌고 미나미알프스도 조금밖에 보이지 않았습니다. 가벼운 점심을 먹기 위해 들어간 카페에서는 손님들이 일본과 한국의 야구시합을 열심히 보고 있었습니다. 원래 야구에 흥미가 없는 나는 서둘러 그 카페에서 빠져나오고 말았습니다.

집으로 돌아오는 기차를 타고 문득 차창을 보니, 조금 전까지는 보이지 않던 후지산이 고운 자태를 드러냈습니다.

도쿄로 돌아온 다음에도 바람은 좀처럼 잦아들지 않았습니다. 풍속 33미터를 기록한 강풍이었다는군요.

월요일. 다시 겨울로 돌아간 듯한 차가운 날입니다. 유리문 밖으로 우물가에서 하나 둘 피기 시작한 벚꽃이 보입니다.

그리고 오늘은 춘분. 망자를 위한 날입니다. 바람은 잦아졌고 봄다운 따뜻한 날입니다.

신경숙 씨는 벌써 알고 계셨겠죠?

이 편지는 당신 소설을 조금 흉내내 써보았습니다. 코후를 찾은 것, 그리고 춘분을 앞두고 있어 왠지 신경숙 씨 작품을 흉내내고 싶어졌어요. 잘됐는지 모르겠군요. 현재진행형으로 글을 써내려가는 것은 의외로 어려운 일이군요. 그렇지만 지금 내가 느끼는 주저함에 말이 끊임없이 따라와주는 감촉을 지닐 수 있었습니다.

이 편지가 활자가 될 무렵이면 서울도 아름다운 신록의 봄을 맞이하고 있겠지요. 다시 신록의 서울에 가고 싶군요. 일본에서는 볼 수 없는 까치도 그립습니다. 이곳은 건방진 까마귀들뿐이니 더욱 그렇군요. 오늘도 지붕 위에서 커다란 까마귀가 울고 있었습니다.

서울의 까치들에게도 안부를 전해주세요.

춘분에 도쿄에서

츠시마 유코

침묵의 언어들

츠시마 님.

세 번째 편지를 쓰려고 하니 지난번 두 번째 편지를 처음 읽었던 순간이 다시 생각납니다. 편지를 읽은 후의 여운에 한참을 아무 생각도 할 수 없어 멍하니 앉아 있었지요. 나중에 두 손바닥으로 얼굴을 감싸고 하염없이 또 앉아 있었지요. 츠시마 유코라는 우물을 들여다보느라구요. 두 번째 편지를 읽다보니 뭐라고 정확히 명명할 수는 없지만 츠시마 님의 소설쓰기(글쓰기)의 운명을 알 것 같기도 했습니다.

츠시마 님.

서로 무슨 얘기를 쓰자고 미리 약속한 것도 아닌데 지난번 편지에서 우리는 결국 서로 같은 얘기를 쓰고 있었지요. 막연히 츠시마 님과 함께 글쓰기를 하면 행복할 것 같다, 라는 추측이 바로 이런 것이었을까요. 두 번째 편지를 읽은 느낌을 단순히 행복이라고만 표현할 수는 없겠지요. 얼굴을 감싸고 있다가 손바닥으로 눈이며 뺨이며를 꾹꾹 눌러대야 하는 슬픔도 교차했으니까요.

2월과 3월에 겹쳐 있다는 어머니, 오빠, 아드님 기일은 어떻게 보냈는지요?

이제 이 세상 사람이 아닌 어머니와 오빠 그리고 아들에 대한 마음이 함께 뒤섞여 있는 츠시마 님의 '상실'과 '환생'에 대한 생각을 접했을 때 나는 부끄러워졌습니다. "어머니는 10여 년 전에, 아들은 21년 전에 세상을 떠났지만, 오빠가 죽은 지는 벌써 46년이나 됩니다."라고 담담히 세월을 짚어보는 츠시마 님의 편지 구절에서 눈을 뗄 수가 없었기 때문입니다.

나는 잃은 게 별로 없는 사람입니다. 그런데도 늘 무엇을 잃어버린 듯한 마음으로 살아왔다는 생각을 동시에 했습니다. 무엇 때문인지 내게는 얻는 것을 버젓하게 여기지 못하는 습성이 있습니다. 오히려 잃는 것에서 마음의 균형이 이루어집니다. 꽉 채워져 있는 것보다 텅 빈 곳에서 안정을 느끼는 나의 심리가 츠시마 님의 편지를 읽은 후에 혹 위선이 아니었을까? 의혹이 생겼습니다.

내가 잃어버렸다고 생각하는 것들은 처음부터 근거가 없는 것들이었다는 생각도 동시에 들었습니다. 근거도 없는 것들을 마음으로 상실해가며 또 한편으론 그 결핍을 메워보려고 안간힘을 쓰는 나의 상실감이 혹 거짓은 아닐까요? 내가 잃어버렸다고 느낀 것들이 처음부터 존재하지 않아 잃어버릴 수도 없는 헛것들이었다는 맥락에서 보면 말입니다.

츠시마 님.

겨울의 홋카이도의 아이누들을 르 클레지오 씨와 함께 만나고 온 이야기도 잘 들었습니다. '르 클레지오'란 이름 뒤에 한국식의 '씨'를 붙이려니 이상하군요. 그냥 무례를 무릅쓰고 이름만 쓰겠습니다. 10년 전의 약속을 지키기 위한 단순한 여행처럼 들려쳤지만 작가의 시선이 어떤 것이어야 하는지 공감이 가는 동행기였습니다.

홋카이도엔 2년 전에 가본 적이 있습니다. 어떤 계획도 없는 가까이 지내는 사람들과 함께한 순수한 여행이었습니다. 엄청나게 눈이 많이 내려서 한 치 앞이 내다보이지 않았던 기억이 납니다. 오타루에 우연히 들렀다가 그곳의 촛불축제에 참가했었던 기억도 아련히 떠오릅니다. 그렇게 많은 촛불은 처음 보았지요. 그때만 해도 아이누들 생각은 전혀 못했지만 이젠 홋카이도 하면 나도 그들이 생각날 것 같습니다.

아이누에 대한 일본의 행위들을 솔직하게 표현해놓은 츠시마 님의 견해에 오래 눈이 머물렀습니다. 그렇습니다. 아무리 토지를 빼앗고 동화정책을 써도 언어나 문화는 쉽게 사라지지 않지요. 살아남은 누군가는 그걸 전하고 또 전하니까요.

며칠 전에 다큐프로그램에서 캄보디아의 앙코르를 다시 보았습니다. 내가 다시 보았다고 표현하는 것은 3년 전에 앙코르에 다녀온 적이 있었는데 그 후로 책으로든 사진으로든 방송으로든 앙코르에 관련된 게 나오면 늘 하던 일을 멈추고 보아왔기 때문입니다. 특히 방송은 늘 비슷한 화면인데도 앙코르가 나오면 채널을 멈춰놓고 또 보고 또 보고 했습니다. 앙코르의 폐허의 사원을 뿌리로 질기게 에워싸고 있는 수꾸엉나무들을 이제 눈 감고도 떠올릴 수 있습니다.

그런데 며칠 전에 본 프로그램에선 앙코르의 상징이기도 한 그 나무들보다 마지막 장면이 인상적이었습니다. 어디선가 캄보디아의 민속음악이 흘러나오고 카메라가 그 뒤를 따라갔는데 사원 한구석에서 늙은 여자가 어여쁜 어린 소녀에게 캄보디아의 전통 춤을 가르치고 있었어요. 조상으로부터 물려받은 전통 춤을 추며 살고 싶었던 늙은 여자였으나 총살을 당할까봐 그 마음을 감춰놓고 살다가 다 늙어서야 폐허의 사원 앞에서 어린 소녀에게 자신이 알고 있는 그 춤을 물려주는 장면이었어요. 아무것도 모르는 어린 소녀가 앳되고 맑은 얼굴로 여린 팔과 허리를 돌려가며 춤을 익히고 있는 장면이었습니다. 연출이었다고 해도 그걸 바라보는 내 마음이 숙연해졌어요.

전해질 것은 어떤 압박 속에서도 그처럼 전해지는 거겠지요. 츠시마 님이 신들의 노래라고 일컬어진다는 아이누의 노래 「카무이 유카라」를 아이누에게만이 아니라 세계에 전하듯이요.

르 클레지오의 작품들은 한국에 거의가 다 번역되어 있지요. 가장 최근엔 "오랫동안 나는 어머니가 흑인이기를 꿈꿔왔다."라는 문장이 숨쉬고 있는 『아프리카인』이 출간되었는데 아껴가며 읽었습니다. 정갈하고 맛있는 음식을 앞에 두고 먹을 때 줄어드는 게 아깝잖아요. 그런 마음으로 남은 페이지를 자꾸 짚어보며 (얇은 책이었거든요.) 조금씩 읽었습니다.

르 클레지오에겐 아프리카라는 곳은 마치 태생지 같은 곳이더군요. 그는 자신의 근원을 아프리카에서 찾고 있거나 그곳에서 이미 찾아낸 듯했습니다. 작품만 읽으면 르 클레지오가 유럽인인지 아프리카인인지 멕시코인인지 어느 때는 동양인인지도 모르겠다는 생각이 드는데 그 느낌이 내겐 각별합니다.

작년에 한국의 대산문화재단이라는 곳에서 서울국제문학포럼을 했는데 그때 르 클레지오도 초대되어 왔습니다. 나에게는 『조서』와 『사막』이 출간되었을 때 책날개에 실린 르 클레지오의 젊은 날의 모습이 각인되어 있던 터라 뒤늦게 나이 먹은 르 클레지오의 실물을 대면한 느낌은 좀 낯설었습니다.

르 클레지오는 율리시스의 모험이 불멸의 명성을 누리게 된 것이나 작은 왕국에 불과한 트로이의 멸망이 인류의 기억에 영원히 남게 된 것은 그 역사적 사실로서보다는 호메로스와 베르길리우스의 서사시 덕분이라고 했습니다. 서구 중심의 예술은 극복되어져야 한다고도 했지요. 예술가들이 어느 나라에서 글을 쓰건 작곡을 하건 자신의 작품이 주변의 한정적인 사람에게만 아니라 모든 인류에게 들려질 것이라고 믿으면 된다고도 했는데 이 대목만은 소수언어인 한국어를 사용해서 글을 쓰는 나 같은 작가에겐 좀 허망한 얘기로도 들렸습니다. 당장 츠시마 님과 나도 누군가 우리의 글을 번역해주지 않으면 소통이 불가능하지 않습니까.

르 클레지오가 발제한 포럼에는 한국에서는 황석영 작가도 발제자로 함께했습니다. 한 작가의 다양한 방면의 활달한 입담, 또 한 작가의 소극적인 듯한 그러나 뜻을 분명하게 전달하는 은근한 말씨는 대조적이었고 재미있었으며 유익했습니다. 내게 가장 인상 깊었던 르 클레지오의 발언은 "내 조국은 프랑스도 영국도 아니다. 내 조국은 프랑스어이다."라는 것이었습니다. 불어를 가장 아름답게 활용한다는 르 클레지오다운 발언이었고 작가로서의 그의 태도를 분명히 엿볼 수 있는 대목이었다고 봅니다.

나는 그 수많은 세계적 작가들 중 르 클레지오의 모습을 한 번 더 보려고 포럼 중간에 있던 저녁식사 자리에 참가하기도 했는데 작가들이 각자 한마디씩 하는 자리에서 르 클레지오는 비행기 안에서 썼다는 글을 낭송했습니다. 즉석에서의 동시통역이라 내가 그 뜻을 제대로 전달받았는지는 의문이지만 자연을 묘사한 시적이고 아름다운 내용이었습니다. 큰 키 때문에 마이크를 내려다보며 소년처럼 원고를 양손에 들고 구부정한 모습으로 낭송했습니다. 마치 지평선을 뒤로 두고 저 먼 데를 응시하고 서 있는 기린처럼요.

재미있는 일 하나.

그날 포럼의 사회를 맡은 분은 불문학자이며 평론가인 김화영 선생이었는데 그분이 불어판 『아프리카인』을 소장하고 있었답니다. 그때만 해도 한국어로 번역되기 전이었습니다. 포럼기간 중 불란서대사관에서 주최한 점심식사에 르 클레지오와 함께하기로 되어 있었답니다. 그 불어판 『아프리카인』 앞장에 르 클레지오가 자필로 글을 써주기로 했답니다. 문장이 있는 사인 같은 거였겠지요.

약속된 날 김화영 선생은 『아프리카인』 원서를 가지고 나갔는데 주최 측에서 무슨 착오가 있었는지 김화영 선생에게 약속날짜를 하루 지난 날로 알려주어 르 클레지오와 어긋나게 되었습니다. 게다가 르 클레지오는 급한 일이 생겨 포럼 폐막 전에 한국을 떠나는 통에 두 분은 그렇게 헤어지게 되었나 봅니다.

점심식사가 어긋나게 된 날 김화영 선생을 보게 되었는데 르 클레지오의 자필을 받지 못한 걸 어찌나 서운해하던지 옆에서 보는 내가 안타까울 지경이었지요. 그분 세대에게는 그런 낭만이 있습니다. 내 세대들은 어떤 귀한 이의 자필이라 해도 그리 큰 의미를 두지 않는 것 같거든요. (내 생각뿐일는지도 모르지요.) 사람이 많은 자리에서 노란 봉투에 담긴 『아프리카인』을 그냥 들고 있어 잃어버릴 것 같아서 헤어질 때 돌려드린다며 내 가방에 넣어두고는 그만 잊어버리고 집으로 가지고 와버렸지요. 그런 연유로 르 클레지오의 『아프리카인』 원서는 지금 내가 갖고 있답니다. 그 사이에 번역본이 출간되었지요.

츠시마 님.

츠시마 님의 르 클레지오에 대한 글을 읽기 전에 르 클레지오에 대한 내 느낌 중의 일부는 그의 문학적 관심이 중심보다는 변방에 있다는 것이었습니다. 그는 큰 것보다는 작은 것, 소수자들의 입장이나 이미 사라지고 없는 세계에서 뿌리를 찾고자 한다는 것이었는데 영 엇나간 판단은 아닌 모양입니다. 르 클레지오라면 당연히 홋카이도의 아이누에게도 깊은 애정이 있었을 거라 짐작이 되며, 한국이 좋아졌다는 그의 말도 순수하게 받아들여집니다. 아마 그도 츠시마 님처럼 한국에서 이 대도시 서울보다는 부여 같은 곳을 좋아할 것입니다. 그러고 보니 그가 한국을 방문하면 서울을 벗어나 다른 변방을 찾아다닌다는 얘기도 들은 것 같군요. 유럽 중심에서 명성을 떨치고 있는 작가가 흔히 가질 수 있는 태도는 아니지요. 내게는 인디오들의 이야기에 귀를 기울이고 결국 그들의 침묵의 항의에 함께 동참했다는 르 클레지오와 츠시마 님이 꼭 오누이 같습니다.

홋카이도의 아이누를 만나러 가자는 10년 전의 약속을 착실히 지킨 두 분의 모습에서 신뢰를 느낍니다. 두 분이 함께한 사연들을 이렇게 직접 들을 수 있는 것도 즐겁습니다. 츠시마 님과 홋카이도에 다녀온 뒤 한국에 온 르 클레지오는 조용히 숙소에서 머물며 글을 쓰다가 돌아갔다고 합니다. 김화영 선생조차도 르 클레지오가 한국에 왔다가 갔다는 것을 그가 이미 돌아간 후에야 알았다고 전해 들었습니다.

츠시마 님.

며칠 전에 내가 아는 어떤 이가 자신의 불면증을 "가난한 잠"이라 표현하며 밤에 잠을 못 이루고 있다는 얘기를 들었습니다. 그로부터 며칠 후인 어제 늦은 밤 느닷없이 작년에 미국에 갔을 때 숙소 곁의 월마트에 갔다가 멜라토닌Melatonin이라는 수면유도제를 한 병 사가지고 왔던 게 생각나지 뭐여요. 어디 있나? 찾아보았더니 부엌 찬장 안에 얌전하게 놓여져 있었어요. 불면이 얼마나 힘겨운 일인지 알고 있기에 그걸 주겠노라고 내 쪽에서 먼저 그에게 문자를 보냈는데 그 시간에 그는 북한산 야간산행 중이라는 답변을 보내왔더군요. 산에서 보내온 답장 문자엔 밤산이 참 좋네요, 라고 찍혀 있었습니다.

짐작컨대 야간산행을 감행한 그의 마음에는 자신의 가난한 잠을 달래주려는 의도가 컸겠지요. 야간산행이라는 말로 인해 이제 겨울을 벗어나 봄바람이 일렁이고 있는 밤의 산의 모습은 어떤 느낌일까? 새들은 어쩌고 있을까? 능선이나 바위들이 밤에는 큰 짐승이 엎드려 있는 형상일 텐데 무섭진 않을까? 발을 잘못 디뎌 넘어지면 어쩌나? 이런저런 생각이 한꺼번에 몰려들어 내 머릿속이 꽉 찼습니다.

나도 산에 많이 다닌 축에 드는데 아직까지 야간산행은 해본 적이 없다는 것에 생각이 미치니 당장이라도 밤산에 올라가보고 싶은 충동을 달래느라고 애썼습니다. 언제 또 그이가 야간산행을 한다면 따라가보려는데 글쎄 데려가줄까요? 아무래도 야간산행을 하려면 등산용 랜턴이라도 준비해야겠죠. 어쨌든 야간산행의 기회가 생기면 그 느낌을 얘기해드리지요.

지난번 츠시마 님이 서울에 오셨을 때 봤던 산, 내 집을 내려다보고 있는 산이 북한산입니다. 불면증의 그이가 야간에 올랐다는 산도 북한산이구요.

서울의 북쪽에 위치한 북한산은 높이가 837미터입니다. 도시에 있는 산 같지 않게 크고 길고 넓습니다. 올라가는 길이 서울의 4개 구에 걸쳐져 있을 뿐 아니라 서울을 벗어난 고양시, 양주시, 의정부시에까지 속합니다. 살쾡이나 오소리도 살고 희귀식물들이 분포해 있습니다. 바위로 이루어진 봉우리가 중요지점마다 하늘을 향해 치솟아 있는데 어디에서 보나 그 모습은 장관입니다. 봉우리의 숫자를 헤아리기도 쉽지 않답니다. 너무 많으니까요.

나는 북한산 중에서 예전에는 보현봉 아래에 살았고 지금은 형제봉 아래에 살고 있습니다. 예전에는 책상이 있는 방에서 보현봉을 바라봤으며 지금은 이따금 옥상에 올라가 형제봉을 물끄러미 바라봅니다. 북한산은 예전에는 한산漢山, 화산華山, 삼각산三角山으로도 불렸다고 하는데 조선시대에 북한산성이 축조되면서 북한산이라 불리기 시작했다고 해요. 그러니까 지난번에 내 집 쪽에서 츠시마 님이 본 북한산의 모습은 극히 일부분이어요. 서울 중에서 특히 강북 쪽은 북한산에 빙 둘러싸여 있다 해도 과언이 아닙니다. 나는 한강과 함께 북한산이 이 서울에 존재하고 있다는 게 늘 신기하고 참 고맙습니다.

산 근처에서 오래 살다보니 평소에는 산에 살고 있다는 걸 잊어버리고 살지만 어느 쪽에서 오르기 시작하든 삼십 분, 아니 이십 분만 산을 향하면 이곳이 번잡한 도시라는 게 믿기지 않을 만큼 깊은 산속으로 접어들게 됩니다. 마음만 먹으면 산에서 종일을 보낼 수도 있습니다. 이쪽에서 오르기 시작해 저쪽으로 내려가려면 일곱 시간 여덟 시간도 충분히 걸리니까요. 그러므로 서울 시민 중에 산을 좋아하는 사람들에게 북한산은 보물이지요. 주말에는 북한산 인근은 등산복 차림의 사람들로 가득인데 앞사람의 발끝이 바로 1미터 앞에 보이고 오르고 내려가는 사람들과는 어깨가 닿을 지경이랍니다.

이 집에서 살기 시작한 건 1년도 안 됩니다만 북한산 근처에서 살기 시작한 건 십오륙 년이 넘습니다. 우연히 이 산 곁으로 이사를 와서 살게 된 이후론 이 근처를 떠나볼 생각을 할 수가 없었죠. 산 때문에요. 여기 와 살기 시작한 이후로 아침에 산에 올라가는 일이 참 많았습니다. 특히 삼십 대의 대부분의 아침은 그랬습니다. 아침만이 아니라 정리되지 않는 생각에 마음이 복잡할 때면 산에 올랐습니다. 마음이 아픈 일이 있었을 때, 누군가에게 모진 소리를 해야 하거나 이해할 수 없는 일이 발생해 분노로 머리가 터질 것 같을 때, 꼭 붙들고 싶은 것을 내려놔야 했을 때, 등산화를 꺼내 신고 산에 오르곤 했습니다.

산길을 묵묵히 걷다보면 확 뒤집어진 마음이 얼마간 누그러들었습니다. 구불구불한 길이나 계곡들 소나무나 잣나무나 생강나무 등등의 도움이었을 테지요. 멀리에서 또 가까이에서 변함없이 굽어보는 바위나 능선 봉우리들의 영향 때문이었을 테지요. 변함없고 장엄한 풍광에 의지해 걷다보면 일희일비하던 내 마음의 흔들림이 중심을 잡곤 했습니다.

산에서는 타인에 대한 원망보다는 나의 과오가 먼저 떠오르고 들쑥날쑥한 욕망보다는 침묵이 번지곤 했습니다. 새가 나뭇가지에 앉아 있다가 깃을 치며 날아오를 때면 사방이 일순간 흔들리는 순간을 목격하게 되지요. 그 작은 새에 의한 천지의 흔들림을 보며 이 세계가 서로 연결되어 있다는 생각도 하게 되었고, 이런 봄날, 연약한 애기똥풀이 우직한 나무들 곁에서 슬몃 얼굴을 내밀어보다가 곧 꽃을 쑥쑥 뽑아내 사방을 노랗게 물들이는 것을 대면할 때는 무엇에 맞서고 싶은 저항감 대신 연민이 밀려와 다정해지는 나를 느끼기도 했습니다, 라고 쓰며 츠시마 님이 서울에 오면 함께 북한산에 올라가보자고 덧붙이려다가 아, 츠시마 님은 다리가 아프시지, 뒤늦게 깨닫고는 혼자 죄송했습니다.

츠시마 님.

딱딱하게 굳어진 내 마음이 겨울을 핑계로 산에 오르지 못한 탓인지도 모르겠다는 생각이 드는 일요일 오전이랍니다. 누구에게나 마음의 쓰레기를 파묻어버릴 수 있는 장소가 필요하다면 그곳이 내게는 산이 아니었을까, 그런 생각도 동시에 해봅니다.

번역자 김훈아 씨가 어제 아침까지는 이 글을 넘겨줘야 번역을 해서 『스바루』지의 마감 날짜에 맞춰 보낼 수 있다고 했습니다. 지난번에는 김훈아 씨가 동경에 있었는데 내가 글을 늦게 보내서 훈아 씨가 교토에 가야 하는 약속을 취소하게 한 전적이 있는 나로서는 이번에는 어제 아침까지 꼭 보내려고 했는데 또 오늘 아침입니다. 지난번에 훈아 씨가 "두 분 서신교환 안 했으면 어쩔 뻔했어요? 이렇게 하고 싶은 말들이 많은데." 했던 말이 문득 떠오르네요. 츠시마 님께 편지를 쓰는 시간이 나는 무척 즐겁고 긴장되고 할 말들이 봇물 터지듯이 새어나와서 늘 넘치는데 왜 이렇게 날짜는 못 맞추고 늦는 건지, 참!

이번에는 훈아 씨가 전화도 안 하네요. 그러니 더 미안하면서 한편으로 은근히 걱정도 되는군요. 혹 어디 아픈 건 아니겠지요. 어서 이 글을 보내고 내가 먼저 전화해봐야겠어요. 안녕히 계세요.

2006. 3. 19. 일요일에
서울에서 신경숙 드림

2부. 봄에서 여름으로

산과 땅을 생각하며

신경숙 님.

어젯밤 이상한 꿈을 꾸었습니다. 신경숙 씨와 내가 함께 쓰고 있는 이 왕복서간이 이번 달에는 제목까지 같아서 어떻게 하나, 하고 당혹스러워하는 꿈이었습니다.

어째서 이다지 같은 생각을 신경숙 씨와 나는 동시에 하는지, 지지난달과 지난달에 놀란 마음이 꿈으로 나타난 거겠지요. 매달 놀랍단 말을 반복하는 것도 재미없는 일이라 기가 눌립니다만, 그래도 놀란 건 사실이니 결국엔 이런 이상한 꿈까지 꾸게 되는 군요.

신경숙 씨의 편지를 읽고 나는 내 자신이 많이 부끄러웠습니다. 이 왕복서간을 시작하고 줄곧 무난한 말만을 골라 썼을 뿐 '진심'을 말하지 못하고 있음을 새삼 느꼈기 때문입니다. 그런데 오히려 당신 쪽에서 '내 생각이 부끄러워졌습니다.' 하는 같은 생각을 써보냈습니다. 그럴 리가요, 하고 중얼거리면서도 어쩐지 같은 '정령'이 우리 두 사람을 조종하고 있는 듯한 그런 쑥스러운 기쁨이 나를 감쌌다 해도, 당신은 그건 무리가 아니라고 여겨주실까요?

그리고 신경숙 씨와 서울 사람들에게 있어 산의 존재.

지난달 편지에 저는 산이 제 어머니에게 어떤 존재였나 하는 이야기를 썼습니다. 그런 어머니의 영향으로 나 또한 산을 바라보기를 무척 좋아한다고. 하지만 신경숙 씨의 산 이야기를 읽으니 산에 대한 내 경솔한 생각이 또다시 부끄러워졌습니다. 그리고 내가 오해하고 있었던 것도 처음 알았어요. 나는 한국을 지도상의 개념으로 파악하고 있는지, 바다에 둘러싸여 있는 곳이란 인상이 강했습니다. 그래서 바다에 관심이 있는 분들이 많을 거라 막연히 믿고 있었어요.

일본열도에는 중국대륙과 한반도에서 건너온 사람들 그리고 해양민족인 폴리네시아계 사람들이 오래전부터 살고 있습니다. 그런 흔적인지 바다를 좋아하는 사람이 많은 것 같아요. 바다파인지, 산파인지 우리 일본사람들은 자주 자신의 취향을 화제로 삼습니다. 산을 좋아하는 '산파'는 고독을 사랑하는 금욕적인 사람이란 이미지가 강하고, '바다파'는 남쪽 바다에 대한 동경이 강한 것 같은데 이것도 폴리네시아계의 피가 그렇게 만드는 건지도 모르겠네요.

어머니가 워낙 바다와는 먼 분지에서 자랐기 때문에 나는 당연히 '산파'라 믿고 있었습니다. 그런데 신경숙 씨의 산에 대한 생각을 접하고보니, 아, 실은 내게 산은 먼 존재였구나, 하고 그런 자신이 실망스러워졌습니다. 나는 단지 산을 멀리서 바라보는 걸 좋아하는 사람일 뿐이지요.

한국에도 '바다파'란 사람들이 있는지 모르겠습니다만, 많은 분들은 산을 더없이 사랑하시는 것 같군요. 신경숙 씨 아는 분이 불면증 때문에 3월이라고는 하나 아직 추운 서울의 험한 바위산을 한밤중에 올랐다는 이야기, 그리고 당신도 등산화를 꺼내 신고 마음을 다스리기 위해 산에 오르신다는 이야기. 그런 산과의 깊은 관계를 나는 상상도 하지 못했습니다.

작년에 신경숙 씨 댁을 방문했을 때, 유리문 저편으로 보이던 것이 북한산 형제봉이었군요. 멀리서 그리고 가까이서 산을 볼 수 있어 나는 무심코 마치 스위스에 있는 것 같다며, 스위스 산에 대해서는 알지도 못하면서 어리석은 감상을 이야기해 모두가 웃었지요.

마침 서울에 눈이 쌓인 다음 날의 쾌청한 오후였습니다. 멋진 히말라야삼목이 유리문 가득 펼쳐져 있었고 가지에는 눈이 쌓여 크리스마스카드를 연상케 하는 아름다운 경치였습니다. 대도시 서울 도심에서 택시로 조금 달려왔을 뿐인데 어째서 갑자기 스위스 같은 세상이 펼쳐지는지, 나는 마술이라도 보는 기분이었습니다.

그날은 정말 아름다운 하루였습니다. 차가운 바람이 불 때마다 맑고 투명한 산 공기가 전날 쌓인 눈을 유리알갱이처럼 반짝반짝 무리를 이루게 했지요. 댁에 도착하기 전까지는 가지고 간 디지털카메라에 산 풍경을 담았는데, 댁에 도착해서는 카메라를 가지고 갔다는 사실도 까맣게 잊고 그저 넋을 놓고 산과 눈의 무리를 바라보았습니다. 아마도 그래서 좋았겠지요. 내 기억 속의 형제봉은 매우 엄격한 표정을 하고 서 있습니다. 사람들을 쉽게 다가서지 못하게 하는 모습이었는데 정상 가까이 있는 바위에는 작은 사찰도 보였습니다. 그 절에 가는 것만으로도 정말 힘든 일이겠구나, 하고 내심 생각했었지요. 그 바위산을 신경숙 씨는 혼자서 오르고 계셨던 거군요. 산길을 묵묵히 걷다보면 마음의 아픔과 흔들림이 가라앉고 이런저런 욕망보다 침묵이 퍼져, 새가 문득 나뭇가지에서 날아오를 때 사방이 흔들려, 이 세계가 모두 연결되어 있음을 느낀다는 당신 말. 서울을 둘러싸고 있는 산들은 단순한 산이 아니라 신경숙 씨 그리고 서울 분들에게는 기도의 공간이며, 이 세상의 비밀과 직접 만날 수 있는 특별한 장소라 생각해도 괜찮을는지요.

나는 내가 이해하기 쉽게 줄곧 제 어머니의 경우를 생각했어요.

지난달에도 썼듯이 제 어머니는 '미나미알프스'라는 작은 연산連山을 사랑하셨습니다. 결혼 전에 고마가타케[駒ヶ岳]란 곳에 한 번 오른 적이 있었지만, 결혼 후에는 전쟁 등으로 그 연산을

볼 기회도 별로 없었습니다. 하지만 마음만 먹으면 언제든지 자신의 '미나미알프스'에 갈 수 있다는 안심감은 전후에도 갖고 계셨던 것 같아요. 그런 안심감은 일본의 패전 후에도 열도가 남북으로 분단되지 않았기에 가능했지요. 만약 분단되었더라면 어머니는 그녀의 '미나미알프스'로부터 갈라놓였을지도 모르겠습니다. 열강들 사이에 일본열도를 분단하려는 계획이 진행 중이었지만, 국제정치적 술책으로 다행히 그렇게는 되지 않았다 들었습니다. 만약 그렇게 되었더라면 어머니의 한이 얼마나 깊었을까 하고 상상해봅니다.

신경숙 씨는 언제나 당신을 따라다니는 '상실감'이 근거 없는 것일지도 모른다고 편지에 쓰셨지요. 그렇지 않다고 내가 반사적으로 생각한 것은, 다행히 육친의 죽음을 경험한 적이 적다 하더라도 한반도의 분단이라는 너무도 큰 '상실'을 안고 계시다는 생각이 들었기 때문일까요. 그것이 어떤 아픔인지는 한반도를 고향으로 둔 분들밖에 모르리라 생각합니다.

일본어로 쓰인 전7권의 『화산도』를 읽을 때까지, 1948년을 전후로 제주도에서 어떤 일이 일어났는지 나는 전혀 몰랐습니다. 작가는 어머니가 제주도 출신으로 일본에서 태어난 김석범이란 분입니다. 제주도에서의 일은 그 자신이 직접 경험한 것이 아니었고, 일본에서 자란 그의 모국어는 일본어였습니다. 그렇지만 그는 제주도에서 무슨 일이 일어났는지, 스스로 알아보지 않을 수 없었습니다. 처음에는 그가 제주도에 가는 것 자체도 대단히 어려운 일이었다 합니다. 하지만 그는 20년 이상의 세월에 걸쳐 대작『화산도』를 썼어요. 그리고 지금도 그 속편을 쓰고 있습니다.

이 작품을 읽은 다음, 이 또한 전10권의 방대한 작품인 조정래 씨의『태백산맥』을 읽었습니다. 그리고 처음으로 당시 한반도에 살던 사람들에게 '한국전쟁'이 얼마나 가혹한 시련이었는지, 그 후에는 어떤 아픔이 이어졌는지 구체적으로 알 수 있었습니다. 패전 후의 일본이 한국전쟁의 '전쟁특수'로 경기부흥의 계기를 마련할 수 있었기에, 그런 일본에서 태평하게 자란 저는 견디기 힘든 기분이었습니다.

물론 내가 신경숙 씨를 만날 때나 혹은 이렇게 편지를 쓸 때, 하나하나 이런 '커다란 역사'를 의식하지는 않지만, 그래도 결코 잊을 수 없는 사실로 가로놓여 있습니다.

70년대 후반부터 80년대 초에 걸친 한국사회의 변화를 한 소녀가 어떻게 경험했는지, 특히 광주사건이 어떤 비극을 초래했는지를 그린 신경숙 씨의 장편『외딴방』을 읽고, 일본 독자인 나는 그 무게에 몸을 떨지 않을 수 없었습니다. 광주민주화운동 또한 일본의 우리에게는 무슨 일이 일어나고 있는지 금방은 알 수가 없었습니다.

물론 일본에도 전쟁으로 목숨을 잃거나 가족을 잃은 사람, 원폭으로 지금도 괴로워하는 사람이 적지 않습니다. 전쟁이나 학살은 보통 사람들에게는 고통 외에 아무것도 아닌 쓰라린 경험이지요. 하지만 한반도는 구일본제국에 의한 식민지화와 그 후의 남북분단이란 너무나도 큰 '상실'을 경험했고 '남북융화정책'이 시행되고 있는 오늘에도 아직 통일은 실현되지 않고 있습니다.

고향을 잃는다는 것. 한 사람의 개인에게 이보다 더 큰 '상실'은 없겠지요. 신경숙 씨가 언제나 안고 계신다는 '상실감'이 얼마나 깊은 것일까, 도쿄에 사는 내게도 감지되지 않을 수 없군요. 그것은 계속해서 북한산을 묵묵히 오르는 서울시민들의 몸에 스며 있는 감정이기도 할까, 하는 생각도 해봅니다.

6년 전 일본 아오모리에서 열렸던 한일작가심포지엄에서는 90년대에 들어 한국의 풍요로워진 경제·사회적 배경으로 문학도 크게 변모해 독자와 같은 세대의 작가들이 개인적인 문제들을 그린 작품들이 주류가 되었다는 설명이 있었습니다. 마지막에 저보다 조금 연장자이신 작가 김원일 씨가 그러나, 하고 발언을 시작하셨습니다. 그러나 한국의 경우는 현실문제로 아직 남북이 분단되어 있습니다. 아무리 개인적인 감성에 갇혀 있고자 해도 머지않아 난관에 부딪치게 됩니다. 그때 어떻게 할 것인가, 오늘을 짊어진 젊은 작가들이 깊이 생각해주길 바랍니다, 하고.

발표장은 쥐 죽은 듯 조용해졌습니다. 저도 숨이 멎는 듯한 기분이었습니다. 그래, 아무리 한국과 일본이 표면적으로는 구별하기 어려운 세상이 되었다 해도 아직 한반도의 분단이 해결된 것은 아니라고.

아오모리보다 5년 전에 열렸던 시마네에서의 한일작가심포지엄 때는 신경숙 씨가 첫 편지에 쓰셨던 것처럼 언어문제가 이야기되었지요. 한국어로 작품을 쓰면 다른 나라에서 읽힐 기회가 너무나 적으니 차라리 영어로 작품을 쓰는 게 어떻겠냐는 한국 측의 과격한 발언도 있었습니다. 지난달 편지에는 프랑스어 작가 르 클레지오 씨의 문학은 보편성을 갖는다고 한 한국에서의 강연에 대해 마이너리티 언어 작가인 당신은 공허함을 느꼈다고 솔직히 쓰셨습니다.

한국어를 사용하는 인구보다는 많다고 할 수 있어도 세계적으로 보면 일본어 또한 마이너리티 언어임에는 변함이 없습니다. 일본작품이 영어나 프랑스어로 번역되는 일은 소수의 예를 제외하면 극히 한정되어 있지요. '국제화'라 불리는 시대에서는 더더욱 마이너리티 언어로 쓰인 충실한 문학작품이 구미 특히 미국에서 번역 · 출판될 가능성은 절망적으로 좁아졌습니다. 미국에서도 선주민 작가의 작품은 대학출판국 등에 의존하지 않을 수 없는 형편이라더군요. 한편 '국제화'에 어울리는 국적 불명의 작품들이 세계적으로 읽히며 어딘가 유쾌하지 못한 베스트셀러를 양산하고 있습니다.

그러나 우리는 우리 몸에 배어 있는 말과 문화에 애착을 갖지 않을 수 없습니다. 그것이 아무리 소수의 언어이고 문화라 해도 말이지요. 아이누를 포함한 선주민이나 소수민족 문제는 전형적인 소수파(마이너리티) 언어 문제이기도 하지요.

피지나 사모아, 혹은 뉴질랜드의 마오리 작가들은 작품의 지문은 영어로 쓰지만, 대화 부분은 자신들의 말을 알파벳으로 적습니다. 대만의 '원주민(선주민을 가르키는 대만의 정식 명칭입니다)' 작가들 또한 지문은 중국어로, 대화 부분은 자신들의 말을 알파벳으로 표기한 작품을 쓰고 있습니다. 대화 부분만이라도 자신들의 말로 남기고 싶어 하는, 남기지 않으면 안 된다는 마음에서겠지요.

인도의 서벵갈주에 사는 산타르라는 사람들은 고유의 문자를 갖지 못해 새로이 독자적인 문자를 만들어 문예지를 발행하고 있다는데, 그 문자를 자유로이 구사할 수 있는 사람이 겨우 수십 명밖에 되지 않는다고 했던 말을 잊을 수가 없습니다. 5년 정도 전의 일인데, 지금은 그 문자를 사용하는 사람이 얼마나 늘었을까요? 인도의 많은 소수민족들은 인도가 독립할 때 국민으로 인정받지 못했기 때문에 살아남기 위해 게릴라가 될 수밖에 없었다고 합니다.

국경선이 그어졌을 때부터 소수민족과 그들의 언어는 위기에 노출됩니다. '국제화'라 일컬어지는 시대입니다만, 어쩌면 '국제화' 시대이기에 더욱 그럴까요, 정치적으로나 문화적으로 강자와 약자의 차이는 점점 벌어지기만 하는 것 같습니다.

대만은 중국대륙과의 관계에서 국제사회로부터 고립된 채이고, 인도도 전쟁 후 종교를 이유로 파키스탄과의 분리를 경험하고 있습니다. 국경의 양쪽에서 믿기 어려운 많은 난민이 발생하고 학살과 강간이 자행됐지만, 그러한 사실은 최근까지도 정확히 밝혀지지 않았다고 합니다. 그때의 상처로 이슬람교도와 힌두교도의 갈등이 계속되어 9·11 이후에는 힌두원리주의자들에 의한 이슬람교도의 대량학살도 자행되고 있다지요.

9·11 그 자체, 그리고 그 후의 아프가니스탄, 이라크전쟁도 여전히 정체를 알 수 없는 채입니다. 최근에는 머지않아 이란전쟁이 발발하는 건 아니냐는 이야기도 돌고 있지요.

도대체 무슨 일일까요. 왜 사람들은 이렇게도 살육을 계속하는 걸까요. 저는 전쟁을 직접 경험하지는 않았습니다. 대학 시절 미국의 킹 목사가 암살되었다는 신문기사를 보고, 현실로 이런 일이 일어난다는 충격에 눈물을 흘렸습니다. 같은 해 여름방학에는 텔레비전으로 '프라하의 봄'이라 불리던 프라하 시가지에 소련 전차가 속속 들어가는 광경을 보고 다리가 떨려 서 있을 수가 없었습니다. 내 친구나 가족이 직접 관련된 일은 아니었지만 아직 학생이었던 내게는 처음으로 잔혹한 현실을 피부로 느끼게 한 사건이었습니다.

그 후, 전쟁시 일본병사들이 범한 학살 이야기를 듣게 되었고, 1923년의 관동대지진 직후에는 우물에 독을 넣은 조선인이 있었다는 소문에 놀아난 일본인들이 많은 조선인들을 살상했다는 사실도 알게 되었습니다.

이런 견디기 힘든 일들을 생각하니, 나도 당신과 함께 산에 오르고 싶군요. 머리를 식히고, 이 세상의 진정한 의미에 조금이라도 다가가기 위해.

얼마 전 어느 소설가의 글을 읽었습니다. 오십이 넘은 그는 최근에 등산을 시작했다고 했습니다. 우연한 기회에 근처 산에 가게 되었는데, 처음에는 정상까지 오르려는 생각 같은 건 없이 산길을 걷다보니, 여기까지 왔으니 조금만 더, 힘들지만 10분만 더 하고 앞으로 앞으로 가다보니 정상에 이르게 되었다고요. 그리고 다음 순간, 이러면 안 되는데 이대로 등산에 빠지고 말겠구나 하는 생각이 들었다 합니다. 그 예감대로 그는 여전히 등산을 계속하고 있다는군요.

나는 등산하는 사람들은 산에 오르는 것이 힘들지 않을까, 하는 생각을 했었습니다. 당연한 이야기지만 그렇지 않군요. 힘든 한 걸음 한 걸음, 즐거운 한 걸음 한 걸음, 조용한 한 걸음 한 걸음, 그것들의 축적이었군요.

당신 어머니가 시골 밭에서 일하시는 모습이 떠오릅니다. 『외딴방』에 그려진 모습입니다. 어떤 자연의 파괴에도 굴하지 않고, 어머니는 농작물을 지켜오셨습니다. 포기할 줄 모르는 그 어머니만은 '자연'에게 무서운 존재라 느껴지지 않았을까 하고 말입니다.

작고 수수하고 인내를 요구하는 하루하루의 삶만이 마지막에 남겨진 결실이 된다고 신경숙 씨 어머니 모습이 내게 가르쳐줍니다. 그리고 이것만은 어떤 시대에도 변하지 않는, 땅과 인간의 관계에서 생겨난 큰 힘이라고요. 나라나 국경, 정치 같은 것과는 무관하게 밭의 작물은 인간의 손길로 풍요롭게 여물어, 사람들의 생명을 지켜줍니다. 우리의 말(언어)도 마찬가지로 땅에서 멀어질 수 없습니다. 바다로부터 산으로부터도.

우리는 유감스럽게 밭일이 아닌 말을 짓는 일을 택했습니다. 얼마나 헛된 일인가 하고 느낄 때도 있습니다만, 적어도 땅 냄새를 잊지 않고('바다파'인 사람이라면 바다 냄새가 되겠군요) 당신 어머니가 가르쳐주신 인내의 힘을 자신의 말로 작품에 새길 수 있기를 바랄 뿐입니다. 한 발 한 발 산을 오르듯이.

언젠가 꼭 함께 산에 오르고 싶군요. 그때까지 내 연약한 다리를 단련해두겠습니다. 그리고 다음에는 당신 아버지에 대한 이야기도 들려주세요.

도쿄는 봄이 한창입니다. 눈부신 신록 아래 벌써 철쭉이 피기 시작했습니다.

4월 17일 도쿄에서
츠시마 유코

어머니의 세계

츠시마 님.

츠시마 님의 어머니의 고향, 코후에서 보내준 편지 잘 읽었습니다. 한 번 읽고 두 번 읽고 그렇게 세 번이나 읽었답니다. 이미 돌아가시고 안 계신 어머니 고향의 호텔에 머물며 글을 쓰고 있는 츠시마 님의 마음이 고스란히 번져왔습니다. 춘분 다음 날이 아드님의 기일이었군요. 기일이라는 말이 아직도 실감이 나지 않는다는 말씀, 아드님에 대해서 뭐라 해야 할지 아직도 할 말을 찾아내지 못했다는 말씀에 나 또한 잠시 할 말을 잃어버렸습니다.

내 어머니의 고향은 전라북도 정읍에 있는 넝뫼라는 곳이랍니다. 내가 태어난 마을에서 그리 멀지 않지만 지금은 외가 식구들이 그곳에 아무도 살지 않아 가볼 기회가 전혀 없습니다. 어렸을 땐 외할머니, 외할아버지 제사 때나 여름방학이나 겨울방학 때면 넝뫼에 자주 건너갔었지요. 또래의 외사촌도 여럿이었고 외숙모가 상냥하고 친절한 분이어서 외가에 머무는 게 편안했던 기억이 있습니다.

외가의 뒤란은 장독대 뒤로 푸른 대숲이 펼쳐졌는데 대나무가 굉장히 많아 낮에도 대숲 안이 어두컴컴해 무서워했던 기억도 있습니다. 깊은 밤중에 바람이 불면 대숲에서 들려오는 사그락사그락거리는 소리에 잠이 깨 옆에서 자는 이의 옷자락을 꼭 쥐었던 생각도 나는군요.

어느 해 외할머니 기일이었어요. 대숲 쪽으로 난 방문을 활짝 열어놓고 음식들을 장만하고 있는 어른들 틈 속에 섞여 있다가 무심히 대숲을 보게 되었어요. 뭔가 대숲에서 꾸물꾸물거리는 거여요. 무엇이 저럴까? 싶어 바라보고 있다가 어느 순간 그 움직이는 것이 자꾸만 아래로 내려오고 있다는 생각, 검고 구불구불한 게 혹시……? 소리도 못 지르고 겁을 잔뜩 먹은 채 응시하고만 있는데 누군가 구렁이다! 소리를 쳤어요. 제사 음식을 장만하던 어른들이 모두 그쪽을 보게 되었지요. 이모가 하얀 중발에 물을 담고 머리카락을 뽑아들고 뒤란 쪽으로 가더니 구렁이가 기어 나오고 있는 쪽을 향해 무릎을 꿇었어요. 물을 대숲 쪽에 내려놓고 머리카락을 태우며 손을 모아 빌더군요. 머리카락 타는 냄새 때문이었을까요? 아니면 이모의 간절한 기도 때문이었을까요? 대숲에서 기어 나오고 있던 구렁이가 거짓말같이 다시 대숲 속으로 기어 들어갔습니다.

그 구렁이는 '집 지킴이'라고 하더군요. 평소엔 전혀 보이지 않다가 집안에 재앙이 닥칠 것 같으면 사람 눈에 띄어 예고한다고 했어요. 그 당시 외삼촌은 그 집을 팔고 읍내로 이사 갈 생각을 하고 있었지요. 외할머니 기일에 대숲에서 기어 나오는 '집 지킴이'를 본 후로 이모는 외삼촌네 이사를 극구 말렸어요. 그러나 외삼촌은 외사촌들의 교육을 위해서는 그 마을에서 살 수 없다며 읍내에 쌀집을 차리고 이사를 했습니다. 외삼촌이 경영하던 '쌀집'은 1년이 못 되어 문을 닫았고 그 타격으로 외삼촌이 한동안 정신이 오락가락하기까지 했었습니다. 외사촌들도 생존을 위해 뿔뿔이 흩어지는 결과를 낳았죠. 이모 말에 의하면 그때 '집 지킴이'가 모습을 드러냈을 때 외삼촌네가 이사를 가지 않았으면 그 집에서 잘 살았었을 거라고 늘 말씀하셨죠.

내가 마지막으로 어머니가 태어났던 마을에 갔던 건 여동생 결혼식 날이었습니다. 나보다 세 살 아래였던 여동생은 우리들이 태어났던 정읍에서 결혼식을 했어요. 그런데 우리 풍습에 여동생이 먼저 결혼을 하면 언니는 결혼식장에 가는 게 아니라는 거여요. 여동생 결혼식장에 못 가게 말리는 고모한테 내 여동생 결혼하는데 내가 왜 못 가요? 뿌리치며 결혼식에 참석했었죠. 그런 식으로 이따금 풍습이니 뭐니를 거역하고 나면 기분이 좋아져요.

여동생이 신혼여행길에 오르는 것까지 다 보고 어머니 집에 가서 청소를 해드렸어요. 우물도 씻어내고 마당도 쓸고 어지러운 방도 정리하고 마루를 닦고 있는데 셋째 오빠가 와서는 청소를 해대는 나를 보더니 신발을 신으라고 했어요. 왜? 물으니 그냥 산보나 하자…… 그랬어요. 나도 모처럼 태생지에 내려간 참이라 산보? 좋지, 뭐…… 하며 따라나섰어요. 생각으로는 시골이면 산보할 곳이 많을 것 같죠? 그런데 안 그래요. 골목을 나오면 곧 신작로이고 신작로를 지나고 나면 곧 들판으로 이어져서 시골의 산보라는 게 결국은 논두렁 밭두렁 걸어다니는 일이 되지요. 오빠랑 이길 저길 걷다가 외가가 있던 마을까지 걷게 되었어요. 오빠도 나도 외가가 그 마을을 떠난 후로는 처음 가보는 거였지요. 작정하고 나선 길도 아니었고 논두렁과 산을 피해 좁게 난 길을 걷다보니 거기까지 가게 된 거였습니다.

외가엔 다른 사람들이 살고 있었죠. 어린 시절에 뻔질나게 드나들었던 외가를 오빠와 나는 담장 바깥에서 기웃거렸습니다. 담장이 더 낮아졌던지 아니면 우리가 이제 성인이어서인지 발뒤꿈치를 들지 않아도 옛날 내 외가였던 남의 집 안이 다 들여다보였어요. 이제는 다른 사람 집이라 대문을 열고 들어가지는 못하고 담장을 쭉 따라가 대숲 쪽을 쳐다보기는 했지요. 내가 오빠한테 외할머니 기일에 대숲에서 기어 나온 구렁이 기억나? 물었더니 오빠는 그런 일이 있었나? 하며 전혀 기억을 못했어요. 나한테는 너무나 선명한 기억인데 오빠는 전혀 기억을 못해서 혹시 내가 지어낸 일인가? 의심스러울 지경이었습니다. 정말 기억이 안 나?

하면서 구렁이가 대숲에서 기어 나왔을 때 이모가 보여준 행동들을 오빠한테 세밀하게 전해주었죠.

여동생의 결혼식 날 오빠와 함께 어머니가 태어난 집에 가봤던 일은 내게 인상적이었나봐요. 그날 되돌아오면서 문득 언젠가 이 풍경을 배경 삼아 짧은 단편소설을 써봐야겠다, 했는데 아직도 못 썼군요. 그사이도 시간이 흘러 지금 해드린 이야기는 모두 옛이야기입니다. 그때 결혼했던 여동생은 두 아이의 엄마가 되어 지금은 미국에 건너가 살고 있으니까요.

우연일까요?

츠시마 님께 내 어머니가 태어난 집에 가봤던 오래전 기억에 대해 쓰고 있는데 어머니께서 전화를 하셨네요. '백암온천'이라는 곳에 가셨답니다. 집안 어른들 중에 여성들만 모여 '독도'에 가는 길이었는데 바람이 너무 불어 배가 뜨지 않아 '백암온천'으로 길을 돌렸답니다. 오늘은 그곳에서 온천도 하고 노래도 부르고 자고 내일 바람이 자면 '독도'에 갈 거라 하시네요. "독도는 왜요?" 물었더니 대답이 궁하신지 머뭇거리시다가 곧 "언지는 뭐 뭘 볼일이 있어 어디 갔간디?" 하셨습니다.

그러게요. 봄이 돼서 여행을 가는데 왜 그곳에 가느냐 묻다니 내 질문이 우문이었습니다. 그렇긴 해도 독도라 하면 어머니가 사시는 곳에서 너무 먼 곳이군요. 뿐만 아니라 나는 내 어머니와 바다를 연결시키는 상상력이 부족합니다. 내 어머니는 내륙에서 태어나고 성장해서 그 옆 마을의 아버지와 결혼을 해서 지금까지 내륙에서만 살아온 철저한 내륙여성이거든요. 그래서 밭이나 논에 서 있는 어머니, 내륙의 풍습과 내륙의 음식에 익숙한 어머니는 곧 떠오르는데 바다와 관련된 어머니는 낯섭니다. 어머니가 배를 타는 모습은 물론이고 어머니가 바닷바람 앞에 서 계시는 것도 상상이 잘 안 됩니다. 그래서일까요. 전화를 끊은 후에도 독도에 가고 있는 어머니가 눈앞에서 어른거리는군요. 옷은 무엇을 입으셨을까? 모자는 쓰셨나? 선크림은 바르셨나? 생각해보니 독도는 나도 아직 가보지 못한 곳이네요. 내게 독도라 하면 츠시마님의 나라와 내 나라가 서로 우리 땅이라고 하는 곳으로서의 이미지가 먼저 와닿습니다. 그곳을 내 어머니가 가신다고 하니 어째 기분이 묘하군요.

내 어머니는 글을 배운 적이 없습니다. 우리들 이름, 주소, 그런 꼭 필요한 글자들만 알고 계십니다. 당연히 내가 쓴 소설들을 읽어본 적이 없으시죠. 문자를 모르시니 어머니는 필요한 모든 것들을 다 외우셨던 것 같습니다. 날짜나 숫자뿐 아니라 길도 외우셨겠지요. 큰집이기 때문에 제사도 많고 형제들이 많아 챙겨줘야 할 것들이며 해야 할 일들이 끝이 없었을 텐데 그걸 다 외우셨겠지요.

태생지에서 큰오빠가 먼저 서울로 떠났을 때 서울의 오빠에게서 편지가 오면 어머니는 편지를 꼭 손에 쥐고 있다가 어린 내가 학교에서 돌아오면 내게 큰오빠의 편지를 읽어주길 청하곤 하셨죠. 그리고선 곧 어머니 말씀을 편지지에 받아쓰기를 시키셨습니다. 늘 비슷한 말씀이셨습니다. 객지에서 홀로 지낼수록 남에게 예의 바르게 행동해야 하며 항상 길 조심 차 조심하고 밥을 잘 챙겨 먹을 것이며 옷을 단정히 입고 다니라는 것이었습니다. 가끔 편지를 대신 쓰는 일이 귀찮아 숙제해야 된다 어쩐다 핑계를 대며 도망치기도 했습니다.

그때는 어머니가 글을 쓸 줄 몰라 그렇다고는 생각을 못하고 그냥 다른 심부름 시키듯 시키는 일이라 생각했기 때문에 죄송한 생각도 없었습니다. 훗날 막내동생이 어머니에게 한글을 가르치는 걸 보고 나서야 가끔 이해가 안 되었던 어머니와의 일들이 스쳐 지나가며 어머니가 글을 읽을 줄 모르셔서 그랬던 것이구나, 깨달았습니다. 그때의 기분을 글쎄 어떻게 표현해야 할지 잘 모르겠군요. 어머니의 유난한 교육열이 일순간 이해가 되면서 동시에 무릎이 깨지는 것 같은 통증도 함께 느꼈습니다. 아무리 열다섯에 어머니 곁을 떠나 살기 시작했기로 남자아이였던 막내동생도 아는 일을 왜 나는 모르고 있었을까, 자책이 들었지요. 나라는 인간이 그렇게 둔한 인간도 아닌데 말이죠. 어쩌면 내 무의식이 어머니가 글을 읽을 줄 모른다는 생각을 인지하지 못하게 한 건지도 모르겠다는 생각이 듭니다.

어머니는 틈만 나면 성경책을 펼쳐놓고 있었지요. 기도문을 다 외워서 기도를 하신 것이지 정작 기도문이나 성경을 읽지는 못하셨구나, 고통스런 깨달음 뒤에 나는 어머니를 깊이 사랑하게 되었던 것 같습니다. 편을 가를 일은 물론 아니지만 그전엔 어머니보다는 아버지를 편들곤 했죠. 어쩌다 두 분이 말싸움이라도 하시면 어머니는 왜 그러세요!! 그런 식으로 아버지를 두둔했어요. 얼마간 드센 편인 어머니를 나는 강한 분이라 여겼고 자상하고 말수가 적으신 아버지를 약한 분이라 여겼거든요.

내가 할 줄 아는 게 글을 쓰는 일이니 나는 평생 문자의 세계에서 살겠지만 작가인 나를 낳아주신 나의 어머니가 글을 쓸 줄도 읽을 줄도 모른다는 걸 알게 된 후 나는 내 어머니를 이해하게 되었습니다. 문자를 모름으로 해서 사람들에게 무시당하지 않으려고 안간힘을 썼을 내 어머니의 일생을 응시하게 되었습니다. 내 어머니는 소설책 한 권도 읽지 않았으나 지금껏 지혜롭게 사셨고 이 세상에는 그런 분들이 수도 없이 많을 테지요.

언젠가 어머니에게 어머니, 이거 내가 쓴 소설인데 읽어드릴게요, 하였더니 어머니께선 그래 읽어봐라, 하시더니 내가 얼마 읽어드리지도 않는데 코를 고시더군요. 어머니를 졸지 않게 할 만큼 재밌는 이야기를 쓸 줄 알면 좋을 텐데 내게는 그런 능력은 없을 거야…… 생각하며 내 소설을 조용히 접었습니다.

어머니는 말씀을 참 재미나게 하십니다. 무엇을 표현하는데 옆에서 듣고 있으면 여직 들어보지 못한 표현을 하시어 나를 깜짝 놀라게 합니다. 어머니와 함께 있으면 나는 어머니 말씀을 듣느라 얼이 반은 빠집니다. 어머니, 방금 뭐라 했어요? 내가 자꾸 자꾸 물을 때가 많답니다. 어머니는 내가 뭘 질문했는지 잘 모르십니다. 그저 나오는 대로 자연스럽게 술술 말씀하셨기 때문에 "내가 뭐라 했는디?" 외려 반문하시지요.

무엇이든 남 주기를 좋아하고 워낙 많은 식구들 뒤치다꺼리를 하며 사시다보니 웬만한 일엔 단련이 되어 마음이 넉넉하고 뭘 판단하실 때 양쪽의 상황을 넘겨짚어 한쪽으로 치우치지 않는 어머니를 볼 때면 작가는 어머니가 아닐까? 생각한답니다. 특히나 사람의 마음을 그 사람 마음 안에 들어가본 듯이 알아내는 어머니를 볼 적에는 더 그렇지요. 장난기가 많으셔서 개구쟁이처럼 웃으실 때가 많은 내 어머니가 교육을 제대로 받았다면 참 많은 사람들을 이롭게 했을 텐데 싶은 안타까움과 아쉬움은 지금도 가득합니다.

작년 내 생일 무렵에 아는 이가 생일선물을 뭘 받고 싶으냐? 물어서 아주 작고 간편한 녹음기를 사 달라고 한 적이 있네요. 매번 놓치고 마는 어머니 말씀을 녹음해서 남겨둬야지, 싶었거든요. 그런데 그때 받은 녹음기를 아직 한 번도 사용하지 않았어요. 내가 워낙 게으른 탓도 있고, 녹음시켜야겠다, 작정하고 이야기를 하면 무슨 말맛이 나겠나, 싶기도 합니다. 근년에 들어 항상 여기저기가 아프시지만 그래도 지금 저만큼, 건강하시어 내일은 독도에 가신다고 하니 다행이고 고마운 일입니다.

츠시마 님.

지난번 편지에 츠시마 님이 숨바꼭질에 대한 이야기를 했었지요. 그렇군요. '오니'가 중국어의 숨는다는 뜻의 '온'에서 온 것이었군요. 숨는 사람, 말하자면 눈에 보이지 않는 도깨비를 '오니'라고 한다고 해서 놀랐습니다. 나는 '숨바꼭질'이란 말보다 '오니살이'란 말을 먼저 익혔거든요. 무슨 뜻인 줄도 모르고 어렸을 때 동무들하고 심심하면 '오니살이'를 하며 놀곤 했는데 그게 '숨바꼭질'이었습니다.

가위바위보를 해서 진 한 아이가 나무기둥 같은 곳에 기대 두 손바닥으로 눈을 가리고 쉰까지 세거나 아니면 '무궁화 꽃이 피었습니다'를 열 번 하는 동안 남은 아이들이 여기저기 숨는 거예요. 최대한 술래가 찾지 못할 곳으로 숨으려고 애를 썼지요. 우물 뒤나 헛간은 물론이고 장항아리 뚜껑을 열고 그 속에 들어가 있기도 했었습니다. 술래가 숨은 아이들을 찾아내면 술래와 숨은 아이는 동시에 술래가 눈을 가리고 서 있던 나무기둥까지 재빨리 달려서 손가락으로 그 기둥을 찍어야 끝나는 놀이였어요. 찾아낸 아이가 달리기를 잘해 먼저 나무기둥을 찍으면 술래가 바뀌지 않았어요. 정말이지 아이들은 왜 숨기를 그리 좋아했을까요? 찾지 못할까봐 걱정하면서도 말이죠.

태생지의 그 마을에서 자랄 때 추수 무렵에 동무들하고 들판에서 숨바꼭질을 한 적이 있는데 숨을 곳이라고는 들판 여기저기 흩어져 있는 벼 낟가리 속뿐이었어요. 내가 너무 먼 볏짚 속에 숨었던 것인지 술래가 끝내 찾으러 오질 않아서 술래를 기다리다가 잠들어버린 적도 있었지요. 얼마나 지나서 눈을 떠보니 모두들 가버린 뒤였어요. 어둠이 내린 들판의 벼 낟가리 속에 혼자 남겨져 있었어요. 하늘에 별이 총총하고 사방은 어둡고⋯⋯. 어찌나 무섭던지 울지도 못하고 식은땀을 흘리며 자꾸만 볏동에 넘어지며 들판에서 홀로 돌아왔던 기억이 있습니다. 지금도 가끔 아무도 없는 밤길을 걸을 때 슬몃 무서운 생각이 들면 그때 생각이 떠올라요. 그때보다 더 무섭냐고? 나에게 물어보면 늘 답이 그때보다는 아닌데⋯⋯ 싶어 무섬증이 가라앉습니다.

츠시마 님.
이제 서울은 봄이 완연합니다.
바람이 섞여 있긴 하나 햇볕이 좋고 꽃들이 모두들 한꺼번에 피어서 눈부십니다. 옆집 마당에 아름드리 목련나무가 있는데 필 듯 말 듯하다가 엊그제부터는 만발해서 그쪽을 볼 때면 눈이 환해집니다. 츠시마 님께 이 집에서 보내는 추운 겨우살이에 대해 글을 쓴 지가 엊그제 같은데 이렇게 바람이 부드러워지고 꽃들이 저리 피다니⋯⋯. 시간의 흐름을 무섭게 감지합니다. 어느 해보다 이 봄맞이가 두렵고 아쉬운 것은 지난겨울의 시간을 허무하게 보내버린 탓이 제일 크겠지요. 하루하루는 그렇게 짧게 느껴지지 않는데 일주일 한 달은 하루처럼 지나가버리는군요.

어젯밤에는 지난번 야간산행을 하는 중이라고 문자메시지를 보냈던 사람과 북한산에 있는 비봉에 올랐습니다. 그이가 산악용 헤드랜턴을 구해주어 그걸 머리에 썼지요. 헤드랜턴에서 흘러나오는 빛이 앞을 은은히 비추어주고 하늘의 달빛이 환해서 산길이 전혀 어둡지 않았어요. 며칠 전에 내린 비 때문인지 계곡으로는 졸졸졸 물 흐르는 소리가 우리를 따라왔습니다. 밤이었어도 자주 다니던 길이라 친숙해서 그리 힘들지도 않았습니다. 산을 오르는 중 지난번에 말했던 귀룽나무 앞을 지나가게 되어 잠깐 그 앞에서 쉬었습니다. 밤이라 귀룽나무의 아름답고 넓은 품을 동행자에게 보여주지 못하는 게 아쉬웠습니다만 랜턴을 비춰 보니 겨울을 지낸 가지마다 손톱만 한 푸른 잎들이 가득이었습니다. 소나무와 흰 바위들이 달빛에 은은했어요. 여기저기 길목에 이제 막 핀 진달래가 얼굴을 내밀고 있기도 했지요.

산속이라 추울지도 모르겠다 싶어 겨울옷을 입고 갔는데 전혀 춥지 않았어요. 오히려 땀이 나서 덥기까지 했습니다. 마침내 비봉에 올랐을 때 그만 깜짝 놀랐지 뭐여요. 산 능선 아래로 서울의 야경이 한꺼번에 내려다보였거든요. 한 시간 반이나 올라왔는데 바로 아래처럼 느껴졌어요. 황홀해서 그만 말을 잃고 서 있었네요. 밤에 북한산에 올라 불빛으로 이루어진 서울을 내려다보는 게 처음이기도 했지만 야경이 그처럼 시선을 뺏을 줄은 짐작도 못했습니다. 산 위에 올라와서 산을 보는 게 아니라 야경을 내려다보며 추워질 때까지 바위에 앉아 있었습니다. 달빛이 환해서 밤이라는 것도 거의 잊은 채로요. 내가 얼마간 흥분해서 동행자에게 그랬네요. 밤에 비봉에 올라와 서울 야경을 내려다보지 않고서는 서울을 봤다고 할 수 없겠네, 우리는 서울을 봤네, 라고요.

즈시마 님.

봄이 오면 웬일인지 아픈 사람들이 많더군요. 즈시마 님은 이 봄날, 아프지 마시고 건강하세요. 내일은 바람이 불지 않아 내 어머니가 독도에 무사히 도착했으면 좋겠습니다. 안녕히 계세요.

2006. 4. 16.

서울에서 신경숙 드림

타이완의 말, 나의 말

　지금 대만 타이베이에 와 있습니다. 4월 말에 올 예정이었는데 여러 사정으로 이제야 오게 되었어요. 신경숙 씨는 대만에 오신 적이 있으신지요.

　도쿄에서는 기온이 낮고 꾸물꾸물한 궂은 날씨가 이어져, 타이베이에 도착해 오랜만에 햇빛을 봤을 때는 기분이 좋았습니다. 하지만 그것도 잠시, 연일 34도를 웃도는 더위와 따가운 햇볕 때문에 밖에 나가 다닐 엄두가 나질 않는군요. 그나마 저녁이 되면 제법 선선합니다만.

　제비들이 끊임없이 날아다니고 수박이나 파인애플 등을 실은 차들이 거리에 나와 장사를 하고 있습니다. 수박이 참 커요. 그밖에 리치나 드래건후루츠 등이 제철 과일인가 봅니다. 내가 묵고 있는 호텔 주변의 큰길가는 전 세계 어디에서나 볼 수 있는 유명 브랜드 매장이 늘어선 패션거리지만, 그래도 한 블럭 뒤로 돌아가면 갑자기 서민적인 얼굴을 한 포장마차에서 직접 구운 과자나 주스 등을 팔고 있어요.

이제 곧 다가오는 음력 단오절에는 강에서 드래건보트〔龍舟〕 국제시합이 열린다고 하는군요. 북소리에 맞춰 열여덟 명의 선수들이 함께 노를 젓는 홀쭉한 보트입니다. 벌써부터 연습을 하는 보트도 있었어요. 단오절에는 모두가 조릿대 잎에 싸서 찐 떡과 특별한 술을 마시고, 아이들은 악을 쫓는 향주머니를 목에다 차고 다닌다고 합니다. 일본의 단오절에는 사내아이들이 무사히 자라기를 바라는 행사들이 있는데, 한국은 어떤지요?

신경숙 씨도 아실지 모르겠습니다만, 대만에는 일본통치 시절에 지어진 건물을 지금도 사용하는 곳이 많습니다. 몇 해 전부터는 레트로붐이 일어 그런 낡은 건물들을 활용해 세련된 찻집이나 미술관으로 이용하고 있지요. 서울에서는 옛 조선총독부 건물을 허물고 예전의 왕궁을 훌륭히 복원시켰지요. 지난봄에 복원된 궁궐을 보러 갔습니다. 그러한 한국의 태도는 나도 쉽게 이해할 수 있지만, 대만은 과거에 독립된 왕조가 없었기 때문인지 아직 사용할 수 있는 건물을 일부러 부술 필요는 없다고 생각하는 것 같아요. 일본인의 한 사람으로 그런 건물 앞에 서면 대체 어떤 태도를 취해야 할지 갈피를 잡기 힘듭니다.

최근 일본에서는 많은 사람들 특히 젊은이들이 한국에 이어 대만으로 여행을 갑니다. 현재 대만은 국제정치상 독립된 국가로 인정받지 못하고 있고 일본과도 국교가 없는데 이렇게 나를 포함한 수많은 관광객과 비즈니스맨이 대만과 일본을 오가고 있으니, 이것도 왠지 신기한 기분이 듭니다. 분명 정치보다 경제가 우선되는 시대인 까닭이겠지요.

예전에는 '한강의 기적'이란 말을 많이 들었는데, 요즘은 '대만의 기적'이라고들 한다고 해요. 전 세계에서 IT 관련 기술자나 비즈니스맨들이 대만으로 모여들고 있고, 타이베이 가까이에 있는 신죽新竹이란 도시에는 사이언스파크라 불리는 IT촌이 있다고 합니다. 정치나 이데올로기와는 무관하게 경제적인 관계로 국경을 쉽게 넘나들 수 있는 국제화란 이런 거구나, 이런 시대에는 더 이상 국가 단위의 국제연합 같은 것도 필요 없어지지 않을까, 이곳 대만에 있다보니 이런 생각들이 생생하게 느껴지기도 합니다.

타이베이의 호텔방에서 혁명가이며 국민당을 만든 손문의 강연록을 읽으며, 손문이 지금의 '국제화' 시대를 리드하고 있는 대만을 본다면 어떤 생각을 할까 상상해봅니다. 어찌되었든 주의주장으로 사람들이 살육을 하지 않아도 되고 보통 사람들이 편한 마음으로 만나 서로의 문화를 경험할 수 있게 되었으니, 그도 결코 나쁜 일은 아니라고 생각하겠지요.

지난달 편지에 신경숙 씨 어머님께서 친척 여성분들과 '독도'로 관광을 가셨다는 이야기를 읽고, 순간 무책임하게도 저는 혼자 웃고 말았습니다. 마침 그즈음 일본의 신문과 텔레비전 등에서 '독도(일본에서는 타케시마[竹島]라 부릅니다만)' 주변의 일본 측 해저조사를 둘러싼 양국 간의 대립이 크게 보도되고 있었기 때문입니다.

신경숙 씨 어머님은 아마도 그런 정치상황과는 무관하게 단지 지금까지 별로 들어본 적이 없는 섬에 가는 여행상품이 있다 들으시고 어머나, 어떤 곳이려나, 하고 봄여행을 떠날 생각이 드신 건 아닐까요. 일본 '아주머니'의 한 사람인 나도 만약 어머님과 같은 입장이었다면 역시 즐겁게 나설 마음이 들지 않았을까 생각해봅니다. 이런 우리들의 지극히 소박한 '아주머니'적 호기심과 신문에 보도되는 정말이지 난해한 국제정치의 구색은 너무도 어울리지 않는군요.

'독도(타케시마)'를 둘러싼 양국의 대립은 다행히 일본 측이 조사를 취소함으로 일단 피할 수 있었지만, 우리 '아주머니들' 눈에는 아름다운 바다 위 어디에도 괴상하고 우스꽝스러운 국경선은 보이지 않는군요. 이 '문제'는 이러한 '아주머니'의 시각을 빌려 정치가들이 해결해줬으면 하는 바람입니다.

이번 봄에는 부산과 하카타 간을 오가는 연락선에 고래가 부딪친 것 같다는 보도도 눈에 띄었습니다. 언젠가 나도 한수산 씨와 그 페리를 타고 한국의 신문사에서 주최한 '선상대담'을 한 적이 있었어요. 나는 미리 뱃멀미약을 먹어 괜찮았지만, 한수산 씨가 도중에 멀미를 하셔서 대담 후반부는 부산의 호텔에서 했던 일이 생각나는군요. 하카타에서 고속정을 타니 정말 눈 깜짝할 사이에 부산에 도착했어요. 페리에는 관광객으로 보이는 사람은 거의 없었고 커다란 짐들을 가진 사람들이 부산과 하카타 간을 일상적으로 오가는 것 같았습니다.

고래가 계속 늘고 있다는 우리들 사이에 펼쳐진 바다. 그리고 신경숙 씨 어머님의 봄바다를 즐기고자 하시는 바람. 독도. 타케시마. 그리고 대만.

여러 생각이 밀려옵니다. 내륙에 친숙하신 어머님이 뱃멀미는 하지 않으셨는지요.

이곳에 올 때마다 처음엔 사람들이 이야기하는 북경어가 귓가를 강하게 자극해 압도당하고 맙니다. 하지만 점점 소리에 익숙해지다보면 그 기세도 살갖에 기분 좋게 느껴지고, 일본으로 돌아갔을 때 오히려 쓸쓸한 듯한, 너무 조용한 듯한 묘한 느낌이 듭니다. 그러고 보면 도쿄는 특정한 번화가가 아니면 저녁이 이른 데다 동대문이나 남대문시장 같은 곳도 자취를 감춘 지 오래돼 그것 또한 왠지 쓸쓸한 느낌이 드는군요. 대만은 야시장이 주류기 때문에 밤이 되면 거리 이곳저곳에 시장이 들어서고 모여든 사람들로 떠들썩합니다. 더운 곳이기에 생긴 풍습이겠지요.

현재는 북경어가 대만의 공용어지만, 훨씬 이전에 이 섬에 건너와 정착해 사는 복건계福建系 사람들 말인 '대만어'도 동시에 사용되고 있습니다. 요즘 젊은이들 사이에서는 이 대만어를 배우는 것이 유행이라고 합니다. 대만어가 새롭고 세련된 느낌을 준다는군요. 그밖에도 복건계 사람들보다 훨씬 더 일찍부터 살기 시작한 소수민족들도 있는데 그 사람들의 말이 제각각 다르고, 또 객가어客家語를 사용하는 객가 사람들도 있습니다. 이러한 대만 특유의 상황은 언제나 정치적으로 어려운 문제를 수반하기도 하지만, 오히려 요즘 같은 '국제화' 시대에 걸맞은 다부진 에너지를 만들어내는 원동력이 되고 있는지도 모르겠습니다.

유감스럽게도 저는 북경어나 대만어 모두 한국어만큼이나 모릅니다. 안녕하세요, 고맙습니다 정도밖에는 모른다는 의미지요. 그래도 메뉴나 역 등에 적힌 한자는 막연하나마 그 의미를 읽을 수 있어 다행이지만, 그 한자를 소리내어 읽을 수도 들을 수도 없으니 참 묘한 상태인 게지요. 하지만 이런 묘한 상태를 어느 정도는 즐기고 있다고 할까요. 언제나 일본어 속에서 살다보면 일본어에 내가 너무 묶여 뭔가 중요한 것을 보지 못하는 것처럼 느낄 때가 있습니다. 내가 자유롭게 구사할 수 있는 말은 일본어밖에 없기 때문에 말이라고 하면 일본어가 되지만, 그 말로부터 조금 거리를 둔 이 상태를 즐기고 있는 거겠죠.

신경숙 씨도 잘 아시는 시마다 마사히코 씨가 그랬습니다. 츠시마 씨는 여러 나라를 다니기 때문에 분명히 외국어도 잘할 거라 생각했는데, 천만에 영어도 생각보다 못해 놀랐다고, 하지만 그 때문에 오히려 조금 존경스러워졌다고요. 시마다 씨는 영어와 러시아어를 잘하기 때문에 사람들과 만날 때 언어에 의존하게 되지만, 나는 말에 의존하지 않고 직감적으로 어느 나라 사람들과도 사귀거든요. 실은 그쪽이 더 바람직한 게 아닐까 하는 생각이 들었다고 심각한 얼굴로 말하더군요. 듣기 좋은 말을 골라 하는 사람이 아니니 정말로 그렇게 생각했겠지요.

신경숙 씨 어머님이 글을 읽고 쓰지 못한다는 사실을 처음 알았을 때, 자신을 책망하며 큰 아픔을 느꼈다고 하셨지요. 어린 시절부터 막연하나마 알고 있었을 텐데도 사실에 직면하고 싶지 않았을 거란 말씀. 내게도 커다란 아픔으로 다가와 그만 눈가가 뜨거워졌습니다.

소설을 쓰는 삶을 선택한 당신에게, 특히 어머님이 문자에 의존하지 않고 살아오셨다는 사실은 분명 무거운 의미를 가지리라 생각됩니다. 어머님은 머릿속에 모든 것을 기억하시고 강인하게 살아오셨습니다. 말씀도 무척이나 재미나게 하신다구요. 어머님께 당신 소설을 읽어드렸지만 금세 코를 골고 잠이 들어버리셨다는 이야기는 어쩐지 남의 일 같지 않았습니다.

나에게는 다운증후군을 가지고 태어난 오빠가 있었습니다. 오빠는 내가 열두 살 때 세상을 떠났지만, 해를 거듭할수록 오빠와 함께 보낸 시절이 내게는 큰 의미를 갖는다는 생각을 하게 됩니다. 제 오빠와 당신 어머님에게 있어 말이란 정반대일지 모르지만, 그래도 여기서 잠시 오빠 이야기를 하려고 합니다.

오빠는 열다섯에 세상을 떠날 무렵에야 겨우 간단한 말의 의사표현과 극히 한정된 글자와 숫자를 쓸 수 있었습니다. 하지만 우리 가족과 자기 이름 외의 글자는 오빠에게 별 의미가 없었던 것 같아요. 그림 그리기를 무척이나 좋아했지만 그림책을 즐겨 보던 모습은 기억에 없습니다. 자신이 그림을 그리는 것과 누군 가가 그린 그림을 즐기는 것과는 전혀 의미가 다른 걸까요?

장애자에 대해 최근에는 장애는 개성으로 파악되어야 하며, 이는 인간이 지닌 훌륭한 개성이라고 말들 합니다. 특히 다운증후군 아이들은 사람들이 좋아하는 얌전한 성격이 많아 마치 천사 같다고 비유되기도 하지요. 그 말 모두 사실이라 생각합니다만, 단지 너무 미화시키다보면 그 가족들이 짊어진 현실의 무거운 짐들이 잊혀지지는 않을까 하는 조금 두려운 생각도 듭니다. 예전에 비하면 지적장애자에 대한 사회적 인식도 상당히 바뀐 듯하지만, 적어도 지금의 일본 사회는 아직도 가족들의 부담이 큰 데다, 부모들이 갖는 고립된 감정 또한 깊지 않을까 생각됩니다.

저한테는 누구보다도 소중한 오빠였습니다. 평생 오빠를 보살 피며 살겠다는 결심도 했었어요. 억지로 그런 결심을 한 것도 아니고, 그것이 힘든 일일 거란 생각도 없었습니다. 객관적으로 보면 열두 살 된 여자아이가 너무 일찍 자신의 미래를 결정했다고도 하겠지요. 남의 이야기라면 그건 너무도 큰 희생이 아닐까 하는 생각이 들겠지요. 하지만 오빠가 살아 있는 동안에는 그런 생각을 하지 못했습니다. 이것 또한 생각해보면 인간의 신기한 의식상태로군요. 어머님이 글을 모르시는 것을 당신이 좀처럼 깨달으려고 하지 않았던 심리와 비슷할지도 모르겠습니다.

학교 같은 데서 친구들이 가족에 대해 물으면 나는 늘 곤란했어요. '오빠'가 있다고 하는 게 좋을지 '남동생'이 있다고 하는 게 좋을지 하고 말이지요. 또 제발 아무도 소설가였던 아버지에 대해 묻지 말았으면 하고 늘 바랐습니다. 아버지가 없어요 하면, 사람들은 왜 하고 묻습니다. 사고로 죽었다고 하면 이번엔 무슨 사고냐고 묻지요. 저는 늘 어떻게 대답해야 할지 몰랐습니다. '자살'이란 말은 도저히 내 입으로 할 수가 없었습니다. 지금도 하고 싶지 않은 말입니다만. 게다가 다른 여자와 함께 죽었다는 사실은 정말이지 알리고 싶지 않은 '비밀'이었습니다.

이런 이야기를 하면 얼마나 힘든 유년 시절을 보냈을까 하는 생각이 들지 모르겠습니다. 하지만 내 나름대로는 즐거운 유년 시절을 보냈다고 생각합니다. 그저 어떡하지, 정말 싫다, 하는 생각이 든 때는 이렇게 주위에서 말로 다가왔을 때였을 뿐이란 생각이 듭니다.

내게 '바깥세상'은 말의 세계였습니다. 말로 설명을 요구하는 잔혹함―, 불쌍하게도, 안됐다 하는 어른들이나 반 아이들의 말을 들어야 했을 때의 표현하기 힘든 고통은 잊을 수가 없습니다. 거기에는 늘 동정하는 사람들의 자기만족이 숨어 있다고밖에 생각되지 않았습니다. 오빠는 '불쌍한 사람'이 아니었고, 아버지가 없어도 나는 '불쌍하지' 않았습니다.

오빠와 있으면 세상은 마법으로 가득 찬 것 같았어요. 오빠는 말에 매어 있지 않았고 공간이나 시간관념에도 구속받지 않았습니다. 마음대로 불어오는 바람처럼 살랑살랑 춤추는 나비처럼 마음 닿는 곳으로 마냥 걸어다녔습니다. 목적도 없었고, 돌아갈 때는 어떻게 해야 하나 하는 생각도 하지 않습니다. 그저 즐거워서 기분이 좋아서 걸었을 뿐이지요.

그런 오빠 뒤를 쫓는 나는 놀라움의 연속이었어요. 어, 이런 데를 지나가는 거야? 여기가 어딘지 이젠 몰라, 무서워, 피곤해. 내가 무슨 말을 해도 오빠는 발을 멈추지 않았습니다. 스스로 지쳐 더 이상 움직일 수 없을 때, 그제야 오빠는 멈춰 서서 나를 돌아보지요. 아, 이제야 집에 갈 마음이 생겼구나, 나는 안도합니다. 아무리 지쳤어도 '정상아'인 나는 사람들에게 길을 물어볼 수 있습니다. 정 안 되면 파출소 아저씨에게 부탁해 집에 전화를 거는 방법이 있다는 것도 나는 알고 있으니까요.

나는 오빠 마음을 어떻게 이해했을까요. 아마도 오빠의 표정이나 동작 하나하나를 민감하게 그리고 정확하게 읽어냈던 것 같아요. 그렇다고 여기서 우리 남매 사이를 미화하는 일이 있어서는 안 되겠지요. 통증이 오빠를 엄습할 때면 더 이상 나로서는 오빠를 감당할 수 없어 어머니 차례가 되었으니까요. 그때마다 난 얼마나 어머니를 질투했던지요! 사실은 어머니와 오빠 사이를 질투해온 존재에 지나지 않은지도 모르겠어요. 어머니와 떼어놓을 수 없었던 오빠의 세계에 나는 어떻게든 다가가고 싶었습니다. 오빠가 날 돌아봐주었으면 했지요. 그것이 우리들의 '대화'였을까요?

신경숙 씨, 내가 당신 작품을 깊이 사랑할 수밖에 없는 것은 아마도 내게 이 같은 오빠와 '대화' 한 경험이 있기 때문이란 생각이 듭니다. 나는 지금도 주변의 말을 알아들을 수 없는 이곳에서 경험하는 고립된 상태가 좋습니다. 말에 의존하지 않고 사람들의 표정을 열심히 읽으려는 자신의 노력에 집착하는 거겠지요. 아, 지금 생각났어요. 우리들이 만날 때마다 열심히 서로를 바라보기만 한다는 사실. 말이 개입되지 않은 '대화'를 우리는 나눠왔었나요?

말, 언어. 나는 지금도 말과는 무관하게 마음 내키는 대로 걸어다니던 오빠 뒤를 숨을 헐떡이며 지치고 불안해하며, 내 보잘것없는 말로 쫓는 듯한 기분이 듭니다.

이 일주일 타이베이는 무더위가 계속된다고 합니다. 호텔방에 에어컨을 켜면 너무 춥고 끄면 역시 덥고, 온도조절이 꽤 어렵군요.

내게 올 5월 초여름은 어디론가 사라져버린 느낌입니다.

모쪼록 건강하시길.

5월 22일 타이베이에서

츠시마 유코

아랫목에 묻어 있던 아버지의 밥그릇

츠시마 님.

지금 시간은 새벽 세 시 십팔 분입니다. 어쩌다 보니 츠시마 님께 편지를 쓰는 시간이 새벽일 때가 많네요. 편지를 쓰다가 보면 날이 점점 밝아오고 방이 환해지는 게 기분이 좋았습니다.

첫 편지를 쓸 적에는 손가락이 시려울 정도로 추웠는데 지금은 방 공기가 약간 덥게 느껴집니다. 방금 창을 열었습니다. 알맞게 시원한 바람이 밀려들어와 더운 방 안 공기와 섞이는 게 산뜻하군요.

지난번 편지에 제 아버지 얘기를 해 달라고 하셨지요.

우리나라 남쪽지방의 정읍이라는 곳에 제 아버지와 어머니 두 분이 함께 살고 계십니다. 두 분은 태어나서 지금까지 그 지방서 살고 계세요. 특히 아버지는 그 집에서 나셔서 지금도 그 집에 계시지요. 아버지는 종가의 종손입니다. 그래서 저희 집은 제사가 많고 찾아오는 사람도 많은 시끄러운 집입니다.

아버지는 어린 시절에 부모를 이틀 간격으로 잃었지요. 조부는 한의사였는데 집안 어른을 돌보다가 병이 옮았고 병든 조부를 돌보던 조모와 이틀 사이로 돌아가셨습니다. 그래서 어머니는 한여름날이면 모기와 더위와 싸우며 이틀 간격으로 제사를 지냅니다. 하루아침에 고아가 된 아버지는 고모에 의해 성장했습니다. 지금도 그 고모와는 같은 마을에 사십니다. 한의원이었던 조부는 워낙 사람들의 죽음을 많이 봐온 터라 귀하게 얻은 제 아버지를 바깥에 내보내질 않으셨다 합니다. 심지어 학교에도 보내지 않았다고 해요. 사람 많은 곳에서 병을 옮아온다며 사람들과 어울리지도 못하게 하셨던 모양입니다. 집에서 조부가 직접 아버지께 글을 가르치며 옆에 두고 계셨다고 합니다.

아버지는 성격이 자상하고 마음이 너그러우신 분입니다. 스무 살 무렵의 아버지 사진이 딱 한 장 남아 있는데 그 사진 앞에 서면 한참 들여다보게 됩니다. 참말로 싱그럽고 단아한 청년이 사진 속에 있거든요. 미남일 뿐 아니라 젊은 날엔 힘도 센 분이어서 인기가 많았답니다. 우리나라를 지금까지 분단국가로 만들어놓은 6·25전쟁을 스물도 되기 전에 겪으셨는데 그 무렵 저희 집안은 풍비박산이 났다고 합니다. 남쪽이 전쟁에 밀리고 있을 때 경찰가족들을 학살했는데 저희 집의 막내 조부가 경찰관이었습니다. 그때 상당수의 집안 어른들이 죽창에 찔려 돌아가셨다고 들었습니다. 아버지는 군인이 되려 했으나 경찰관이었던 막내 조부께서는 종손을 전쟁터로 보낼 수 없다며 병역기피를 시켰다고 들었습니다. 기피자로 살기 지친 아버지는 스스로 경찰서로 찾아가 입대를 하려고까지 했으나 번번이 막내 조부는 무슨 수를 썼는지 아버지를 돌려보냈다고 합니다. 나중에는 총을 쏘지 못하게 중지를 작두 위에 올려놓고 잘랐답니다. 그래서 나의 아버지의 중지는 반토막입니다. 한 번은 마을에 들이닥친 인민군에 의해 아버지가 공개처형장으로 끌려가던 중에 동네 무당이 내 아들이라고 하며 아버지를 행렬에서 빼주어 간신히 살아남으신 그런 분이십니다.

전염병과 전쟁은 아버지의 삶을 멋대로 흔들었고 크나큰 상처를 남겼으며 집을 떠나 방황하게 했습니다.

완전 농부가 되기 전의 아버지는 북을 치고 창을 부르는 걸 즐기시는 분이기도 했습니다. 집 사랑채에 북을 가르치는 분이 오래 머물기도 했으며 아버지께서 머리에 포마드를 바르고 오토바이를 타고 집을 나갔다가 며칠 만에 들어오는 일이 자주 있었습니다. 어디에서 무엇을 하시다 오셨는지는 모릅니다. 다만 보름만에 혹은 한 달 만에 집에 돌아오는 아버지를 위해 어머니는 항상 아버지가 드실 밥을 담은 밥그릇을 아랫목에 묻어두셨고 밤에도 대문을 잠그는 일이 없었습니다. 잠자다가 간혹 담요에 싸인 채 아랫목에 묻혀 있던 아버지 밥그릇을 발로 차기도 했던 기억이 나네요. 전화가 있었던 때가 아니었기 때문에 불현듯 밤늦게 돌아오시는 아버지 손엔 그때는 보기 드물었던 양과자가 들려 있기도 했지요. 한겨울날 잠자다가 깨어나서 그 양과자를 먹었던 기억도 납니다.

나는 지금도 늘 아버지의 직업을 물으면 농부라고 대답을 하지만 젊은 시절의 아버지는 농부가 아니었지요. 아버지가 논에서 일하시는 모습을 거의 본 적이 없거든요. 항상 그 자리엔 어머니가 계셨으니 농부는 어머니셨지요. 아버지께서 방황을 접으신 건 큰오빠가 중학생이 되고 그 아래의 우리 형제들이 쑥쑥 자라날 무렵이었죠. 차려입고 다니던 가죽잠바를 벗어버리고 헐렁하고 편한 옷을 입는 농부가 되어 돌아오셨지요. 그렇게 즐기시던 북을 치는 일도 좀처럼 없었습니다. 이따금 혼자서 손가락으로 장단을 맞추며 창을 부르시기는 하셨지요.

이후의 아버지는 참 자상하신 분이셨습니다. 봄이면 씨앗을 논밭에 뿌려서 가을에 거둬들였고 겨울이 시작되면 맨 먼저 우리 여섯 형제들의 겨울 내복과 겨울 털신을 사서 자전거 뒤에 싣고 오셔서 나눠주셨어요. 아버지께서 동네로 마실 나갔다가 늦게 들어오는 겨울밤이 생각나는군요. 어머니가 차려주는 저녁밥상 곁에 우리들을 쭉 둘러앉혀 놓고 한 사람씩 김에 밥을 싸서 먹여주기도 하셨지요. 그때는 김이 귀하던 때라서 아버지 밥상에만 김이 올랐어요. 귀가가 늦는 아버지를 기다렸다가 그걸 받아먹는 재미가 쏠쏠했지요. 목소리를 높이는 법도 공부를 못한다고 야단을 치는 법도 없었죠. 특히 나에겐 그러했습니다.

초등학교 4학년 때던가.

논일이 바빠서 항상 저녁밥이 늦던 때였어요. 학교에서 돌아와 어머니를 기쁘게 해줄 생각으로 처음으로 내가 밥을 지어놨을 때 어머니는 머리에 쓰고 계시던 수건으로 내 코를 닦아주며 칭찬을 하셨는데 아버지는 기쁜 내색이 아니었어요. 오히려 뭐 하러 밥을 지어놨느냐며 탄식했습니다. 그때는 내가 뭘 잘못했나 생각했는데 시골의 여자아이가 일찍부터 밥 짓는 걸 알게 되었으니 밥 당번이 되겠구나…… 싶으셨던 겝니다. 사실 그때부터 저녁밥 짓는 일은 내 일이 되었죠.

아버지께선 음식을 만드는 일을 즐기기도 해서 자장면이나 붉은 돼지고기구이를 만들어 우리들의 입속에 넣어주기도 하셨는데 그때의 행복이 아직도 이따금 전해집니다. 꼭 우리 형제들이 제비 새끼 같았거든요.

조부가 학교에 보내주지 않았던 영향 때문이었는지 아버지는 반대로 자식들의 학교교육을 맨 으뜸으로 치시는 분이었습니다. 마을의 여섯 형제가 모두 도시로 나가 대학을 다니는 일이 벅차던 때 여러 우여곡절이 있었지만 아버지는 뒤에서 그리 되도록 힘이 되어주셨어요. 불행히도 아버지께서는 자상한 분이시지 건강한 분은 아니셨습니다. 자주 아프셔서 자리에 누워 계실 때가 많았지요.

그래서인지 내게 있어 아버지는 가부장적 권위자로서의 아버지가 아니라 어머니보다 몸이 약한 다정하고 자상하신 분으로 각인됩니다. 내가 남성에 대해서 큰 억압을 느끼지 않는 중심에는 그런 늘 어딘가 조금은 아픈 아버지의 영향이 있었기 때문이 아닌가 싶어요.

내가 열여섯이 되어 도시로 처음 나왔던 때 아버지는 사흘을 몸져 앓아누워 계셨다고 합니다. 자식이라면 스물까지는 돌봐줘야 되는데 다 크지도 않은 어린것을 오빠들 곁으로 보냈다며 슬퍼하셨다고 합니다.

도시로 나와 살기 시작했을 때 시골의 아버지로부터 받았던 편지들. 그 편지들을 간직하고 있지 않은 게 참 아쉽습니다. 내게 서울생활이란 거의 이사 다니는 일과 연결되었고 여기서 저기로 이사 다니던 어느 시절엔가 귀한 편지와 일기를 적었던 노트들을 많이 잃었습니다. 그 잃은 편지들 속에 아버지의 편지도 들어 있습니다. 쌀을 부쳤으니 찾아다 먹으라는 간결한 문구. 돈이 좀 생겨 우편환으로 부쳤으니 그걸 찾아다가 오빠들과 고기를 사다 구워 먹으라는 말씀. 날이 추워졌으니 내복을 꼭 껴입고 다니고 문단속을 철저히 하라는 염려들이 맞춤법과 글자 받침에 상관없이 소리나는 대로 적혀 있었지요. 봄이 오면 입춘대길이나 한시를 적어 보내시기도 했습니다. 아버지는 조부로부터 한문을 배워 한글보다 훨씬 한문에 익숙한 분이셨거든요.

나는 아버지를 어머니보다 더 따랐습니다. 때로 어머니께서 서운해하실 정도로 아버지 편을 들었어요. 오죽하면 어머니께서 "다른 집 딸들은 다 엄마 편이더만 우리 집 딸은 어쩌 저런다냐?" 그러셨겠어요.

잦은 병치레로 내 머릿속엔 아버지는 어디가 아픈 분……이라는 생각이 박혀 있어서 그랬지, 싶어요. 지금은 오히려 바뀌었지요. 지금은 아버지보다 어머니가 더 자주 아프시거든요. 그래서 아버지께 전화를 드려 어떻게 하면 어머니가 기뻐하는지에 대한 방법을 내 딴엔 열심히 알려드리지요. 아버지께서 써먹는지는 모르겠습니다. 아버지께서 내 말을 귀 기울여 듣는다는 것은 어머니도 아십니다.

아버지께 꼭 하고 싶은 말 이를테면 운전을 배우지 말았으면 하는 이야기가 아버지에게 안 통할 때 내게 대신 말해 달라고 구원을 청하거든요. 최근에 갑자기 운전을 배우시겠다는 아버지의 뜻을 어머니와 내가 모의를 해서 좌절(?)시켰답니다. 나중에 들어보니 오빠들 생각은 다르더군요. 왜 못 배우게 하느냐? 내가 비난을 받았습니다. 어떻든 아버지는 내 말을 따랐습니다. 그런데 수화기에 대고 그러셨어요. "나도 사실은 자신이 없다…… 그래서 한번 해보고 싶었는데 니 어머니가 저리 펄쩍 뛰니 그만둘란다." 체념하시는 목소리가 어쩌나 기운이 없으신지 마음이 약해지더군요. 어머니께 그 말씀을 전했더니 어머니께서, "니 아버진 시작만 허면 금방 면허증 딸 것이다. 언젠가도 처음 나온 모심는 기계를 사와서는 아무도 손을 못 대는디 누구한테 배우지도 않고 책 들여다봄서 연구허서는 한나절 만에 모를 심더라. 근디 그깟 면허증 하나 못 따겄냐? 니 아버지가 운전을 배워갖고 차를 사게 되면 내가 니 아버지 돌아올 때까지 잠도 못 잘 것 같어 그러재." 하시더군요.

어렸을 때 충치 때문에 해가 저물 무렵이면 매일 징징 울고 다니던 때가 있었어요. 어느 날 아버지께서 어린 나를 자전거 뒤에 태우고 읍내의 치과에 데려갔지요. 그날 이후로 학교가 파해서 교문에 나가보면 거기 아버지께서 자전거를 세우고 나를 기다리고 계셨어요. 치과 가서 신경치료를 받는 일은 혹독한 고문이었지만 아버지 자전거에 올라타는 일은 참 행복했습니다. 아버지는 이가 아파 얼굴을 잔뜩 찡그린 나를 자전거 뒤에 태우고 우동국물도 먹게 했고 하얀 실내화도 사주셨지요. 내가 도시로 나온 뒤에 정읍에 가면 오토바이를 끌고 역으로 마중 나오셔서 뒤에 나를 태우고 집으로 가곤 했었죠. 지금은 주로 자동차를 운전해 가기 때문에 그런 일도 드물게 되었습니다만 아버지에 대한 제 인식의 밑바닥엔 나를 자전거나 오토바이 뒤에 태우고 다니시던 아버지가 가라앉아 있습니다.

츠시마 님.

아무리 아버지 얘기를 해 달라고 했기로 내가 아버지 얘기를 너무 열심히 해버렸군요. 츠시마 님도 괜찮다면 다음번엔 아버지에 대한 얘기를 해주시렵니까?

며칠 전엔 마당에 조그만 밭을 일구었습니다. 그곳에 상추와 고추, 토마토, 오이, 호박 등을 모종했어요. 작년에 어머니가 아주 어린 감나무 두 그루를 흙덩이와 함께 싸주시며 "내가 죽어도 이 나무 심어두면 나중에 감이 주렁주렁 열릴 것이다. 그 감을 나 본 듯해라." 그러셨어요. 울컥해서 이깟 감나무를 주며 왜 그런 말씀을 하시나? 대들었더니 어머니는 태연히 "천년만년 사는 사람이 있다냐?" 그러셨어요. 별말씀을 다 하신다니깐…… 구시렁거리며 감나무를 자동차 뒤에 싣고 와 어머니가 일러준 대로 땅을 파고 심어뒀는데 그 감나무에도 새순이 파릇하게 올라와 있더군요. 내친김에 화분도 분갈이해줬습니다. 꽃도 조금 사와서 여기저기에 심어보다가 깜짝 놀란 건 역시 작년에 재미로 백합 뿌리를 심어둔 자리에 백합순이 소복하게 올라와 있지 뭐여요.

어머나, 나도 모르게 감탄사를 내질렀습니다. 집에 아무도 없는 때라 누구한테 자랑하지 못하는 게 얼마나 아쉽던지요. 백합이 너무 다닥다닥 붙어 있어 옮겨 심어주었습니다. 그러고 나니 그동안 버려진 듯했던 마당이 제법 생기 있어 보이더군요. 요즘은 옮겨 심어준 백합이 잘 자라나 확인하는 게 습관이 되었는데 잘 자라고 있어요. 한동안 그 백합을 볼 적마다 가슴속으로 물이 밀려오는 것 같은 신선한 기분에 빠져 지냈어요.

지난번 편지에 츠시마 님이 말씀하신 국제화시대에 오히려 역행하는 듯한 정체를 알 수 없는 전쟁들, 9·11이나 아프가니스탄과 같은 계속되는 대량 살육에 대한 불안을 견디면서 인간이 지탱될 수 있는 건 또 이렇게 갓 태어난 생명이 가져다주는 감탄이 있기 때문이 아닐까 생각해봅니다.

이제 초여름입니다. 잘 지내세요, 츠시마 님!

2006. 5. 19. 서울에서

신경숙 드림

비 오는 날들

신경숙 님.

타이베이에서 막 돌아왔습니다. 정확히 한 달간 머문 셈입니다. 돌아오니 시원해 한시름 놓이네요. 타이베이에서 보면 도쿄는 북쪽이고, 서울은 그보다 훨씬 북쪽이란 당연한 사실을 새삼몸으로 체험했습니다. 타이베이에 있는 동안 줄곧 비가 내렸는데, 귀국해보니 도쿄도 장마가 시작되어 올해 제 초여름은 온통비 오는 날들뿐이로군요.

일본의 신문이나 텔레비전이 온통 월드컵에 관한 보도라 이제막 돌아온 제게는 이상한 기분이 듭니다. 대만에서는 민진당民進黨의 천수이볜 총통을 자리에서 끌어내려는 국민당의 움직임이주요 관심사로, 월드컵에는 대부분 무관심한 것 같았습니다. 물론 대만에도 열성 팬들이 있겠지만요.

월드컵 개최국인 독일과의 시차에도 불구하고, 일본에는 텔레비전 중계에 눈을 떼지 못하는 사람이 많아 다들 수면부족상태라고 하는군요. 하지만 어쩌면 한국 분들이 더 열심히 관전하고 계실 것도 같습니다. 졸음을 참아가며 시합을 볼 정도의 기력이 내겐 없어 아직 아무 시합도 보지 못했습니다.

4년 전의 한일 공동개최로 열린 월드컵 이래, 일본에도 축구팬이 급증했습니다. 한국과 이탈리아의 열띤 경기가 열리던 날, 경기를 보다 일 때문에 하와이로 가기 위해 집을 나서면서 너무도 아쉬웠던 기억이 생생합니다. 시합결과라도 알고 싶었지만 하와이에서는 도무지 월드컵 같은 덴 관심이 없어, 주위에 결과를 묻기는커녕 신문을 뒤져봐도 관련기사가 없었습니다. 결국 닷새가 지나 일본에 돌아온 후에야 결과를 알 수 있었어요.

그로부터 4년이 지났다니, 시간이 정말 빠르군요. 당시 일본의 주요 신문에 매일 커다랗게 인쇄된 한글을 보고, 저는 정말 가슴이 뛰었습니다. 도쿄 거리에서 한글표기를 볼 수 있는 곳이 늘기는 했으나 주요 신문의 톱을 장식하는 것은 정말 이례적인 일이었다 생각합니다. 그때부터 한국에 친근감을 갖는 일본 젊은이들이 많아졌고, 한국 드라마도 놀라운 기세로 인기를 끌게 되었지요.

저는 축구하면 오래전에 본 스웨덴 영화가 생각납니다. 일본에서는 'My Life as a Dog'(원제 'Mitt Liv Som Hund' —역자 주)란 제목으로 상영이 됐었는데, 왜 영어 제목이 붙여졌는지 이해할 수 없습니다만, 신경숙 씨도 보신 적이 있는지요? 영화에는 여자 아이란 사실을 숨기고 소년축구팀에 들어간 용감한 소녀가 등장합니다. 시간이 지나면서 아이의 가슴이 점점 부풀어올라 이러다가는 자신이 여자란 사실이 밝혀져 팀에서 쫓겨나는 게 아닌가 고민을 하지요. 그 소녀와 주인공인 연약한 사내아이와의 우정이 매우 인상적이었습니다.

나는 워낙 운동을 못해 남자아이들 속에 끼어 축구나 야구를 하고 싶다는 생각은 꿈에도 해본 적이 없지만, 영화 속의 소녀와 소년의 우정에 마음이 끌렸던 것은 세상의 남녀관계와는 무관한, 그렇지만 서로의 성별의 차를 있는 그대로 인정한 유대관계가 무척이나 매력적으로 느껴졌기 때문입니다. 어른이 되고 나면 어째서 그런 관계가 어려운 걸까요.

이 나이가 되고도 나는 아직 남자와 여자란 무엇인가, 하는 생각에 골똘해질 때가 있습니다. 작가면서, 라는 소리를 들을 것 같습니다만, 작품에는 남자도 여자도 아닌, 오로지 한 개인, 그리고 세상에서 흔히 이야기하는 개념에 구애받지 않는 인물을 그리고자 하기 때문에 이런 문제로 그다지 고민하지는 않습니다. 하지만 실생활 속에서는 특히 여자로 살다보면 사회적 개념과 직접 몸으로 부딪치게 되고, 이해하기 힘든 일로 당혹스러울 때가 많습니다.

일본 사회에서는 여성이 자신의 일을 하면서 원만한 결혼생활을 엮어가기가 지금도 꽤 어려운 것 같고, 작가일 경우 더더욱 독신여성(이혼자를 포함해)이 많습니다. 남성작가 또한 독신이 많다면 작가란 종족 자체가 가정을 싫어하는구나 하고 받아들이겠지만, 그게 그렇지도 않으니까요. 예전처럼 아내가 비서 역할을 하는 남성작가는 그만큼의 수입을 확보해야 하는 우선 조건이 있어 지금은 그리 많지 않은 것 같습니다만.

얼마 전 지인인 30대 초반 기혼여성이 회사일로 바빠 집안일을 제대로 못하면, 자신이 뭔가 잘못된 사람인 것 같은 기분이 든다고 하더군요. 일을 아무리 잘해도 마냥 자랑스럽지만은 않고 주위 눈들도 자신을 탓하는 듯한 기분이 드는데, 아마 남자라면 이런 마음이 들진 않겠죠, 하는 푸념을 하면서요.

일본에는 '자아가 강하다'는 말이 있는데, 이 말은 남성들에게는 하지 않습니다. 여성들에게만 일컬어지는 말이지요. '이기적'이란 말과도 다르고, '욕심쟁이' 혹은 '고집쟁이'와도 다릅니다. 생각해보면 참으로 이상한 말입니다. 여자란 본래 자신의 의견을 삼가고 원만한 인간관계를 우선해야 하는 존재이다, 하지만 '자아가 강한' 여자들은 그런 태도를 취하려 하지 않기 때문에, 주위 사람들이 처치 곤란해한다는 의미인 것 같아요.

한국에도 이와 비슷한 말이 있는지요? 일본은 한국에 비해 유교적 영향을 적게 받아 여성들의 지위가 상당히 자유롭다고 말하는 사람도 있습니다만, 사회 전체적인 분위기는 자기 일을 계속하면서 예전과 같은 결혼생활을 하려면 '자아가 강하다'는 식으로 보이는 것 같아요. 육아문제 또한 상당히 어려운 모양입니다. 정말 어려운 문제이지요. 예전과 달리 여성들의 대학 진학이 일반적인 요즘, 졸업을 하면 사회에서 뭔가 자신의 능력을 발휘할 수 있는 일을 하고자 하는 것은 지극히 당연하다 생각되지만, 그 일에 열중하면 할수록 안정된 결혼생활과는 멀어지게 되니 말입니다. 결혼이냐 일이냐, 어느 한쪽을 선택해야 한다면 여성들에게는 참으로 고통스런 일이지요.

남편이 육아를 전혀 도와주지 않는 경우가 반 이상이라는 최근의 일본 신문보도도 대단히 실망스러웠습니다. 일본에는 전업주부가 많은 탓인지 모르겠습니다만, 그렇다면 어째서 전업주부가 이렇게 많을까요. 그건 여성들이 자신의 일을 갖고 가사나 육아를 혼자 부담하는 것이 너무 힘들기 때문에, 결국은 일을 그만두어서가 아닌가 하는 생각을 하게 됩니다. 아이가 자라면 이번에는 연로하신 부모님들을 보살펴야 하구요.

군이 결혼할 필요 없이 일과 연애를 즐기면 그것으로 충분하다 생각하는 사람들이 늘어나는 건 요즘 같은 시대에 지극히 자연스런 현상이라 생각되지만, 그렇게 되면 지금 일본이 안고 있는 큰 고민인 저출산이 문제가 되겠지요. 태어나는 아이가 줄어들면 분명 그 사회는 곤란을 겪게 되겠지요. 일본과는 반대로 출산율이 높아지고 있는 프랑스의 경우, 지인의 이야기에 의하면, 젊은 세대 남성들의 의식은 여성들에 의해 수세에 몰릴 만큼 몰려 어쩔 수 없이 변했다고 하더군요. 여자나 남자 모두 자신의 일을 갖고, 서로 도우며 공동생활을 영위하고 아이를 낳아 기르는 사회, 일본에도 그런 변화가 일기를 저는 간절히 바랍니다. 그리 힘든 일이 아닐 텐데, 남성과 여성 모두가 고독하지 않고 즐겁게 살 수 있을 텐데 하는 생각을 떨쳐버릴 수가 없군요.

그런 생각들과는 달리 개인적으로 내가 남성에 대한 이해가 부족하지 않나 하는 열등감이 늘 따라다닙니다. 지난달 편지를 읽으면서 또는 상당히 자전적인 작품이라 할 수 있는 『외딴방』을 읽으면서 신경숙 씨와 내가 크게 다른 점이 있다면, 그것은 이러한 남성에 대한 인식이 아닐까 하는 생각이 듭니다. 큰오빠의 동생들에 대한 책임감에는 눈이 휘둥그레지지 않을 수 없었고, 아버님도 어려운 시절을 살아내셨지만 당신에게는 늘 다정하신 분이셨다구요. 성장과정에서 아버님이나 오빠들로부터 '남성'의 다정함을 알게 된 당신은 여자로서 중요한 사실을 배우지 않았을까 하는 생각도 듭니다. 그렇게 단순하진 않아요, 하고 당신이 이야기할지도 모르겠습니다만.

내 아버지에 대한 이야기를 듣고 싶다고 하셨지만, 아버지는 내가 한 살 때 세상을 떠났기 때문에 내겐 아무런 기억이 없습니다. 단지 우리 가정에 뭐랄까, 어둡고 무거운 '비밀'이 있다는 것만은 어렸을 때부터 짐작할 수 있었고, 그것이 무엇일까 하는 것은 늘 내 호기심과 두려움의 대상이었습니다. 아이들은 그런 일에 무척이나 민감하거든요.

유치원 때쯤이었을까, 어머니에게 물은 적이 있습니다. 아버지는 왜 죽었냐구요. 어머니는 잠시 생각을 하시더니 심장이 멈춰서, 하고 말씀하셨어요. 그 뒤로 아버지가 심장병으로 돌아가신 건 어머니가 제대로 간호를 하지 않아서가 아닐까 하는 생각을 했었습니다. 우스운 이야기 같지만, 왠지 그런 생각이 들었어요. '환자놀이'도 좋아하게 되었지요. 이불 속에서 혼자 상상하는 놀이인데, 이제 곧 죽을병에 걸린 내가 숨이 끊어질 듯 끊어질 듯하며 마지막 말을 가족들에게 고하는 겁니다.

그러다 언젠가 아버지 사진을 발견하게 됐어요. 장례식 때 사용한 사진이 아니었나 싶어요. 나는 어머니에게 사진을 보이면서 달라고 졸랐습니다. 내게는 전혀 기억에 없는 아버지니 그 정도 부탁은 들어주실 줄 알았는데, 어머니는 너무도 무서운 얼굴로 화를 내셨어요. 터무니없는 소리 말라며 제게서 사진을 빼앗아가셨죠. 그때부터 어머니한테 아버지에 대해 물어봐선 안 된다는 생각을 하게 되었습니다.

아버지가 소설가였다는 사실은 집에 책이 있어서 일찍이 알고 있었습니다. 하지만 그 이상에 대해서는 알 수 없었어요. 아버지 쪽 친척은 아버지 자신이 친가로부터 의절당했기 때문에 만난 적이 없습니다. 외가 친척들과는 왕래도 잦고 사이가 좋았지만, 그래도 아버지가 어떤 사람이었냐고는 물을 수가 없었어요. 그러고 보니 딱 한 번, 이건 아이들을 위한 방송이니까, 하고 아버지가 쓴 소설을 토대로 한 라디오드라마를 듣게 하셨던 적이 있었습니다. 참으로 놀랍고 드문 일이었어요. 라디오드라마가 끝나면 어머니한테 재미있었다고 해야 할지, 시시했다고 해야 할지 무척 고민스러웠던 기억이 있습니다. 기쁘거나 자랑스럽다는 마음은 전혀 없었어요. 그럴 여유가 없었겠지요.

초등학교 4학년 때, 같은 반의 한 아이가 내게 와서는, 니네 아버지 살인자라며? 하고 물었습니다. 그럴 리가……, 하지만 난 아버지에 대해 아는 바가 없었기 때문에 반박할 수도 없었어요. 고민을 하다 학교 도서실로 갔습니다. 인명사전에서 아버지에 대해 알아봐야겠단 생각을 했지요. 아마도 그런 곳에 이름이 실려 있는 작가란 걸 알고 있었던 것 같아요. 그리고 어려운 한자로 가득한 설명을 필사적으로 읽었습니다. 다행히 살인을 했다는 기록은 없었습니다. 그렇지만 아버지의 일생은 내가 알지 못하는 말로 마감되어 있었어요. 시치미를 떼고 젊은 사서 선생님한테 가서 '入水/투신자살'이 무슨 뜻이냐고 물었습니다. 사서 선생님은 매우 침착하게, 그건 바다나 강에 스스로 몸을 던져 죽는 것이라고 가르쳐주었습니다. 감사합니다, 나는 가능한 씩씩하게 인사를 하고 도서실을 나왔습니다.

어른들에게 알리지 않고 혼자 아버지에 대한 사실을 알아냈다고 생각했지요. 지금 생각해보면, 내가 매일같이 도서실을 이용하는 아이여서 어쩌면 사서 선생님은 내 아버지에 대해 이미 알고 있었는지도 모르겠습니다. 그런데도 쓸데없는 설명을 덧붙이지 않았던 것은 참으로 고마운 배려였다는 생각을 새삼 하게 됩니다.

어쨌든 아버지가 살인자가 아니란 사실에 나는 안도했습니다. 그 후 아버지와 다른 여자 사이에 태어난 딸이 있다는 것도 알게 되었습니다. 내게는 이복여동생이 되는 거지요. 그 사실이 특별히 싫거나 하지는 않았습니다. 어쩌면 다른 이복오빠나 언니들이 있을지 모르고, 어느 날 문득 멋진 이복오빠가 내 앞에 나타나면 좋을 텐데, 하는 기대도 했던 것 같아요.

나의 남성관은 그런 아버지로 인해 대단히 기묘하게 형성되지 않았을까 하는 생각을 할 때가 있습니다. 실제 내가 아는 육친의 남자란 지적장애를 가진 오빠뿐이었고, 그 오빠도 열다섯의 나이에 세상을 떠났으니 어른의 모델은 아니지요. 남자란 가정을 배반하며, 밖에서 아이를 만들고, 결국엔 자연스럽지 못한 죽음을 택하는 존재라고 어느 부분 생각했던 것 같습니다. 그것을 긍정했던 것은 아니에요. 단지 내 아버지가 실제 그런 남자였다는 것은 부정할 수 없는 사실이고, 어떤 남자도 그럴 가능성이 있을 수 있으나, 그렇게 되면 참 괴롭겠다 하는 마음이었겠지요.

마흔이 넘고 나서, 아버지의 경우는 일본의 패전 직후라는 특수한 시대상황과도 깊은 관련이 있지 않을까 하는 생각도 하게 되었지만, 내가 남자를 제대로 이해하지 못하는 건 아닐까 하는 곤혹스러움, 혹은 열등감은 지금도 여전히 꼬리를 물고 있습니다. 여자아이에게 아버지의 존재는 큰 의미를 갖겠지요. 아버지와 행복한 관계였다면, 그 여성은 인생에 있어 얼마나 정신적으로 축복받은 사람일까 하는 생각을 합니다. 실제로는 어떨까요?

나는 결국, 현실 속의 여러 의미들을 이해하기 위해 소설의 등장인물들과 함께 이런저런 생각을 하고 있는지도 모르겠습니다. 젊은 남자가 되어도 보고, 노인이 되어도 보고, 소년이 되어 보기도 하면서. 남자에게 여자의 매력이란 무엇일까, 아버지에게 딸이란 어떤 존재일까, 그런 것들을 생각하기 위해 나는 소설을 쓸 수밖에 없습니다.

신경숙 씨도 분명 그렇게 소설을 쓰고 계시겠지요. 소설가의 상상력이란 그런 건지도 모르겠습니다. 겨우 그런 것, 하지만 절실하게 필요한 것.

비 내리는 날들, 마당에는 잡초가 거칠게 자라 있습니다. 돌보지 못하고 내버려둔 마당이지만, 매년 식물들이 세력을 바꾸어가며 다른 모습을 보여줍니다. 올해는 약모밀이 우쭐대고 있고, 작년엔 '펜펜쿠사' 라 부르는 냉이가 한창이었고, 또 그 전에는 두견이었습니다. 새삼 식물에는 식물의 세계가 있다는 생각을 합니다.

또 편지드리겠습니다. 건강하시길.

6월 21일 도쿄에서

츠시마 유코

마음의 대화들

　츠시마 님.

　대만에서 보내준 편지 잘 읽었습니다. 벌써 연일 34도를 웃도
는 더위면 대만은 완전 한여름이겠군요. 이곳저곳 여행을 꽤 다
녔다고 생각했는데 아직 대만에 가보질 못했다는 걸 츠시마 님의
편지를 읽고 알았습니다. 하지만 「애정만세」나 「비정성시」 같은
영화를 통해서 대만의 거리를 접한 것이 다군요. 그래서 츠시마
님의 편지 속에 등장하는 커다란 수박이랑 파인애플 같은 여름과
일이 풍성한 대만 거리를 상상해보는 즐거움이 더 컸습니다. 아,
대만에서는 단오절에 용선보트의 국제시합이 열리는군요. 단오
절에, 대만에서는 아이들이 악을 쫓는 향주머니를 목에다 차고
다니고, 일본에서는 아이들이 무사히 자라기를 바라는 행사들이
있다면, 단오절은 아이들을 축원하는 날이라는 공통점이 있는 것
같습니다.

지난번 편지에 한국의 단오는 어떤 의미냐고 물었지요?

한국에서 단오절의 의미는 창포로 머리 감는 것과 그네뛰기를 하는 것으로 연결되지요. 중국 초나라 때 굴원屈原이라는 반듯한 신하가 있었는데 간신들의 모함에 빠졌다고 합니다. 굴원은 지조를 지키기 위해 강에 투신했다지요. 그날이 5월 5일이었다죠. 다음 해부터 그날이 되면 굴원의 영혼을 위로하기 위한 밥을 지어 물여울에 던지는 것으로 제사를 지냈는데 그게 한국에까지 전해져 단오가 되었다 합니다.

음력 5월 5일은 더운 여름을 맞기 이전의 초하初夏의 계절입니다. 모내기를 끝내고 나서 한 해 풍년을 기원하는 기풍제 역할도 단오절이 했습니다. 물론 나라마다 약간씩 다르지만 세시풍속의 근원을 따라가보면 중국과 한국, 일본은 서로 연결되어져 있다는 느낌을 받습니다.

한국의 고전 중에 『춘향전』이 있는데 혹시 들어봤는지요? 성춘향과 이몽룡의 연애담인데 그걸 읽어보면 그 작품이 쓰여지던 조선시대 사람들의 풍속과 희로애락을 자세히 알게 되는 명작입니다. 한국 사람들에겐 남녀노소 할 것 없이 매우 친숙한 전설 같은 작품이지요. 그 아름다운 두 남녀의 첫 만남이 바로 단오절에 이루어지지요. 남원의 광한루에서 그네를 뛰는 춘향을 보고 이몽룡이 첫눈에 반하거든요. 단오절인 음력 5월 5일은 1년 중에서 가장 양기陽氣가 성한 날이라고 해요. 예전에는 아주 큰 명절이었던 것에 비하면 현재 한국에서는 그네뛰기 시합을 벌이는 정도입니다.

츠시마 님.

지난 한 달 동안에 나에게도 이런저런 일들이 있었습니다.

5월 15일부터 신문연재를 시작했고, 경상도에 울산이라는 도시가 있는데 그곳에서 주재하는 문학상의 수상자이기도 해서 어제는 그쪽에 내려갔다가 오늘 다시 서울로 왔습니다. 게다가 시골집의 아버지가 오토바이를 타고 시내에 나가시다 자동차와 부딪히는 사고가 있어 그곳 병원에 입원하셨습니다. 몸은 여기에 있고 마음은 그곳에 가 있는 날들입니다.

신문에 연재되고 있는 소설은 19세기 말에 조선에 왔던 프랑스 초대 공사와 궁중 무희 '리진'이라는 여인에 대한 이야기입니다. 3년 전부터 준비해왔던 작품으로 파리에 취재차 세 차례 다녀오기도 했습니다. 원래는 8월 말에 출간을 하기로 하고 준비하고 있던 것을 신문사의 청으로 연재를 시작하게 되었네요. 신문연재는 10년도 훨씬 전에 첫 장편을 해보고는 처음입니다. 원고 비축도 상당량 되어 있는 상태이고 오래 생각해와서 이미 마음에 깊이 터를 잡아 긴장이 덜할 줄 알았는데 아니군요. 나로서는 처음 써보는 오래전 이야기인 데다 갑자기 신문연재라는 형식과 만나 그에 적응하느라 지난 한 달은 시간이 어찌 지났는지 모르겠어요. 내가 겪어보지 않은 시대의 이야기라서 나도 마치 외국인이 되어 그 시대를 여행하고 있는 느낌입니다. 신선하고 즐겁습니다. 소재에 빠지지 않으려고 서사의 숨을 조율하고 인물들의 내면과 시대의 구체적 복원에 초점을 맞추고 있습니다.

자료들을 읽다가 재미에 들려 밤을 통째로 새우게 되는 일도 잦습니다. 학문하는 사람들은 이런 재미로 공부를 하는가 보다, 싶더군요. 작품을 마치고 나면 평소에 재미를 느끼는 그림과 사진, 그리고 정신분석학 쪽 공부를 해볼까 하는 생각도 들더군요. 어쨌건 지금의 나는 왕조시대에 태어나 파리로 건너가 근대를 살아낸 '리진'이라는 여성과 열애 중입니다. 자료들을 읽어내거나 쓰는 일로 뒷덜미와 어깨가 아파서 의자에 몸을 깊이 파묻는 순간들이 잦긴 하지만 '리진'과 만나고 있는 지금 시간들은 충만하고 행복합니다. 그림을 그려주는 젊은 화가도 잘 만났어요. 그의 그림을 보는 즐거움에 빠져 있기도 하지요. 신문에 연재는 좀 더 오래 하게 되겠으나 작품은 8월 안에 마칠 생각입니다. 그동안은 즐거운 감옥생활이겠지요.

츠시마 님.

지난번 편지에 츠시마 님의 오빠에 대한 이야기를 읽으며 마음이 아팠습니다. 열두 살 소녀가 열다섯 살 된 다운증후군의 오빠를 평생 돌보며 살겠다고 결심하는 장면과 만났을 때 나는 열두 살 때 무슨 생각을 했었나 돌이켜봤어요. 초등학교 6학년 때더군요. 그런데 멍텅구리가 된 것처럼 아무 생각도 나지 않지 뭐여요. 그러다가 한 가닥 떠오르는 회상. 그 회상 속에 나에게도 오빠가 있더군요. 『외딴방』에 나오는 큰오빠입니다.

30여 년 전의 우리나라 시골마을에선 중학교에 진학하지 못하는 소녀들이 꽤 있었습니다. 우리 집의 넷째 아이였던 나는 상급학교 진학 때마다 항상 난관에 처하곤 했었습니다. 가난해서라기보다 형제들이 많다보니 벅찰 때가 있는데 그 상황 속에 꼭 내가 끼어 있곤 했지요.

그 무렵, 서울에 가 있던 오빠가 시골집에 내려와서 어머니와 주고받는 대화를 들었습니다. 여자아이일수록 교육을 시켜야 한다, 는 게 큰오빠의 주장이었지요. 어떻게든 나를 중학교에 진학시켜 마쳐주면 그 다음엔 오빠 자기가 나를 서울로 데려가 학교를 보내겠다는 말이었죠. 어머니를 설득시키는 오빠의 말을 이불을 뒤집어쓰고 숨죽이며 들었습니다. 자는 척하면서요. 오빠의 말에 눈물 몇 방울이 또르륵 흘러내렸던 기억이 납니다. 오빠가 다녀간 뒤 어머니는 손가락에 딱 하나 끼어 있던 가락지를 팔아서 내 중학교 입학금을 내주셨죠. 그때 오빠의 나이가 겨우 스물인가 스물하나였어요. 야간대학의 법학도였으며 낮에는 공무원 신분이었던 청년이었지요. 서울에 방 하나를 못 구해서 동사무소 숙직실에서 자던 그런 청년이었지요.

똑같은 열두 살을 우리는 참 다르게 보냈군요.

츠시마 님은 다운증후군의 오빠를 평생 보살피며 살겠다는 결심을 하며 보냈고, 나는 반대로 스무 살 오빠가 나를 보살피겠다는 다짐을 하게 만들며 보냈으니 묘한 우연입니다. 오빠는 그 약속을 지켰습니다. 태생지에서 중학교를 마치자 곧 나를 이 도시로 데려왔습니다. 우리는 이 도시에 처음으로 방을 얻었지요. 오빠의 도움으로 고등학교에 진학을 했고 대학을 다녔습니다.

그렇게 오빠와 함께 도시생활을 시작한 지 15년 만에 오빠에게서 분가했어요. 그때까지 내가 지켜본 젊은 법학도 청년인 오빠의 고뇌와 우울, 오빠가 내게 보여준 장남으로서의 책임감, 타인에게 폐를 끼치지 않고 단정하고 반듯하게 살아가려 했던 오빠의 인생에 대한 태도 등은 내게 큰 영향을 끼쳤지요. 대학을 졸업한 후로는 오빠에게서 벗어났지만 인생에 대한 기본 자세는 오빠에게서 물려받았습니다.

지금은 서로 담담하게 지내지만 오빠와 따로 살게 된 이후로도 나는 내게 기쁜 일이 생기면 맨 먼저 오빠에게 알렸습니다. 반대로 내게 생기는 나쁜 일은 오빠가 맨 나중에 알게 되기를 바랐습니다. 가능하면 모르기를요. 그러면서 나는 이 도시생활에 단련이 되어갔습니다. 큰오빠에 대해 글을 쓰다보니 나는 큰오빠를 형제로서가 아니라 부모로 여겼구나 싶습니다. 오빠도 그랬을 것 같습니다. 내 책이 출간되어 큰 서점에서 사인회가 있거나 저자와의 대화 같은 시간 때에 오빠가 저만큼 서서 나를 지켜보고 있을 때도 있었지요. 어찌나 기쁜 표정을 짓고 있는지 그를 발견한 나도 함박웃음이 터지곤 했지요.

츠시마 님.

우리 둘의 인생에는 이처럼 완전히 다른 오빠들이 존재하는군요. 츠시마 님의 오빠. '말에 매어 있지 않고 공간이나 시간관념에도 구속받지 않는 불어오는 바람처럼 살랑살랑 춤을 추는 나비처럼 마음 닿는 곳으로 마냥 걸어'다니는 오빠. 그러다가 '오빠에게 통증이 엄습할 때면 더 이상 나로서는 오빠를 감당할 수 없어' 아픈 오빠를 어머니에게 내줘야 하는 슬픔과 고통을 줬던 오빠. 츠시마 님은 유년에 그 오빠와 마주함으로써 인생에 대해 조숙한 시선을 갖게 된 것 같네요. 나의 오빠는 그와 반대라고 보면 되겠군요.

그러나 결국 여동생의 삶에 깊이 각인된 인간들이라는 점에서는 같은 오빠들이라는 생각이 듭니다. 다만 한 가지. 통증에 고통받는 오빠를 더 이상 감당할 수 없어 어머니에게 오빠를 내주며 츠시마 님이 느꼈다는 그 질투의 감정은 내게는 낯선 감정입니다. 열두 살의 소녀로서는 그제야 오빠에게서 벗어났다는 것에 후련함을 느낄 터인데 츠시마 님은 어머니와는 절대 떼어놓을 수 없었던 오빠의 통증의 세계에 오히려 다가가고 싶었고 고통받는 오빠가 한 번 쳐다봐주었으면 싶은 간절한 마음의 상태에 이르렀다니 말예요.

한국 작가 중에 최인훈이라는 분이 계십니다. 개성적인 소설을 많이 쓴 분으로 존경을 받고 있는 분이지요. 내가 다닌 대학의 은사이기도 하십니다. 그분이 쓰신 희곡『봄이 오면 산에 들에』라는 작품을 대학에 갓 입학해 읽었을 때 영혼이 얻어맞는 듯했습니다. 문둥이가 된 식구를 따라 문둥이가 되고 싶어하는 사람의 마음이 너무나 간절하게 표현되어 있었거든요. 그 당시엔 아,

어찌하면 인간이 그 경지에 이르게 될까? 놀랍기만 했어요. 불가능한 일처럼 느껴지지만 그럴 수 있다면 인간에 대한 어떤 희망을 가질 수 있겠다, 싶은 동조에 마음이 흔들렸죠. 오빠가 고통받을 때마다 가졌던 츠시마 님의 마음이 바로 그런 상태 아니겠어요. 문둥이가 된 식구를 따라 문둥이가 되고 싶어 하는 도저한 마음의 세계가 츠시마 님의 안에 있었다고 여겨집니다.

다운증후군의 오빠 뒤를 숨차며 쫓아다니는 어린 소녀, 츠시마 님을 생각하니 남과는 다른 개성을 지닌 외로운 존재들을 향한 츠시마 님의 전폭적인 지지의 출처를 조금 알게 된 듯해요. 그들을 신화의 세계로 이끌어가는 힘찬 에너지의 근원도 말이죠. 츠시마 님은 굉장히 연약한 체구인데도 강인함이 느껴집니다. 츠시마 님은 삶을 꿰뚫고 지나가는 듯한 빠른 말투를 구사하지만 상대방을 찌르는 법이 없이 안전하게 보호해줍니다. 열두 살 적부터 통증의 세계에 있던 오빠를 보며 평생 그의 보호자가 되어주려고 마음먹었던 소녀가 츠시마 님의 마음 안에 영원히 자라지 않고 살고 있다는 느낌도 강하게 듭니다.

츠시마 님.

지난번 편지에 언급했던 시마다 마사히코 씨는 러시아어도 잘 구사하는군요. 영어는 잘할 줄 짐작했지만 러시아어도 잘한다니까 갑자기 존경스럽네요. 어디 여행을 갔을 때 그 나라 언어를 구사할 줄 안다면 자연 언어에 의존을 하게 되겠지요. 언어가 소통

되어야 폭넓게 사람도 사귈 수 있고 그 나라를 제대로 이해할 수 있는 통로가 생겨 자유로워지지 않을까요? 언어를 통해 사람을 사귀는 것과 언어로써 소통이 불가능해 몸으로 부딪혀가며 직감적으로 사람과 사귀는 것 중 어느 쪽이 바람직한가에 대해서는 정답이 없겠지요. 시마다 마사히코 씨가 후자 쪽이 더 바람직할 것 같다고 말했다니 그가 새로 보여요. 내가 알고 있는 시마다 마사히코 씨는 그렇게 생각하지 않을 것 같았거든요. 돌아오는 11월에 고려대학교에서 주관하는 한일현대작가심포지엄에 시마다 마사히코 씨가 온다고 들었어요. 나도 참석할 예정인데 그때 만나게 되겠네요.

어제 그제 서울은 천둥 번개와 함께 비가 많이 내렸습니다.

울산에 다녀오느라 그제의 비는 못 봤는데 큰비였다고 합니다. 울산은 비의 흔적조차 없었기 때문에 미처 생각을 못했어요. 몇 사람이 그곳 호텔의 지하 바로 맥주를 마시러 내려갔었는데 독일에서 시작된 월드컵경기를 보느라고 사람들이 죄다 텔레비전에 눈길을 주고 있더군요. 동행자가 앞으로 한 달 동안 축구 때문에 심심하지 않겠다며 즐거운 표정이었는데 나는 축구 때문에 참 심심하겠구나…… 생각했습니다. 나는 축구경기를 즐길 수 있는 기본상식조차 부족한 인간인 데다 본래 무슨 게임에 흥미가 없는 인간입니다. 개인적인 취향이 이러니 할 말은 못 되지만 한국의 월드컵에 대한 열기는 좀 심하다고 생각됩니다. 일본은 어떤지 모르겠군요. 다행히 16강이나 8강에 든다면 괜찮겠으나 이러지 못할 경우 어쩌려고 이러나 싶을 만큼 고조되어 있어요.

비행기 타고 서울에 도착했을 때 비가 내리고 있었어요. 비가 오네요, 했더니 택시 운전하시는 분이 비 때문에 어제 하루 비행기 사고가 여럿 있었다고 전하더군요. 집에 돌아와보니 집 한 귀퉁이에 심어놓은 토마토들이 다 쓰러져 있었어요. 일으켜 세우고 대를 세워 묶어주면서 보니까 쓰러진 토마토 줄기에 풋토마토들이 주렁주렁 매달려 있는 게 보였습니다. 모종해놓고 물 주는 것 외엔 돌봐주지도 못했는데 어린 토마토들을 보게 되다니 참 고마웠습니다. 다음 편지를 쓸 무렵엔 저 토마토가 다 익어 따 먹고 난 다음일지도 모르겠군요.

참, 6월 17일은 이 글의 일어 번역자 김훈아 씨가 늦은 결혼을 하는 날이기도 하죠?

청첩장을 받고 날짜를 맞춰보니 그날이 시어머님 기일이더군요. 우리 집에서 내가 모시는 기일이라 아쉽게도 결혼식엔 참석을 못하게 될 것 같아요. 날짜가 그리 겹치다니 아쉽습니다. 일본에서 후지이 씨도 온다는데…… 겸사겸사 오랜만에 얼굴을 볼 수 있는 기회인데 말이지요.

타이베이에는 오래 계시나요?

2006. 6. 11. 일요일에
서울에서 신경숙 드림

3부. 여름에서 가을로

시대와 장소를 넘어서

신문연재를 위한 '감옥생활'은 무사히 진행되고 있으신지요. 도쿄는 오늘도 비가 내리고 있습니다. 한국에도 큰비로 토사가 붕괴되는 등의 피해가 있었다구요. 산 위에 사시는 신경숙 씨 댁은 비 때문에 어려움이 없는지 걱정입니다. 서울 남쪽에 있는 강물이 제방을 넘쳐 동네가 침수되었다는 보도를 이곳 신문에서 보았습니다.

올해는 정말 비 피해가 많군요. 일본도 여기저기서 호우로 인한 피해가 속출하고 있고, 중국 남부에서도 많은 사람들이 목숨을 잃거나 행방불명이 되었다구요. 대만에 가기 전인 5월부터 일본에는 연일 비가 내려 마치 장마철 같았는데 대만에 있는 동안에도 내내 비가 이어졌어요. 그리고 일본에 돌아오니 본격적인 장마철로 접어들어 개인적으로는 3개월 내내 장마를 겪게 되고 말았습니다.

게다가 속속 태풍까지 몰려오니 정말 무슨 일인지 모르겠습니다. 태풍 3호(일본에서는 그해 발생한 태풍을 순서대로 부르며, 이름을 부르는 경우는 매우 드물다.—역자 주)가 한국을, 4호가 대만과 중국대륙 남부를 덮쳐 커다란 피해를 냈는데, 이제 태풍 5호가 다시 대만을 향해 가고 있다고 합니다.

지난달 대만을 찾았을 때는 마침 태풍 1호가 지나간 직후였습니다. 그래서 우연히 2, 3일은 파란 하늘을 볼 수 있었지만, 산간부는 토사로 도로가 엉망이 되었더군요. 그 후로도 큰비가 계속됐는데 이번에는 태풍 5호의 경로라니, 피해가 얼마나 클지 걱정입니다. 올해만큼 일본에 상륙하는 태풍과 상관없이 태풍 1호부터 그 행방을 지켜보던 때도 없었던 것 같습니다.

대만의 경우, 산악지대에는 대부분 가난한 '원주민'들이 많은데 이런 수해는 그들의 생활을 더욱 궁핍하게 만든다고 합니다. 대만사회는 지나치게 정치적인 문제에 관심이 많은 탓인지 '원주민'들의 피해에는 무관심하고, 텔레비전의 주요 채널에서 보도되는 일도 적더군요. 피해상황은 '원주민 텔레비전'(1년 전에 개국한 전용 채널입니다.)을 지켜보면서 알았으니까요.

7년 전에 있었던 대지진 이후에 지반이 약화된 데다 경작을 위한 산림벌채 등의 결과 토사로 인한 재해가 커진 것 같다고 합니다. 현지인들에게 물어봐도 피해실태를 잘 모르고, 사망자나 행방불명자의 정확한 숫자도 공표되지 않는다는군요. 어쩌면 대류 남부의 큰 피해도 이 같은 '인재'가 초래한 부분도 있을 테고,

일본의 토사재해 또한 마찬가지가 아닐까 생각합니다.

각지에서 호우피해가 끊이질 않고 장마가 끝난 것도 아닌데 더위가 기승을 부리며, 인도네시아에서는 또다시 커다란 지진과 해일로 많은 희생자가 발생했습니다. 북한의 미사일 발사소동에 확대되어가기만 하는 이스라엘의 레바논 공격, 인도에서도 이슬람 과격주의자에 의한 열차테러로 많은 사람들이 목숨을 잃은 우울한 뉴스가 끊이질 않는군요.

북한의 미사일 발사에 대해 일본의 텔레비전 등은 긴급보도를 내보냈지만, 국제적인 문제로 신중히 대처해야 한다는 의견들이 나와 지금은 비교적 자제하는 것 같습니다. 하지만 조총련계 학교에 다니는 일본에서 태어난 아이들이 또다시 통학 도중에 '이지메'를 당하고 있다는 뉴스도 들립니다. 생각 없는 사람들은 어디나 있군요. 세상의 차별이나 편견이 요즘같이 텔레비전이나 인터넷 시대에는 더욱 악질적으로 나타나는 듯한 생각을 떨칠 수가 없습니다.

북한문제는 열강들과도 관계되다보니 문제가 더 어려운 것 같습니다. 일본 '아주머니'의 한 사람인 저로서는 적절한 판단을 내리기가 어렵습니다만, 한국 분들은 같은 동포인 북한과의 문제이니 얼마나 마음이 아프실까요.

지구 곳곳에서 일어나는 이러한 사건들에 허둥대면서도, 저는 일상의 자그마한 일들에 쫓기며 하루하루를 보내고 있습니다.

요전 날에는 부엌 뒷문 자물쇠가 고장이 나 서둘러 사람을 불러 수리를 했습니다. 마당에 있는 백일홍나무에 흰 벌레가 들끓어 그대로 뒀다가는 나무가 죽을 것 같아, 윈드브레이커에 마스크를 쓰고 살충제를 뿌렸습니다. 더운 날씨에 윈드브레이커를 입었더니 땀이 비 오듯 했어요. 벌레들로 하얗게 되어버린 가지는 작은 톱으로 잘라냈지요. 사람들이 보면 저 아주머니 혼자서 뭘 하나, 하고 의아스러웠을 거예요. 마당을 둘러보니 백일홍뿐 아니라 산초나무는 호랑나비 때문에 발가숭이가 되어 있고, 동백나무도 고목과 다를 바 없었습니다.

저는 평소 작은 벌레들만 봐도 몸이 간지러워지는 난처한 버릇이 있어요. 그렇다고 커다란 벌레가 아무렇지도 않은 건 아니지만, 적어도 온몸이 참기 힘들 정도로 가려워지지는 않아요. 집에서 바퀴벌레 같은 걸 발견하면 바로 가서 잡아버리지요. 하루살이가 날아들면 그 근원지를 찾아내 살충제를 마구 뿌려 죽입니다. 그러고 보니 저는 벌레들의 대량학살 상습범이로군요.

사실 여름은 벌레와의 싸움을 벌이는 계절이기도 하지요. 오래전 일입니다만, 고양이를 기른 적이 있었는데, 여름철 고양이 몸에 벼룩이 생겨 집 안에 퍼지게 되었어요. 사람을 물지는 않는다지만 그대로 둘 수도 없어 집 안에 연기를 피우기 위해 하룻밤 호텔로 긴급히 피난을 간 적도 있습니다.

어린 시절을 떠올리면, 도쿄 한복판에 살았었는데도 어쩌면 그렇게 벌레들이 많았는지, 지금 생각해보면 믿기 힘들 정도입니다.

저녁을 먹고 있으면 어김없이 커다란 박각시나방이 전등을 향해 날아왔습니다. 가루가 밥상에 떨어지면 안 되니까, 물에 적신 신문지로 쫓았지요. 날갯짓이 시끄러운 풍이(Rhomborrhina japonica—역자 주)—흔히들 그렇게 부르는데 정확한 명칭인지는 모르겠어요. 새까만 몸이 쇠붙이처럼 보이고 윙윙거리는 소리가 시끄러워 풍이라 불리지 않나 싶습니다. 포도나 과실의 단 꿀을 무척이나 좋아하는 벌레지요—는 손으로 잡아 사정없이 목을 비틀어 밖으로 던져버렸습니다. 대학생 무렵에도 책상의 전기 스탠드를 향해 날개미들이 수도 없이 창으로 날아들었어요.

오랫동안 내 생활에 방충망이 등장하지 않았다는 사실이 문득 의아스럽습니다. 초등학교 시절 큰어머님 댁에 놀러갔을 때 그곳에서 방충망을 본 기억이 있으니, 방충망 그 자체가 없었던 것은 아니지만, 그건 멋진 집이나 세련된 집에만 있는 거란 막연한 이미지가 있었어요. 벌레가 집 안에 못 들어오게 하는 방충망은 어쩌면 청결함을 좋아하는 미국식 주택 영향인지도 모르겠습니다. 습기가 많아 후텁지근한 일본의 여름은 본래 벌레가 집 안에 자유로이 드나드는 것으로 생각하지 않았나 싶습니다. 여름밤은 모든 문을 열어 가능한 바람이 잘 통하게 하는 것이 우선이었지요.

예전에는 방충망 대신 녹색 마로 된 모기장을 치고 그 안에서 잤어요. 어머니가 모기장을 치려고 하면, 오빠와 나는 "와, 바다다 바다!" 하고 신이 나 모기장 위에서 헤엄치는 흉내를 내기도 하고, 답답해서 모기장 밖으로 발을 내놓고 자다 온통 모기에 물리기도 했지요. 모기장 안으로 모기가 한 마리라도 들어오면 윙윙거리는 소리에 잠을 못 잤던 일들도 기억납니다.

모기장 안에다 모기향을 피우고 잠이 들었는데, 그 불이 내 베개로 나중에는 요에 옮아붙을 때까지 모르고 잠을 잔 적이 있었어요. 어머니가 깨우지 않았더라면 그대로 죽었을지도 모르지요. 겨우 눈을 뜨고 마당으로 뛰어나갔습니다. 꿈에서 엄청나게 매운 카레라이스를 먹었던 것은 연기에 목이 아파서였겠지요. 여섯 살인가, 일곱 살 때의 일입니다.

당시 카레라이스는 아주 특별한 음식이었기 때문에, 꿈속에서 저는 무척이나 행복했어요. 그래서 어머니가 억지로 깨웠을 때는 실망스러운 마음에, 화재로 죽을 뻔했다는 사실은 좀처럼 실감나질 않았습니다.

지금은 그런 모기장도 사라지고 어느 집이나 에어컨이 있고 (여전히 이를 거부하는 사람이 없는 것은 아니지만), 방충망 또한 지극히 당연한 것이 되었고 벌레들도 많이 줄었습니다. 도쿄에서는 여름의 대명사이기도 한 매미도 줄고, 예전에는 뜰에서도 볼 수 있었던 하늘가재 같은 건 상상 속의 존재가 되어버렸습니다.

하지만 이런 예전 이야기를 무심코 젊은 사람들에게 하면 '원시인' 취급을 받을지도 모르겠네요. 어쨌든 컴퓨터나 전자레인지는커녕 텔레비전, 냉장고, 에어컨, 세탁기, 청소기, 전화, 전기밥솥……, 맞다, 수세식 화장실도 없던 시절이었으니까요.

그런 '원시시대'에 어린 시절을 보낸 나는 느긋하고 편했지만, 당시 부모들은 무척이나 힘들었겠지요. 우리 집에는 일을 할 만한 남자가 없었기 때문에 어머니가 직접 도끼로 장작을 팼습니다. 그 사실 하나만으로도 전 어머니를 이길 자신이 없어집니다. 부엌에는 가스풍로가 있었지만, 밥을 지을 때는 부엌 뒤쪽에 있는 커다란 부뚜막에 나무를 때어 지었고, 목욕물도 밖에서 나무를 때서 데웠습니다. 불 피우는 일을 돕는 건 아이들에게는 의외로 즐거운 '심부름'이었어요.

요즘같이 다양한 전기제품이 없었던 생활을 경험한 것은 그래도 만일의 경우에 도움이 될지도 모르겠어요.

대학졸업 후, 원고료란 걸 받게 되어 집을 나와 혼자 생활하기 시작했습니다. 그때는 정말 아무것도 없는 생활이었지만, 그다지 어렵지 않게 나름대로의 '원시생활'을 보낼 수 있었던 것은, 이 같은 어린 시절의 경험 덕이었겠지요.

어머니의 반대를 무릅쓰고 한 '가출'이었고, 넉넉한 원고료를 받는 몸이 아니었기에, 학생들이 하숙하는 좁고 어두운 방을 빌릴 수밖에 없었습니다. 화장실과 부엌은 공동으로 사용하고, 목욕탕이 없어 매일 공중목욕탕엘 다녀야 했지요. 전에 살던 사람이 두고 간 낡은 책상과 의자가 있었던 건 행운이었습니다. 전화가 없었기 때문에 편집자와의 연락은 전보를 사용했지요. 텔레비전은커녕 라디오도 없었어요. 프렌치레스토랑에서 카운터를 보는 아르바이트로 다소나마 돈을 받았는데, 저녁식사는 그곳에서 종업원들과 해결할 수 있었고 돌아올 때는 맛있는 프랑스빵을 '부수입'으로 얻어왔습니다.

걱정이 되신 어머니가 몇 번 편지를 보내셨습니다. 집주인한 테는 공손하게 인사해라, 야채를 많이 먹어라, 잘 자고 잘 먹고 다녀라 하는 당연한 충고가 지극히 사무적으로 쓰여 있었습니다. 무뚝뚝하고 몇 줄 안 되는 짧은 내용이었지만 감격했어요. 실은 저도 불안했던 거겠지요.

내가 살아온 시간을 조금만 되돌아보아도, 실은 잊고 지내는 것들이 많다는 생각이 듭니다. 소설을 쓰면서 언제나 마음에 걸 리는 것은 이러한 사사로운 것들입니다. 자기가 살지 않은 시대 에 대해 쓴다면 그런 어려움은 더하겠지요.

신경숙 씨는 지금 19세기 말을 배경으로 한 장편소설을 쓰고 계신다구요. 여러 사실들을 조사하며 글을 쓰는 것은 분명 어려 운 작업이지요. 하지만 당신은 그 작업을 오히려 즐기고 계시는 것 같군요. 조사하는 데는 많은 시간과 어려움이 따르지만 한편 으로는 새로운 '발견'의 즐거움에 이끌려 소설과 직접 관련 없는 일에까지 깊이 관여하는 경우가 제게도 많습니다.

19세기 말에 파리로 건너간 '리진'이란 여성에 대해 쓰고 계 시다구요. 대단히 흥미로운 이야기여서 읽고 싶지만, 한국어를 모르니 그저 안타까울 뿐입니다.

지금까지 내가 소설에서 다룬 가장 오래된 시대는 천 년 전입니다. 소설의 반은 현재가 차지하고 있기 때문에 작품 모두가 천 년 전이라고는 할 수 없지만요.

천 년 전에 쓰인 일본고전 중에 현재는 일부밖에 남아 있지 않 은 이야기가 있는데, 그 누락된 부분을 메우면 어떤 이야기가 나 올까 하는 생각이 집필계기가 되었습니다. 언니 약혼자에게 겁탈 당해 임신을 하고 몰래 아기를 낳는 주인공 히메기미의 이야기입 니다. 자매가 한 남자를 사랑하는 설정이 당시의 제겐 흥미로웠 어요.

그런데 작품 조사기간 중에 그만 아들을 잃는 사고를 당했습 니다. 모든 것이 끝났다고 생각했습니다. 소설을 쓴다고 아들을 제대로 보살피지 못한 자신을 용서할 수가 없어, 더 이상 글을 쓰 고 싶지도 않았습니다. 하지만 소설은 신문연재를 위한 것이어서 제멋대로 약속을 어기는 것은 많은 사람들에게 폐를 끼치는 일이 었습니다. 현실적으로는 생활을 꾸려가야 하는 문제도 있었어요. 내게는 남겨진 딸아이를 키울 의무가 있었고, 독신이었던 탓에 남편 수입에 의존할 수도 없었지요. 결국 반년이 지난 다음, 다시 천 년 전의 이야기가 되살아나게 되었습니다.

이 고전의 저자는 일반적으로 여성으로 추측되고 있습니다. 그렇다면 그 여성도 아이의 죽음을 경험했을지 모른다는 생각을 했어요. 천 년 전의 사람들은 분명 죽음에 대해 오늘의 우리들보 다 훨씬 깊이 온몸으로 사고했을 터이고, 그런 사고들이 오늘을 사는 내게 전해지기 바랐습니다.

그해 여름 일본에서는 점보여객기가 산에 추락하여 승객 대부분이 사망하는 끔찍한 사고가 있었습니다. 제 아들과 비슷한 나이의 소년도 가엾게 세상을 떠났지요. 그 일 이후 신문을 보며 매일같이 어떠한 사고로 아이들이 죽어간다는 사실을 알게 되었습니다. 인류의 역사를 거슬러 올라가보면, 무수한 아이들이 부당한 전쟁이나 천재지변 혹은 사고로 목숨을 잃어왔음을 알 수 있지요.

나는 예나 지금이나 우리들이 피할 수 없는 '죽음'에 대해 생각하게 되었습니다. 그래서 현재는 가능한 다큐멘터리형식으로, 천 년 전의 이야기는 남몰래 혼자 아이를 낳아야 했던 히메기미의 고독한 탄식에 의지하여 『밤의 빛에 쫓겨』라는 장편을 쓰기 시작했습니다.

이런 사정으로 가장 오래된 이야기를 다룬 소설이 내게는 가장 개인적인 소설이 되었습니다. 자신이 살고 있는 현재를 되돌아보기 위해 우리는 가끔 시간과 장소를 멀리하여 바라볼 필요가 있다는 사실을 비로소 알게 되었습니다. 오늘의 시점만으로는 아무런 판단의 기준이 되지 않는다는 것을요.

현재 우리들의 삶은 과거보다 행복해졌는지, 왜 지금도 지구 곳곳에서 살육이 끊이지 않는지, 천재지변에 대한 두려움을 잊고 지내는 것은 아닌지, 이런 생각들을 다시금 하기 위해서라도 소설을 쓰는 우리들은 다양한 시대를 산 다양한 사람들의 지금은 볼 수 없는 기쁨과 슬픔을 쫓아야 한다고 생각합니다.

긴 장마 탓이겠지요, 작업실 창에 제법 큰 달팽이가 기어가고 있습니다. 기분은 좋지 않지만, 살려두기로 하지요. 낮에는 새끼 청개구리도 봤습니다. 산에 있는 신경숙 씨 댁에서도 개구리 소리가 들리는지요. 또 여름이 되면 갖가지 매미 소리도 즐길 수 있는지요.

작업이 순조롭기를 빕니다.

날씨가 고르지 못한 계절이니 모쪼록 몸조심하시길.

7월 21일 도쿄에서

츠시마 유코

햇볕 나는 날에

츠시마 님.

저녁시간에 집에 있으면 8시나 9시 뉴스를 보는 습관이 있습니다. 조간신문을 읽고 저녁뉴스를 보고…… 문득 내가 아주 모범적인 일상생활을 하고 있는 인간이란 생각이 드는군요. 오늘 저녁에는 장마 때문에 온 마을이 물에 휩쓸려간 강원도의 모습이 오래 뉴스를 탔습니다. 산사태로 인해 인명 피해도 적지 않았어요. 재해로 인해 식구와 터전을 잃은 사람들의 넋을 잃은 모습을 보는 것은 괴로운 일입니다. 매년 여름마다 이게 웬 난리인가 싶습니다. 아무리 천재라 해도 매해 여름마다 이렇게 사람까지 죽어야 하나, 좀 예방할 수 없나, 하는 생각.

며칠 전 이른 아침이었습니다. 밤새 비가 내린 다음 날이었어요.

아래층 작업실 책상에 앉아 있는데 빗소리가 크게 들리는 거예요. 바깥을 내다보니 비가 계속 내리고 있기는 하나 빗줄기가 더 굵어진 게 아닌데 빗소리만 커져서 의아하게 여기면서도 계속 책상에 앉아 있었습니다. 커진 빗소리가 계속 들렸어요. 문득 내가 수도꼭지를 틀어놓았나, 싶을 정도로 컸어요. 혹시 싶어 나가 살펴보았으나 수도꼭지는 꽉 잠겨 있더군요. 다시 작업실로 들어오려다가 또 혹시 싶어서 2층에 올라가봤습니다. 빗소리가 2층에서 들리는 것 같았거든요. 올라가서 잠자는 방 문을 여는데 갑자기 문틈으로 물이 확 쏟아져나왔어요. 얼마나 놀랐는지요. 안을 들여다보니 웬일인가요. 전등이 달린 모든 구멍에서 주전자로 물을 쏟는 듯이 방바닥으로 물이 쏟아지고 있는 거여요. 식구가 중국 실크로드 여행을 떠나고 혼자 있는 중이었습니다. 내 의식이 얼마나 재난에 무방비상태인지 그때 알았습니다. 내가 맨 먼저 한 일이 무서워서 방문을 닫는 거였거든요. 물이 흘러나오는 방문 뒤에 한참을 서 있었어요. 퓨즈가 나간 것처럼 아무 생각도 안 나는 거여요.

겨우 가장 가까이 사는 후배에게 전화를 했어요. 일단 누가 옆에 그저 있기만 해줘도 좋겠더라고요. 너무 이른 시간이라서인지 세 사람에게 전화를 했는데 아무도 안 받더군요. 그제야 일단 물이 흘러나오지 않도록 해야겠다, 이러다 온 책이 다 젖겠다, 는 것에 생각이 미쳤어요. 빨래 삶는 양은그릇을 비롯해서 집 안에 있는 물받이가 될 만한 큰 그릇들을 다 꺼내들고 물이 출렁이는 방으로 들어갔네요. 물이 쏟아지는 곳마다 그릇들을 받쳐놓았어요. 잠자리가 물바다가 된 꼴을 보는 마음 참, 황당하더군요.

나중에 원인을 알아보니 빗물이 빠져나가는 속도보다 비가 내리는 속도가 더 빨라 옥상의 물이 난간 커버를 넘쳐서였다고 하더군요. 아무리 그렇기로 어떻게 그 물이 방으로 들어오냐, 원인을 찾아내라, 건축업자에게 바락바락 성을 냈더니(성을 내야 잘해준다고 해서) 쓰지 않는 전기 파이프관을 없애고 커버를 씌웠어야 하는데 그 위에 그냥 씌워서 그 파이프관을 타고 갈 곳 없는 물이 방 안으로 들어왔다고 하더군요. 하필 전기 파이프관이어서 며칠 집이 암흑이었어요. 전기가 들어오지 않는 집에서는 아무것도 할 수가 없더군요. 우리는 이제 전기의 노예가 되었다는 것을 새삼 깨달았습니다. 이 정도로도 황당하고 놀라운데 산사태로 집과 식구들을 잃고 대피소에서 생활하는 사람들은 어떨까요.

츠시마 님.

지난번 아버지에 대한 기억과 경험을 솔직하게 써준 츠시마 님의 편지를 읽고 한참을 멍하니 창밖을 바라보았습니다. 내 아버지 얘기를 하면서 츠시마 님도 아버지 얘기 해주세요, 라고 했지만 그렇게 솔직하게 써주실 줄은 미처 몰랐습니다.

츠시마 님의 아버지이며 소설가 다자이 오사무는 『사양』 『인간실격』의 작가로 한국에서도 많이 알려져 있어요. 지금 젊은 독자들은 어떤지 모르지만 내가 소설가를 꿈꾸던 때의 문학청년들

에게 다자이 오사무라는 이름은 친숙한 이름이었습니다. 나도
『사양』을 비롯한 다자이 오사무의 작품을 상당량 읽었습니다. 내
게 인상 깊게 남아 있는 다자이 오사무의 작품은 한국에서는 『츠
가루』로 번역되어 있는 작품입니다. 작중화자가 어렸을 때 자신
을 길러준 유모를 찾아가는 내용이었어요. 오래전에 읽어서 기억
이 선명하지는 않지만 '츠가루'라는 제목은 그 유모가 결혼을 해
서 가정을 이루고 살고 있는 마을 이름이었다고 생각됩니다. 유
모는 손자들 운동회가 열리고 있는 학교에 있었지요. 어머니보다
더 모성을 느꼈던 유모는 찾아온 그를 세월이 그렇게 흘렀는데도
대번 알아보며 "아, 너로구나. 언젠가 한번은 찾아올 줄 알았어.
어쩐지 그럴 것 같았어."라고 하죠. 탄식처럼 내뱉었던 그녀의
아, 너로구나…… 했던 말이 오래 마음에 남았습니다. 그러니까
나는 츠시마 님을 알기도 전에 다자이 오사무의 작품을 먼저 읽
게 된 셈이네요. 지난날 언젠가 일본 여행에서 다자이 오사무가
어린 시절을 보냈던 '사양관'을 찾아갔던 일도 있습니다. 조용
한 마을에 오래된 고택이 품위 있게 서 있었지요. 어두운 마룻바
닥을 매우 조심스럽게 디디며 기념품들을 둘러보고 나왔던 기억
이 납니다. 어디선가 사미센 소리도 들렸지요. 잊히지 않는 것은
집 안으로 들어가는 입구에 은행창구 비슷한 게 있었어요. 집 안
에 있기에는 독특한 공간이라서 뭐 하던 곳이냐 물었더니 양식
이나 돈을 얻으러 오는 동네 사람들을 위해 있던 곳이라고 하더
군요.

츠시마 님에게 아버지는 "어둡고 무거운 비밀"을 가진 존재였다는 표현을 읽고 아버지 얘기 해주세요, 조르듯이 말했던 내가 좀 미련퉁이처럼 느껴졌어요. 그럼에도 불구하고 한 살 때 세상을 떠나 아무 기억도 없다는 아버지에 대해 이런저런 얘기를 스스럼없이 해주신 거 감사합니다.

츠시마 님이 어렸을 때 어머니께 아버지는 왜 죽었느냐? 묻자 어머니께서 잠자코 계시다가 "심장이 멈춰서"라고 대답하셨다고 해서 하하, 웃음을 터뜨렸다는 말씀도 드릴게요. 츠시마 님의 어머니께서 강인한 분이신 건 느끼고 있었지만 유머도 풍부한 분이셨군요. 심각한 장면이라면 장면인 대목을 읽다가 나는 웃음을 터뜨렸네요.

지금 갑자기 너무나 보고 싶은 츠시마 님.

이런 이야기를 츠시마 님과 자연스럽게 나눌 수 있다니 참 좋습니다. 츠시마 님의 분석처럼 우리 둘은 참 다른 아버지와 오빠를 두고 있는 것 같습니다. 여성에겐 맨 처음 남성으로 부딪히는 타자가 아버지와 오빠들이겠죠. 츠시마 님의 말씀처럼 우리 둘의 마음속에 현저하게 다른 남성관은 어쩌면 너무나 다른 아버지와 오빠들을 보고 자란 영향일 거라는 말씀에 동감합니다.

그런데 나라고 해서 남성에 대해 연민이나 따뜻한 마음을 품고 있는 건 아니랍니다. 자상하지만 병약했던 아버지와 위의 세 오빠들에게 받은 스트레스도 굉장했어요. 나는 내가 아니라 늘 누구(오빠들)의 동생이었죠. 어머니 또한 아들만 셋을 내리 기르다가 막상 여자아이가 태어나자 이 아이를 어떻게 길러야 할지 모르셨거나 남자아이처럼 길렀던 부분도 더러 있었어요. 그래서 처음 브래지어를 해야 했을 때, 초경을 맞이했을 때, 나는 너무나 당황했으며 내가 죽을병에 걸렸다고 생각되어 혼자 끙끙 앓으며 공포에 떨기도 했답니다. 어떤 선택을 해야 할 때마다 오빠들이 먼저였고 나는 뒤로 밀려났죠. 복숭아 예쁜 것, 큰 포도송이, 이런 건 내 차지가 돼본 적이 없어요. 우선 오빠들 것이고 남아야 내 것이고 모자라면 그것도 없었죠. 집 안에 책상은 세 개뿐이었어요. 나는 방바닥에 엎드려 숙제를 했고 오빠들의 운동화나 교복을 빨기 싫어서 헛간 같은 데 숨어서 책을 읽었다니까요. 가장 약올랐던 것은 오빠가 없는 틈에 책상에 앉았다가 오빠가 나타나면 비켜줘야 했던 것인데 그게 고등학교 때까지 이어졌어요. 책상에 대한 나의 사치에 가까운 욕구는 그래서 생긴 거 아닌가 추측해봅니다.

어떤 분이 내 소설 속의 남자들이란 모두들 희미한 존재들이라고 하더군요. 당당한 남성으로서 존재한다기보다 여성의 삶을 받쳐주기 위한 배경이나 부속물처럼 나온다는 거예요. 그런 말을 듣기 전에는 그런 줄 모르고 있다가 작가로서 반성하는 게 아니라 문득 어렸을 때 오빠들에게 밀려 내 존재가 희미했던 것을 내 무의식이 복수하고 있는 거 아닐까 싶어 통쾌했었죠.

츠시마 님.

지난번 편지에 츠시마 님의 여성에 대한 생각은 남성에 대한 이해부족에서 오는 열등감에서 비롯된 거 아닌가 하는 생각을 하기도 한다고 했는데 그건 아닐 겁니다. 저출산 문제나 혼자 사는 여성의 숫자가 늘어가는 등등 여성의 문제는 한국에서나 일본뿐만 아니라 어느 사회에서나 안고 있는 문제 같거든요.

여성의 지위가 상당히 개선되었다고 해도 한국사회에서의 여성의 삶은 여전히 고단합니다. 가정의 일과 직장의 일을 모범적으로 잘해내기란 힘들지요. 그건 당연한 거 아닐까요. 남성이 바뀌지 않는 이상 여성이 어떻게 양쪽 일을 다 잘할 수 있겠어요. 한국은 90년대를 지나면서 여성을 대하는 남성의 의식이 예전과 비교해보면 몰라보게 달라졌습니다. 그러나 결혼과 함께 시작되는 가사일, 육아문제 등은 아직 한국사회에서는 여성의 일이지요. 예전과 같은 가부장적 사고방식으로는 한국 남성들도 생존하기 힘들기 때문에 많은 의식의 변화가 있었는데도 그렇습니다. 남성들의 가사일이나 육아일은 언제까지나 도와주는 차원이지 전적으로 자기 일로 인식되지 않고 있기 때문이죠. 경제적으로 자립하는 여성이 늘어가면서 독신여성의 숫자도 많아졌어요. 결혼 유무에 대한 여론조사를 보면 정말 놀라워요. 직장을 가지고 있는 여성 중에 반도 넘는 숫자가 결혼할 필요를 못 느낀다, 고 대답합니다. 결혼을 하고 나면 자기 일을 제대로 못할 것 같다고 대답하는 여성은 그보다 훨씬 많지요. 그만큼 여성에게 가사문제나 육아문제가 압박이 되고 있다는 뜻이겠지요.

출판사에서 근무하는 어떤 여성이 그러더군요. 휴일에 집에 있으면 직장에 나가 있을 때보다 육체적으로 더 힘이 든다면서 차라리 회사에 출근하는 게 자기는 쉬운 것 같대요. 일하는 여성들이 휴일에는 또 얼마나 가사일과 육아일에 시달리는지 대변해 주는 말이겠지요. 그러다 보니 점점 결혼을 기피하거나 아이를 낳지 않는 가정이 늘어가고 있습니다. 일본에서와 마찬가지로 출산율 저하가 한국에서도 큰 문제입니다. 아이들이 태어나지 않는 상태로 세월이 쌓이면 고령화사회가 될 건 눈앞에 불 보듯 한 일. 젊은이가 귀한 사회라니…… 생각만 해도 맥이 빠지지 않나요. 예전에는 결혼한 부부가 아기가 없으면 왜 아기가 없나? 걱정해 주는 게 상식이었는데 요즘엔 상당히 자연스러운 모습들이라 왜 아이가 없냐고 묻는 일도 드물어요. 츠시마 님의 말씀처럼 한국 사회에서도 자기 일을 열심히 하는 여성에겐 "자아가 강한 여성"이란 말이 따라붙어요. 남성에겐 거의 하지 않는 말이죠. 은근히 자아가 강한 여성은 상대방(특히 남성)을 피곤하게 하는 여성이란 인식도 저변에 깔려 있어요.

이러한 상황 속에서도 한국 여성들의 경쟁력은 나날이 높아지고 있어요. 오히려 열악하기 때문에 더욱 열심히 자기 자리를 찾아간다는 생각입니다.

재미난 얘기가 있어요. 방송국에서 신입사원 입사시험을 치렀는데요 그동안 남성에게 주어졌던 군입대 가산점수를 없애고 나니까 1등에서 20등까지 모두 여성이었다지 뭐예요. 실력대로 하자면 남자 사원을 한 명도 뽑을 수 없는 상황이 발생한 거예요. 우스갯소리로 누군가 그랬다네요. 여성만 뽑으면 사무실 정수기의 물통은 누가 들어올리나요?

고등학교 배치받을 때도 남녀공학으로 떨어지면 남학생들이 울상이 된답니다. 처음엔 그 말이 이해가 되지 않더군요. 남녀공학이면 더 재밌을 텐데 왜? 싶었어요. 한국의 대학교에 진학하기 위해선 내신성적이 반영되는데 고등학교 때 성적으로 급수가 정해집니다. 그런데 남녀공학에서는 대부분 상위권을 여학생들이 차지한다는군요. 남학생들은 남학생들만 다니는 학교에서보다 훨씬 더 공부를 열심히 해야 여학생을 따라잡고 상위권에 들 수 있다는 얘기겠죠. 일 점 이 점 차이로 대학에 낙방하는 현실이니 당사자들에겐 굉장히 중요한 문제입니다.

대산재단이라는 곳에서 중·고생을 대상으로 여름마다 문예 캠프를 차리는데요, 작년과 올해 몇 사람과 함께 미리 받아놓은 글들을 읽고 캠프에 초대될 학생들을 선정하는 일을 했어요. 보내온 작품들을 읽고 잘된 작품을 뽑아보면 대부분 여학생입니다. 다른 선정위원들도 마찬가지라서 일부러 남학생들 작품을 찾아서 넣어야 하는 상황이 생기더군요. 그러다 보니 여학생들은 아주 잘 써야 뽑히고 남학생은 조금만 잘 쓰면 되뽑히는 이상한 현상이 벌어지더군요. 10여 년 전만 해도 그와는 완전 반대였지요.

이렇게 역전된 현상이 바람직하다고 생각하지는 않습니다. 나는 여자와 남자가 똑같다고 생각하지도 않습니다. 여자는 여자의 특성이 남자는 남자의 특성이 있다고 봅니다. 서로의 특성을 서로 차별로서가 아니라 동등한 차이로 받아들이는 때가 여성 남성이 서로 예민하게 대치하지 않아도 되는 때라고 생각합니다. 이 지구상에 여성이나 남성 말고 또 다른 종이 있다면 모를까 두 종뿐이잖아요. 결국 서로 의지하며 함께 살아가야 하는 타자이지 배척해야 할 대상은 아니지요. 이런 얘기는 여성이 제도적 차별로부터 먼저 남성과 평등해진 후 얘기될 수 있는 거겠지요.

츠시마 님.
당신께 편지를 쓰기 시작한 지 이틀이 지난 오늘은 모처럼 햇볕이 반짝 나는 날이었습니다. 어찌나 귀한 햇볕인지 집 안의 온갖 것들을 해가 비치는 베란다에 내다 널었습니다. 이불보와 카펫, 부엌의 도마며 칼, 여행에서 돌아온 식구의 배낭이며, 샌들이며, 운동화들까지요. 그리고 나도 가끔 베란다에 나가 서 있었습니다. 장마 중의 햇볕이라서 그러겠지요. 이렇게 고맙고 좋을 수가 없군요.
지금은 새들이 저희들끼리 싸우는 건지 원래 말을 그렇게 주고받는 건지 귀가 쟁쟁거리게 떠들어댑니다. 친구네 옥상에서 더이상 살기 힘들게 된 새끼 고양이 세 마리를 우리 집에 데려와 풀어놓았는데 내 눈과 마주치자 혼비백산하여 도망칩니다. 어디로 도망치는 걸까요? 먹이를 담아놓은 접시를 찾아 돌아올 길밖에 갈 곳도 없을 텐데요.

안녕히 계세요.

7월 21일 서울에서

신경숙

8월의 더위에

신경숙 님.

이 여름을 어떻게 보내고 계신지요.

신경숙 씨는 댁이 산에 있으니, 이 더운 계절에도 불어오는 산바람에 매일 쾌적하게 지내시지 않을까, 부러운 상상을 해봅니다. 잠시 저도 시원한 산속으로 도피를 했지만, 대부분은 무더운 도쿄의 평지에서 냉방에 의지하는 지극히 건강하지 못한 날들을 보내고 있습니다.

8월 한 달은 모두가 휴업에 들어가, 잡지는 휴간을 하고 집필자인 우리도 내내 쉴 수 있다면 얼마나 좋을까 하는 오랜 바람도 여전히 요원한 일이군요. 게다가 일본의 8월은 히로시마와 나가사키의 원폭기념일에 패전기념일 등이 있어 이 더위가 더욱 가슴을 옥죄입니다. 학창 시절 여름방학이면 늘 혼자서 여행을 떠났습니다. 홋카이도를 배회하기도 하고 산촌의 농가에서 머물기도 하면서요. 그렇게 우아한 여름을 보낸 것도 이제는 먼 과거의 이야기가 됐군요.

일본이 전쟁에서 패한 8월 15일은 망자의 혼이 돌아온다는 불교의 백중맞이, 흔히들 '오봉〔お盆〕'이라 부르는 날이기도 해, '오봉' 철에는 회사나 상점들이 일제히 문을 닫고, 사람들은 너도나도 고향으로 돌아가 시골 부모님께 손자들을 보이거나 성묘를 가지요. 그것도 나흘이나 닷새간의 짧은 바캉스입니다. 매년 귀성으로 인한 도로의 정체상황이나 비행기, 혹은 열차의 혼잡한 모습이 질리지도 않고 보도되기도 하지요.

그리고 이번 여름에는 이른바 '야스쿠니 문제'가 걱정이었는데, 결국 수상이 패전한 날에 공식참배를 해 일본 국내에서도 격렬한 찬반여론이 일었습니다.

저는 실은 야스쿠니신사 바로 뒤에 있는 프랑스수도회가 운영하는 가톨릭여학교에 중·고등학교 6년을 다녔습니다. 야스쿠니신사 정문 앞은 저의 통학로였고, 하굣길에는 하릴없이 경내에 있는 작은 정원을 산책하기도 했지요. 하지만 우리들에게는 그곳은 어디까지나 공원 대신으로, 거기에 어떤 사정이 있는지 잘 모른 채 지냈습니다. 학교에서는 아무런 설명이 없었고, 어머니도 함구하고 계셨어요. 부정도 긍정도 그 무엇도 아니었다고 할까요.

신사 뜰 한쪽에는 낡은 대포가 있고, 정문으로 들어서면 정치적인 구호를 외치는 어딘가 무서운 느낌의 남자들이 있기도 했습니다. 흰 옷을 입은 '상이군인', 그러니까 전쟁으로 부상당한 예전의 병사들이 구걸하기 위해 웅크리고 있었던, 어쩐지 뒤숭숭하고 위압적인 분위기가 싫어, 저는 6년 동안 한 번도 정문으로 들어가 '참배'한 적이 없습니다.

구일본제국이 무조건 항복을 한 8월 15일은 가톨릭에서 성모마리아의 영혼이 천국으로 가셨다는 중요한 축일입니다. 때문에 매년 학교에서는 학생들이 성모마리아를 위한 미사를 드렸지요. 내게 8월 15일은 무엇보다도 이와 관련된 기억이 되살아나는 날입니다. 이것은 어쩌면 불교의 '오봉'과 같은 날인지도 모르겠습니다. 11월 2일 '망자를 위한 날'이 있는데, 성모마리아와 그녀의 어머니인 안나에 대한 믿음이 강한 프랑스 브르타뉴 지방에서는 여밤을 지새우는 '파르돈Pardon'(영혼의 용서라는 의미가 될까요.)이라는 축제가 열리지요. 한밤중에 천사(실제로는 오래된 나무인형에 지나지 않지만)가 전해주는 천상의 불꽃으로 커다란 화톳불을 피우고 그 둘레에서 춤을 추며 밤을 지새우는 겁니다. 가톨릭의 성모신앙은 예로부터 전해오는 종교관과 많은 부분 결부되어 있으니, 가톨릭에도 여름 '오봉'이 있다고 해도 그리 신기한 일은 아니라 생각합니다.

더위가 한창인 때라 긴 소매의 하얀 세일러복을 입고 있기 힘들었습니다. 그렇지만 방학 중 오랜만에 학교 친구들을 만날 수 있는 날이라 게으름을 피우거나 하지는 않았어요. 학교강당에 모여 성모마리아께 미사를 드리고, 천국으로 간 성모가 우리를 지켜주기를 기도합니다. 말은 이렇게 하면서, 정작 미사가 시작되면 앉아 졸기가 일쑤였지만요.

그날이 일본의 패전기념일이라는 것을 알게 된 것은 몇 학년 때 여름이었을까요. 누군가의 이야기에 아! 그렇구나, 하고 놀랐던 기억은 있지만 프랑스계 가톨릭학교에 있다보면 묘하게도 일본 내 사정에 둔해지게 되지요.

어쨌거나 제가 학교에 다니던 무렵에는 패전일이니 원폭투하일, 혹은 야스쿠니신사 등에 대해 지금처럼 일본의 매스컴들이 떠들지는 않았던 것으로 기억합니다. 일본사회 전체에 아직 패전의 아픔이 생생히 남아 있었고, 원폭 피해에 대한 실태도 정확하지 못했지요. 학교에서는 남자 선생님이 자신의 군대경험과 먹을 것이 없어 얼마나 고생을 했는지, 상관이 무척이나 못살게 굴었다는 등의 이야기를 했고, 여선생님은 소련군에 떨며 대륙에서 일본으로 돌아온 경험을 어제 일처럼 열심히 이야기했습니다. '기념일'로 그날을 엄숙히 맞이하는 의식은 훨씬 시간이 지난 뒤였던 것 같습니다. '기념일'이란 '과거'를 '과거'로 되돌아보기 위해 있는 거니까요.

초등학생 시절에는 '전쟁'이란 말 그 자체가 무섭고 겁이 났습니다. 너무 두려워한 나머지 내가 진짜 원폭을 맞았다고 해 어른들을 기가 막히게 한 적도 있었죠. 열 살 때였을까요, 미국의 명령으로 그 전까지 봉쇄되었던 원폭투하 결과를 기록한 사진이 처음으로 일본 내에서 공개되어 저도 그 사진들을 보았습니다.

어쨌든 전쟁은 두렵고 그와 관련된 모든 것들도 무서웠습니다. 음울하고 갑갑하며 피비린내 나고, 고압적이지요. 야스쿠니신사라는 곳도 전쟁 냄새가 나서 좋아지지 않았습니다. 내 어머니는 너무나 신사를 싫어해, 많은 일본사람들이 지금도 하고 있는 설날의 첫 참배나 아이들이 무사히 성장하기를 비는 '시치고산[七五三]'(아이가 세 살, 다섯 살, 일곱 살 되는 해에 참배하러 가는 일—역자 주)이란 풍습도 거부했지요. 저 또한 마찬가지구요. 근대일본의 '국가신도'에 대한 혐오감 때문이 아닐까 싶습니다.

어머니가 도쿄에 있는 여학교에서 기숙사생활을 하고 있을 때, 같은 방 학생이 갑자기 공산주의자란 혐의로 검거된 적이 있어, 그때의 충격이 뿌리 깊게 남지 않았나 싶습니다. 당시는 신해혁명이나 러시아혁명의 영향을 받았고, '사상의 자유'나 '연애의 자유'를 요구했다고 합니다. 움직임이 자유로운 양복을 입고 긴 머리카락을 자르고, 결혼과 출산도 자신의 의지로 결정하는 '새로운 여성'. 또 '연애결혼'과 '자유연애', 혹은 '산아제한' 등은 당시의 젊은 여성들에게 커다란 희망이었다 생각합니다. 제 어머니도 어려운 사상에는 접근하지 못했을지 몰라도, 그러한 '새로운 여성'상에 관심을 갖지 않을 수 없었겠지요. 하지만 '국가신도' 정책이 갈수록 강화되고 일본이 전쟁의 길로 접어든 까닭에, 어머니는 그로 인한 고생 운운 이전에, '새로운 여성'에 대한 꿈이 무참히 깨져버린 충격이 컸기 때문이 아닐까 추측해봅니다.

내 모교도 가톨릭 학교였기 때문에, 전쟁 당시에는 정부의 감시를 받았고 폐교되지 않기 위해 많은 고생을 했다고 들었습니다. 때문에 전쟁이 끝난 후에도 바로 옆에 있는 야스쿠니신사에 대해서는 미묘한 태도를 취할 수밖에 없었는지 모르겠습니다. 한국 내 기독교가 오늘처럼 전파될 수 있었던 것은, 일제강점기에 교회가 솔선해 저항운동을 해왔기 때문이기도 하다고, 우리들의 신뢰하는 번역자 훈아 씨한테 들은 적이 있습니다. 유감스럽게도 일본의 가톨릭은 군국주의에 대해 무력했던 것 같아요. 그러나 '국가신도'에 고개를 숙일 수밖에 없었던 통한과 굴욕감은 분명 쌓일 대로 쌓였겠지요.

일본이란 나라와 신사의 관계를 한마디로 설명하기란 너무 어려운 일인 것 같습니다.

전에 신경숙 씨께서 저희 집에 오셨을 때, 제가 근처에 있는 신사로 산책을 가자고 권했었지요? 그곳에 있는 여우석상들을 보여드리고 싶어서였습니다. 거기에는 원래 여우가 살던 구멍이 있고 얼마 전까지도 여우들이 분주히 돌아다녔다는 것, 그리고 그 여우를 옛 사람들은 신앙의 대상으로 삼았다는 것을 말씀드리고 싶었어요. 그러한 민간신앙도 '신도'의 일종이지요. 오래된 나무나 산과 바다, 여우나 늑대, 뱀과 같은 자연에 대한 신앙심, 아이누의 세계와도 통하는 자연신앙도 일단 '신도'라고 합니다.

그중에서도 가장 힘 있다고 여겨온 태양신앙에 옛 천황 일족이 자신들의 유래와 연관시켜 일본의 신화가 천황과 결부되기도 했습니다. 물론, 그 후의 일본은 무사계급이 지배하게 되어, 천황은 이름뿐인 존재가 되었지만요. 그 후 쇄국시대로 접어든 일본에서는 민간신앙이 더욱 활발해졌어요. 여우신앙도 후지산에 대한 신앙도 당시 크게 유행했습니다. 그렇지만 천황은 신화와 결부된 존재였기 때문에, 일본서민들 감정 속에는 외경하는 마음이 남아 있었고, 무사계급 지배에 대한 불만을 품은 사람들도 여전히 적지 않았던 것 같아요.

　　이윽고 구미열강들에게 개국을 강요당한 일본에서는 이 기회에 본래의 천황 중심 '나라'로 돌아가야 한다는 사람들이 들고일어나, 그때까지 장군을 모시던 사람들과 내전을 벌이게 되었습니다. 이는 일본에 있어 커다란 '혁명'이었습니다. 결국 천황파가 이겨, 신정부가 탄생하게 되었어요. 이 신정부는 일본이라는 '나라'를 절대군주 '황제'를 정점으로 해, 기독교를 국교로 하는 유럽형 '제국'처럼 변화시켜 구미열강들로부터 일본의 독립을 지키려 했습니다. 신정부가 기독교도가 아니니, 천황을 신으로 모시는 '국가신도'를 내세운 것이지요. 여우나 거목 등을 귀하게 여기고 있다가는 구미열강에 대항할 수 없다고 생각한 것입니다. 예전부터 전해온 신도와 섞여 분간하기 힘들어진 불교사원들도 모두 파괴되었습니다. 그리고 내전시 천황파였던 전사자를 모시기 위해 신정부가 만든 것이 야스쿠니신사(처음에는 다른 이름이

었지만)입니다. 장군파 사망자들은 '국적國賊' 이었으므로 당연히
버려진 채였지요. 이곳은 혁명에 이긴 신정부의 군 시설 중 하나
였습니다.

　잘못된 설명이 있을지 모르겠습니다만, 이것이 제가 파악하는
근대일본의 흐름입니다.

　일본에는 '이기면 관군官軍' 이란 말이 있습니다. '관군' 이란
내전시의 천황파로, 싸움에 이기기만 하면 어떠한 폭력과 무리한
방법을 써도 상관없다는 뜻을 빗댄 말입니다. 프랑스혁명의 상흔
등을 보더라도 '혁명' 이란 정말이지 야만스러운 폭력의 소용돌
이라는 것을 절절히 느끼게 됩니다. 중국의 문화대혁명도 마찬가
지이지요. 오늘의 일본인들은 일본내전에서 천황파가 이겨서 다
행이었다, 그 덕에 일본은 근대국가를 이룰 수 있었다는 교육을
철저히 받아왔습니다. 그렇지만 지금도 내전시 장군파였던 사람
의 자손들은 그 아픔을 잊지 않고 있습니다. 그리고 일반인 중에
도 장군파를 동정하는 마음이 아직 남아 있지요. 그들은 '천황의
적' 이라는 이유로 살고 있던 땅에서 쫓겨나 홋카이도나 토호쿠
〔東北〕지방의 북부개척지 등으로 강제 이주되었습니다.

　당연한 이야기지만, 한 나라 안에도 다양한 의견을 가진 사람
들이 있습니다. 어느 시대나 '정치의 힘' 이란 그때그때 힘자랑하
는 세력들이 자신의 입장을 정당화시켜가는 것 같습니다. 그리고
새삼 느끼는 것은, 문학은 정치가 무시하고 싶어 하는, 이러한 다
양한 남겨진 이야기들을 모아 그 소리를 재현해가는 중요한 책임

을 지려 해왔다는 것이지요.

　실은 저도 새로운 장편소설을 쓰기 시작했습니다. 주된 무대
는 일본이 일찍이 식민 지배했던 대만입니다. 식민지 지배란 어
떤 것인가, 하는 크고 중요한 문제를 정면으로 논하는 것은 제게
너무 벅찬 일이고, 또 그런 소설이란 제대로 된 작품이 되기 힘
들겠지요. 저는 단지 2차대전 전에 '사상의 자유', '연애의 자유'
를 꿈꾸던 제 어머니와 비슷한 세대의 일본 여성이 우연히 대만
에 건너가, 어떤 경험을 하게 되는지, 그 모습을 쫓고자 할 뿐입
니다.

　지난 편지에 당신은 한국에서도 저출산문제가 심각하다고 하
셨지요. 얼마 전까지만 해도 여성들은 반복되는 임신에 고민하
고, '산아제한'을 열심히 배우려 했던 일을 생각하면, 참으로 얄
궂은 일이란 생각이 듭니다. 이번 제 작품의 주인공도 '연애결
혼'을 하고, 자녀를 많이 낳기보다 자신의 정신적 세계를 풍요롭
게 하고자 하는 여성입니다. 그렇지만 상상하시는 대로 생각처럼
되지는 않지요. '식민지'라는 정치적으로 야만스러운 곳에서 사
는 부자연스러움도 그녀의 삶에 가로놓여 있습니다. 이윽고 일본
은 군국주의를 강화시키고 '부국강병'을 위해 여성들에게 가능
한 한 많은 아이를 낳도록 장려합니다. '나라'를 위해 아이를 낳
는 어머니를 치켜세워, 전쟁을 찬미하는 어머니들로 만들어간 것
입니다.

'어머니'에 대한 미화든, '여자'에 대한 미화든, 혹은 '아이'에 대한 미화든, 어떠한 미화도 미심쩍기 마련이지요. 오늘날 일본인들이 야스쿠니신사를 미화시키는 것도 터무니없는 일이라고 저는 생각합니다. 아들을 잃고 나서, 무심코 그 아이를 미화시키고 싶어하는 자신을 발견하고 자숙하려 애썼습니다. 미화시키는 쪽이 마음 편하고, 이야기하기도 쉬우며 주변에서도 납득해주지요. 그렇지만 제 아들은 지극히 평범한 장난꾸러기였으며 학교에서는 그저 늘 꾸중만 듣는 아이였습니다.

오늘 현재, 이러한 미화가 더 심해지는 것 같다는 생각을 떨칠수가 없습니다. 미화란 단순화라고도 할 수 있겠지요. 사람도, 그들이 만든 사회도 지극히 복잡해 단순히 파악할 수 있는 것이 아닌데도, 있는 그대로 받아들이기가 귀찮아, 흑백으로 단순히 분류하고 싶어 합니다. 자신을 안심시키기 위해서이지요.

최근 파리에 거주(현재는 미국 프린스턴대학에 계시다는군요)하는 에드먼드 화이트 씨가 쓴 『쥬네전』을 읽었습니다. 이 책이 완성될 무렵에 파리에서 화이트 씨를 만났는데, 엄청난 양의 원고를 보여주신 적이 있어 늘 마음에 걸렸습니다. 일본어로 번역이 되어, 저도 겨우 읽을 수 있게 되었지요. 책 속에는 쟝 쥬네가 얼마나 샤르트르의 『성 쥬네』로 고민을 했는지, 그 후 샤르트르와 헤어지고 조각가 자코메티와 친해져 그의 모델이 된 이야기가 있습니다. 자코메티는 쥬네에게 "당신은 아름답다, 정말이지

아름답다. 모.든.사.람.과.똑.같.이.(방점은 제가 찍었습니다.),
그 이상도 그 이하도 아니다."란 말을 했다고 합니다. 멋진 말이
지요. '전설'만이 무성하고, 쥬네란 어떤 인물일까, 하는 호기심
에 둘러싸여 있을 때, 자코메티의 말은 쥬네에게 훌륭한 계시가
되었겠지요. 대상을 미화시키지 않고, 본질 그대로의 가치를 성
실히 찾아내는 것, 그것은 이처럼 날카롭고 냉정한 시선이라는
걸 깨우쳐줍니다.

백일홍에 붙어 있던 흰 벌레와의 싸움이 아직도 진행 중입니
다. 몸이 흰색인데 누르면 루비색 체액이 나와 왠지 더 징그러워
요. 이것 또한 정말 평범한 벌레입니다만.
어머니와 제 이야기를 하고 싶었는데, 벌써 지면이 다 되었군
요. 다음 편지에라도 쓰지요. 더위에 지치지 않으시길 바랍니다.

8월 22일 도쿄에서
츠시마 유코

모든 것이 끝났다고
생각되는 그 자리에서

츠시마 님.

새벽에 일어나 마당의 풀들을 뽑았습니다.

마당이라 부를 것도 못 되는 작은 뜰에 불과한데도 도무지 신경을 안 썼더니 풀밭인지 뜰인지 구분이 안 갈 지경입니다. 지난 봄에 심어놓은 붉은 베고니아들은 푸른 잡초 속에 잘못 심어진 꽃처럼 보였어요. 밤새 비가 와서 풀들은 쑥쑥 잘 뽑혔습니다. 남겨둬야 할 것보다 뽑을 게 더 많아 시간이 꽤 걸렸네요. 가을이 다 되어서 여름풀을 뽑고 있는 내가 한심하고 창피했습니다. 이건 하나의 예에 불과합니다. 나라는 인간은 왜 이렇게 게으르고 재지 못한지 다른 사람보다 한 시간, 하루, 한 달, 한 계절, 그러다가 한 일 년 늦게 사는 사람 같습니다.

주인이야 어쩌든 제 할 일을 잊지 않고 열려준 끝물 토마토도 마저 땄습니다. 보살펴주지 않았어도 시간의 힘에 빨갛게 익은 고추도 풀 속에 있더군요. 나는 내 자신을 시골 사람이라 여기며 살고 있는데 막상 땅에 무엇을 심어보면 내가 겉모습만 시골 사람이지 엉터리로구나, 깨닫습니다. 난 분명히 시골 태생인데 땅에 대해서 도무지 아는 게 없거나 알고 있다고 여긴 것도 맞춰보면 대개는 틀립니다. 어머니가 땅을 일구는 모습을 봐만 왔지 해보진 않아서, 라고 변명해본들 나아질 건 없지요.

　요즘엔 자꾸 이런저런 자책에 빠지는 시간이 많네요.
　몇 년 전부터 내가 하고 싶었던 일은 앞을 못 보는 아이들에게 책을 읽어주는 시간을 갖는 것이었습니다. 어느 날 갑자기 앞을 못 보게 된 사람의 이야기를 쓰겠다는 계획이 칠팔 년 전부터 있었으니 아마 그때부터 생각했던 것 같습니다.
　어제는 볼일이 있어 서울의 부암동엘 갔는데 내 앞에서 걸어가는 아이들이 너무나 조용했어요. 그만한 아이들이면 종알거리고 얘기를 하거나 장난을 쳐서 시끄러워야 마땅한데 너무 조용해서 눈길이 갔어요. 관찰해보니 말을 못하는 아이들이더군요. 그들이 수화로 얘기를 나누고 있었어요. 주변을 살펴봤더니 저만큼에 그 아이들이 다님직한 학교가 있더군요. 학교 앞에 커다란 나무가 심어져 있었습니다. 아이들이 그 나무그늘 밑으로 들어가 앉길래 나도 따라들어가 앉아봤습니다. 나무 주변에 안내문이 한 장 붙어 있었는데, 내용은 장애우가 아닌 아이가 학교에 입학하면 학비를 면제해준다는 내용이었어요.

아이들이 보통 아이들과 섞여서 학교생활을 하길 바라는 학교 측의 소망이 담겨 있는 안내문이었습니다. 수화를 나누던 아이들이 나무 밑을 떠나고도 나 혼자 남아서 학교 쪽을 한참 바라봤습니다.

몇 년 전에 앞을 못 보는 아이들이 다니는 학교에 가서 정기적으로 책을 읽어주고 싶다고 말했을 때 적극적으로 권유하던 분이 계셨지요. 그분이 알고 있는 학교의 선생님을 통해 알아봐주겠다고 했던 일이 떠올랐습니다. 그로부터 몇 년을 흘려보낸 것입니다. 그때 마음먹은 대로 실천을 했다면 나는 아이들에게 적어도 책 백 권은 읽어줄 수 있었겠지요. 많은 일들을 이런 식으로 지나왔다는 생각.

내가 사는 곳에서 자동차를 타고 삼십여 분 나가면 아무도 살지 않을 것 같은 숲 속에 부모가 없는 아이들이 모여 살고 있는 보육원이 있습니다. 상당한 규모의 보육원입니다. 예전에 종종 차를 마시고 밥도 함께 먹던 사람과 드라이브를 나갔다가 길을 잘못 든 적이 있는데 그 끝자락에 보육원이 있었습니다. 여름날에 아이들이 얼마나 열심히 밭일을 하고 있는지…… 그 사람과 나도 끼어들어 저물 때까지 일을 거들었습니다. 그날 돌아오면서 집하고 가까운 곳이니 한 달에 하루라도 이곳에 와서 빨래도 해주고 목욕도 시켜주고 청소도 해줘야겠구나, 했으나 실천을 못했습니다. 그 일도 그때 시작했더라면 하루 이틀이 쌓여 이제 무수한 시간이 되었겠지요.

삼십 대 후반 들면서 자신이 할 수 있는 일을 안 하면서 사는 것은 나쁜 일이다는 생각이 들었습니다. 그래서 부지런히 내가 타인을 위해 할 수 있는 일들을 찾아보자, 특히 덜 자란 아이들을 위해 할 수 있는 일이라면 무슨 일이든 적극적으로 참여해보자, 나하고 약속을 해놓고 지키질 못했습니다. 이 일만 끝나면, 이 일만 끝나면…… 몇 년 세월을 미루다보니 이제는 나와의 약속도 희미해지는군요. 실천하지 못할 거면서 생각은 왜 그리 골똘히 했을까요.

며칠 전엔 텔레비전을 보는데 지난 장맛비에 폐허가 되어버린 마을을 찾아다니며 복구를 돕는 사람들이 카메라에 잡혔습니다. 땀을 뻘뻘 흘리며 농사를 거들기도 하고 노인들만 사는 집의 지붕을 고쳐주기도 하는 사람들을 보는 마음이 창피하더군요. 생각만 많고 실천이 어려운 사람으로서의 부끄러움이었습니다.

지난여름의 폭우는 한국의 남쪽도 거세게 강타했지만 북쪽도 어마어마한 피해를 입혔다고 합니다. 정확한 통계는 나와 있지 않지만 인명피해 또한 컸다고 합니다. 금강산 쪽에서 남북작가회의가 개최되기로 했었는데 전날 취소가 되었습니다. 평양에서 금강산 쪽으로 갈 수 있는 길이 심각하게 유실되었다고 해요.

남쪽 사람으로서는 누구든 북쪽 소식에 귀를 기울이게 됩니다. 식량이나 전력이 부족하다거나 탈북자 소식 등은 이제 거의 일상이 된 듯합니다. 어쨌거나 북쪽이 세계무대에서 자꾸 고립되어가는 것을 보는 것도 편하지는 않습니다. 분단국가의 남쪽에 살고 있는 사람으로서 같은 민족에 대한 근심 같은 것이 머릿속에 무겁게 있습니다. 작년에 평양에 다녀온 이후로는 더욱 그렇습니다. 평양에 머무는 동안 행동반경이 제한되어 있어 많은 일을 경험했다고는 할 수 없습니다만 이렇게 계속 가다가는 같은 민족으로서 소통조차 안 될지도 모른다는 위기감이 들더군요. 현재는 세대가 뒤섞여 북쪽에 연고가 있는 사람들이 남쪽에 많이 살고 있습니다. 민간 중심으로 관계개선에 힘을 기울이는 경우도 많이 봅니다. 세월이 더 흘러 그야말로 전쟁을 기억하지 못하는 세대만이 존재하게 될 때 분단문제는 혹 관념화돼버리는 게 아닐까? 하는 우려.

솔직히 나만 해도 작년에 평양에 가보기 전까진 우리가 분단국가라는 실감이 크게 없었습니다. 백 번 말하는 것보다 한 번 보는 게 낫더군요. 한 번 보고 오니 그쪽에서 발생하는 일에 민감해지더군요. 고려호텔이나 옥류관 앞에서 마주쳤던 북쪽 사람들의 모습이 지금도 아른거립니다.

츠시마 님.

사람 마음이란 게 참 이상합니다.

북쪽문제뿐 아니라 츠시마 님의 나라에 대해서도 평소엔 별다른 부담 없이 친근히 느끼고 삽니다. 더구나 도쿄는 츠시마 님이 살고 있는 곳이다, 여겨져 더욱 가깝게 여겨지지요. 그러다가 뉴스를 통해 지난번 8·15 때와 같은 고이즈미 총리의 신사참배 소식을 접하게 되거나 독도문제와 같은 영토문제를 접하게 되면 나도 모르게 애국심으로 무장된 한국인이 됩니다. 애국심이라고 써놓고 보니 왜 이리 어색한지 모르겠습니다. 나를 애국자로 느끼는 한국인은 한 사람도 없을 테니 내가 느끼는 감정이 보통 한국인의 정서라고 보면 맞을 겁니다. 개인도 아닌 총리가 주변국가를 꼭 저렇게 자극시켜야만 되나? 싶더군요. 더구나 이번 8·15 참배 때의 오늘이 신사참배 하기에 가장 적절한 날이라는 발언은 매우 실망스러웠습니다.

며칠 전에는 원폭을 다루는 다큐멘터리를 봤습니다. 히로시마와 나가사키에 투하된 원자폭탄에 육체가 흐물거리는 사람들을 지켜보는 건 엄청난 고통이었습니다. 인간이 인간에게 저런 죄를 져도 되나? 괴로움 그 자체였습니다. 끝내 화면에서 눈을 떼지 않았습니다. 어느 나라가 잘했고 잘못했고를 떠나 왜 전쟁을 해야 하며 무엇을 위해 저런 고통을 당해야 할까? 그렇게 해서 눈곱만큼이라도 인간의 삶이 나아졌나? 저건 인간이 인간에게 저지르는 만행이랄밖에 무슨 말을 더 하겠나…… 공포스럽고 침통했습니다. 전쟁이 역사 속의 일만도 아닌 현실, 지금도 계속되고 있는 현실 앞에 고통을 느낍니다. 글을 쓰는 사람으로서의 무기력함을 가장 뼛속 깊이 느낄 때가 그런 때입니다.

츠시마 님.

지난번 편지에 츠시마 님이 쓰셨다는 천 년 전의 이야기 『밤의 빛에 쫓겨』라는 작품을 당장 읽어보고 싶군요. 하지만 내가 일본어를 모르니 번역이 되기를 바라야 되겠지요. 일부밖에 남아 있지 않은 고전의 누락된 부분을 메워놓으면 어떤 이야기가 될까? 싶었던 게 집필동기였다고 하셨죠. 뒤통수를 쾅 얻어맞는 느낌이었습니다.

그 작품의 자료조사를 하는 기간에 아드님을 잃는 사고를 당하셨군요. 얼마나 충격을 받았는지는 "모든 것이 끝났다고 생각했습니다."라고 쓰신 문장에서 짐작되었습니다. 소설을 쓴다고 아이를 제대로 돌보지 못한 "나를 용서할 수가 없었습니다."라는 대목을 읽으며 나 또한 할 말을 잃었습니다. 그러나 육 개월 후에 그 당시의 여성도 아이를 잃은 경험이 있겠지, 마음을 추스르고 고독한 탐사를 시작할 수 있었다는 말에 작가라는 존재의 운명을 실감했습니다. 츠시마 님의 마음이 그대로 담겨 있을 히메기미의 이야기를 꼭 읽고 싶습니다. 모든 것이 끝났다고 생각되는 무無의 자리, 도저히 자기 자신을 용서할 수 없을 것 같은 그 지독한 회한의 자리에서 무엇이든 시작해야 하는 게 비단 작가만의 운명은 아니겠지만 작가는 언어와 또 한바탕 결전을 치러야 하지요.

한국에 '박완서'라는 작가가 계십니다. 셀 수 없이 좋은 작품을 많이 쓰셨고 지금도 왕성히 작품활동을 하고 계십니다. 노작가이지만 젊은 작가들이 기가 죽을 만큼 작품 쓰는 일에 있어서는 젊은이십니다. 그분의 책이 나오면 내 오빠들의 부인들은 어떤 내용인지 살펴보지도 않고 우선 사와서 읽어요. 그만큼 한국 독자들이 깊이 신뢰하는 분이랍니다. 혹 일본에 그분의 작품이 번역되어 있다면 읽어보시라고 권해드리고 싶군요. 에두르는 법 없이 정면을 관통하는 연륜의 글을 쓰시는 분이십니다. 츠시마 님의 편지를 읽으며 문득 그분을 떠올렸습니다. 그분도 츠시마 님과 비슷한 상황을 겪으셨지요. 츠시마 님처럼 어린 아들이 아니고 장성한 아들을 갑자기 사고로 잃고 난 몇 년 후, 독자들은 그분이 쓰신 『한 말씀만 하소서』라는 작품을 만났습니다.

순전히 독자 입장에서 그분의 핏방울처럼 느껴지는 고통의 글을 읽던 시간. 그렇게라도 쓰고 계시지 않았으면 그 형벌 같은 시간을 어찌 통과하셨을까요. 어쩌면 작가는 죽어가는 그 순간에조차 자기의 죽음을 언어로 표현해보려 애쓰는 인간들인지도 모르겠어요.

츠시마 님.

며칠 전엔 어느 대학교엘 갔었습니다. 지난봄부터 학회에서 그동안 내가 썼던 작품들을 읽고 토론해왔다는 학생들이 마지막 시간이라며 함께 대화할 수 있는 기회를 달라고 청해왔어요. 전화를 해오는 학생의 목소리도, 보낸 메일의 내용도 거절하기 어렵게 간절한 데가 있었고 그 당시에는 먼 앞날의 일인데 뭐, 하는 마음으로 수락을 했는데 봄의 일이 그렇게 바짝 닥쳐왔더군요. 때 아닌 여름감기를 앓고 있던 중이라 나갈 때까지만 해도 이마가 찡그려진 상태였는데 오랜만에 청대 같은 학생들과 얘기를 나누다보니 오히려 내가 충전이 된 듯한 느낌이었습니다. 등단작품부터 아직 책으로 묶여지지도 않은 최근 발표한 작품까지 참 꼼 꼼히도 읽어왔더군요. 작년에도 올해도 책을 내지 않은 데다 의 도적으로 작품에 대한 이야기를 할 기회를 피하고 있던 터에, 20 년 전에 썼던 작품 이야기를 듣고 있으려니 야릇한 기시감이 들 더군요. 첫 작품을 쓰던 때의 열정에 가득 차 있던 나 자신과 대 면한 기분. 열정만이 아니라 불안과 두려움도 함께 뒤섞어 초조 했던 그 시절의 풍경도 밀물처럼 밀려와 눈앞에 어른거리는 통에 나도 모르게 어, 어 하며 말끝을 흐리곤 했습니다.

스무 살이 조금 지난 청년들과 앉아서 내가 이십 대에 썼던 작 품들을 얘기하다보니 저절로 그때와 지금의 시대상황이 자주 비 교되곤 했지요. 지금 생각해도 나의 이십 대의 한국사회 현실은 어둡고 고통스러웠다고밖에 달리 표현할 길이 없습니다. 길거리 에서 언제나 울고(최루가스 때문에) 다녔고 어쩌다 행복한 기분 이 들면 이런 기분을 느껴도 되나 죄스러웠어요. 가장 불행한 시 대를 살고 있는 듯했습니다. 그러니 전쟁을 몸으로 치러내야 했 던 세대의 절망감은 어땠을지요.

그런데 그 자리의 한 젊은 친구가 지금은 적으로 삼아야 할 확 실한 대상이 일상에 숨어 있어(자본주의를 말하는 것이겠지요.) 가치기준을 세우기가 더욱 힘들다고 토로하더군요. 그도 그렇겠 구나 싶었습니다. 풍요로운 물질과 첨단문명시대를 살고 있는 그 들도 고독하긴 마찬가지구나 싶었습니다. 재미있는 일이 널려 있 을 텐데도 문학책을 읽고 토론하고 진지하게 대화를 나누는 모습

들이 고맙기도 했어요. 빈틈없이 조직적으로 꽉 차 있는 이 현대
사회 속에 저들이 자신들의 자리를 어떻게 잡아나갈지 궁금하기
도 했습니다.

　돌아오는 길에 물끄러미 내가 20년 전에 썼던 작품들의 화자
들을 죄다 떠올려보았죠. 소설 속이지만 내가 죽인 사람들에게
진짜 미안한 생각이 들기도 하더군요. 지금 같은 마음이면 그렇
게 죽음으로 돌진시키진 않았을 텐데……

　안녕히 계세요.

8월 22일 서울에서

신경숙

신의 침묵에 대해

오늘 도쿄는 하늘이 무척이나 아름다웠습니다. 햇살이 아직 따갑기는 하지만, 신선한 공기에 가을을 피부로 느낄 수 있었어요.

규슈에 있는 후쿠오카에 갔다 이틀 전에 왔습니다. 마침 그곳으로 대형 태풍이 북상하던 중이라, 도쿄에 있으면 모른 척 지나칠 수 있는 태풍을 일부러 알현하러 다녀온 기분입니다. 후쿠오카 시내에서 있었던 행사와 그 뒤풀이 사이에 태풍의 중심이 빠져나가 특별한 어려움은 없었지만, 거리에 나와보니 여기저기 망가진 비닐 우산과 부러진 가지와 나뭇잎들이 널브러져 있었고, 몸을 가누기 힘든 강한 바람에 새삼 태풍의 위력을 느끼기도 했습니다. 도시의 빌딩 속에 있다보면 태풍에 대한 두려움이 작아지지만, 신칸센과 비행기 등의 발이 묶이고 적지 않은 희생자까지 나왔으니 결코 자연의 힘을 얕보아서는 안 되겠지요.

이번 태풍은 규슈를 거쳐 바다로 빠져나간 다음 다시 홋카이도로 상륙해, 태풍에 익숙하지 않은 그곳 사람들을 당혹스럽게 만드는 것 같습니다. 그런데 또다시 새로운 태풍이 태평양에서 일본열도를 향해 올라오고 있다니, 9월이 태풍의 계절이란 걸 새삼 깨닫게 합니다. 이렇게 태풍이 지나갈 때마다 가을도 깊어가겠지요.

대륙과의 오랜 교류기지로 각국의 문화교류에 힘써온 후쿠오카에는 〈후쿠오카 아시아문화상〉이란 것이 있습니다. 올해는 중국 소설가 모옌[莫言] 씨가 수상자로 선정되어 그 기념 심포지엄에 다녀왔습니다.

5년 전 9월, 북경에서 열린 일중여성작가심포지엄에서 처음 모옌 씨를 만났습니다. 9월 11일, 우리는 북경으로 향했습니다. 그때도 태풍 때문에 간신히 비행기에 올랐었지요. 비행기가 무사히 북경에 도착한 데에 안도하고, 저녁에는 개회식과 만찬회에 참석했었습니다. 그리고 바로 그 무렵 미국에서는 9·11테러가 일어났어요.

우리는 다음 날에야 그 사실을 알게 되었지만, 모두가 믿기 힘든 일이었습니다. 북경에서는 9·11에 대한 정보를 거의 들을 수가 없었습니다. 국내용 텔레비전 채널에서는 여느 때와 같은 오락프로그램이 한가로이 방송되었고, 신문에도 작은 기사가 실렸을 뿐이었어요. 우리는 그때 세계에서 9·11에 가장 냉철했던 나라에 있었던 겁니다. 심포지엄은 예정대로 진행되었지만, 우리 일본 측 참가자들의 불안은 말할 필요도 없었지요. 앞으로 세계는 어떻게 돌아갈까, 그리고 우리는 무사히 일본행 비행기에 오를 수 있을까, 하고요.

심포지엄의 마지막 날, 우리들의 어수선한 점심식사 자리에 '남성작가'인 모옌 씨가 달려와주셨습니다. 당시는 테러에 대한 이야기를 하지는 않았지만, 이번 재회에서 우리 모두 그 사실을 잊지 않고 있음을 새삼 확인했습니다.

우리 세대에게 모옌 씨는 영화 「붉은 수수밭」의 원작자로 유명합니다. 언제까지고 이 영화만 화제가 되는 일이 모옌 씨로서는 그다지 유쾌하지 않겠지만, 그래도 사실이니 어쩔 수가 없군요. 문화혁명이 진행 중인 중국에서는 무슨 일이 일어나고 있는지, 외국에 있는 우리들로서는 도무지 알 수가 없었고, 막연히 문학을 비롯한 모든 예술이 정치 일색화되었을 거라 했습니다. 1989년 어느 날 갑자기 공개된 이 영화를 보고 우리는 화면 가득한 아름다움과 박력에 깜짝 놀랐습니다.

문화혁명과 모옌 씨, 그리고 9·11과 모옌 씨, 이 관계가 내게는 뜻밖의 느낌을 줍니다. 「붉은 수수밭」을 본 기억이 강해 저는 모옌 씨가 저보다 훨씬 위쪽 연배 작가라 생각했는데, 실은 저보다 여덟 살이나 아래였어요. 문화혁명 당시의 중국을 너무도 먼 과거로만 생각한 자신이 한심스럽지 않을 수 없었습니다.

신경숙 씨도 아시겠지만 영화의 원작인 『붉은 수수밭』은 모옌 씨의 초기작품이고, 그 후 더욱 스케일이 크고 훌륭한 작품을 계속 발표해오셨지요. 자신의 고향인 산둥성 벽촌을 무대로 결코 흙에서 멀어지는 일 없이, 토속적이면서도 한없이 큰 상상력을 펼쳐보여주고 계십니다. 얼마 전 일본에서도 번역된 『탄샹싱[檀香刑]』이란 작품에는 광대극의 매력이 멋지게 녹아 있었어요. 청 왕조 말, 모반을 일으킨 광대의 우두머리가 사형을 당하게 됩니다. 천재적인 망나니로 사형을 '예술적'으로 훌륭히 집행하는 사람은 우두머리 딸의 시아버지입니다. 장기를 손상시키지 않고 몸에 말뚝을 박는 '백단白檀의 형'이란 방법으로 말이죠. 그런 일이 과연 가능한지는 모르겠습니다만, 작품은 정치권력과 일반서민의 생명력이 잘 대비되어 있었고, 마지막에는 광대들의 생명력 넘치는 노랫소리가 정치권력을 압도해가지요.

광대극—요즘은 '대중연극'이라 부릅니다만—은 일본에도 매스미디어와는 무관한 곳에서 살아 있습니다. 전국을 돌며 그곳의 열성팬들의 지지를 받고 있지요. 누구나 알 수 있는 눈물을 자아내는 장면을 연출하기도 하고, 오래된 노래를 부르거나 춤을 추지요. 처음부터 스토리를 알고 있기 때문에 관객들은 손수건을 꺼내 눈물을 훔칠 준비를 하고 기다립니다. 현대극과 달리 광대극은 모두가 아는 이야기를 선보이는 것이 중요합니다. 그리고 자신이 원하는 대로 할 수 없는 주인공의 운명에 자신의 인생을 비추어 관객도 함께 눈물을 흘리지요.

한국에는 유명한 판소리가 있군요. 언젠가 대담에서 신경숙 씨 아버님이 창을 좋아하셔서서 어렸을 때는 북을 치며 노래하시는 모습을 자주 보았다고 하신 말씀이 생각납니다. 5월에 받은 편지에도 써주셨지요. 제 상상입니다만, 이 노래의 울림이 신경숙 씨 언어세계 어딘가에 살아 있는 것만 같습니다. 예로부터 전해지는 민중의 노래, 이야기들을 우리가 좀 더 소중히 여겨야 한다고 새삼 느낄 때가 많습니다.

모옌 씨 소설에 그려진 사형도 그렇지만, 민중들의 이야기 속에는 사형이 상징적으로 그려지지요. 그리고 극악무도한 악인들이 여기저기서 픽픽 쓰러지면 관객들은 손뼉을 치며 기뻐합니다. 옛날에는 공개처형이나 사람을 제물로 바치는 일을 일반인들이 즐겨 구경했다고 들었어요. 무서운 장면을 보고 싶어 하는 마음이 있었던 것이지요. 지금도 교통사고나 철도사고가 있으면 기꺼이 달려드는 사람들이 있으니, 예전과 별반 다르지 않은지도 모르겠습니다. 마을광장에서 사형이 집행되는 등의 일은 없어졌지만, 오늘날에도 사형집행은 계속되고 있습니다. 후쿠오카로 출발하기 전, 11년 전 도쿄에서 있었던 지하철 '사린Sarin사건'의 주모자(옴진리교라는 기묘한 종교집단을 만들어 특이한 이론으로 대량살인을 계획하고 실행에 옮겼습니다.)에게 사형이 선고되었습니다. 사건을 실행에 옮긴 신자들 중 몇 명에게도 이미 사형이 언도되었지요.

얼마 전 참고할 일이 있어 빅토르 위고의 『사형수 최후의 날』을 읽었습니다. 위고가 이 작품을 쓴 것은 프랑스혁명 당시 크게 활약했던 단두대란 잔혹한 공개처형법은 사라져야 한다고 호소하기 위해서였습니다. 사형을 전면적으로 폐지하라고 하지는 않았지만, 그로부터 백여 년이 지난 프랑스에서는 마침내 사형제가 폐지되었지요.

'사린사건' 같은 흉악한 범죄는 결코 용서될 수 없지만, 사형이라는 처벌방법에 대해 일본 저널리즘이 그 어떤 의문도 갖지 않고, 이런 죄인은 죽여라, 죽이는 것 말고 무슨 방법이 있느냐는 분위기 일색인 것이 저로서는 마음에 걸립니다. 국가라는 이름하에서는 전쟁터에서의 살인도, 사형이란 이름의 살인도 모두가 용서되는 듯한 커다란 모순을 느끼기 때문입니다. 사형집행이 범죄를 억제하는 힘을 가지고 있다고 하면, 핵무기를 보유하는 것이 전쟁을 억제하는 힘이 된다는 논리와 차이가 없습니다.

지금은 예수처럼 십자가에 매다는 공개처형도, 죄수들의 다리에 무거운 쇠사슬이나 목에 형틀을 채우는 일도 없어졌습니다. 단두대도 이미 사라졌지요. 하지만 오늘의 일본과 많은 국가에서는 아직도 사형이 집행되고 있습니다. 옛날 연극 등에 자주 볼 수 있는 '복수'나 '악의 징벌', 그런 의식들이 오늘날에도 여전히 살아 있는지 모르겠어요.

최근까지도 사형이 집행됐다는데, 정말 믿기 힘든 일이야, 하는 이야기가 오갈 수 있는 세상이 되면 얼마나 좋을까 생각해봅니다.

누군가의 죽음을 한 번도 바란 적이 없는 사람이 있을까요. 혹은 모든 일에 자신은 결백하다 할 수 있는 사람은 또 얼마나 있을까요. 아들을 잃고 나서, 저는 그 아이가 없는데도 어째서 학교가 예전과 마찬가지로 존재할까, 하고 생각했습니다. 9·11은 아니지만, 학교에 폭탄이라도 던지고 싶은 심정이었습니다. 세상을 떠난 게 어째서 내 아이고, 저 집 아이가 아닐까, 하는 생각을 했어요. 다른 아이들이 건강하게 살아 있다는 것이 용서되지 않았습니다. 그런 흉한 마음으로 가득했지요.

한국에 박완서란 작가가 계시는군요. 성인이 된 아들을 사고로 잃고, 『한 말씀만 하소서』란 작품을 쓰셨다구요. 저도 읽어보고 싶습니다만, 동시에 두려워 읽고 싶지 않은 마음도 듭니다. 책 제목만 보고도 저는 금방 눈물이 나올 것 같기 때문입니다.

신이여, 어째서 이런 일을, 하고 울부짖는 일이 언제 우리들을 덮칠지 모릅니다. 피해자가 될 수도 있고, 가해자가 될 수도 있지요. 신은 우리에게 하나하나 그 이유를 설명해주지 않습니다. 우리 인간에게는 참기 어려운 침묵이지요. 신경숙 씨가 말씀하셨듯이, 작가란 그러한 사람들의 울부짖음과 노여움과 한을 공유하며 자신의 말로 써내려가는 사람들인지도 모르겠습니다. 신을 대신해서가 아니라, 어디까지나 인간의 입장에서지요. 한 인간으로서 그런 신기한 책임을 느낀다고 하면 될까요.

일에 쫓겨 실생활은 극히 적당히 넘겨버리는 자신에 진저리가 날 때가 제게도 있습니다. 주위에 폐만 끼치면서 이렇게 살아가는 일이 허락되는 것은 왜일까, 하는 생각을 하지 않을 수 없습니다. 그래서 또다시 소설쓰는 일로 돌아갈 수밖에 없었나봅니다. 내가 할 수 있는 일이란 요컨대 이것밖에 없으니까요.

아들이 세상을 떠났을 때, 어떻게든 어머니에게만은 숨기고 싶었습니다. 이 사실을 알게 되면 연로하신 어머니의 남은 생까지 빼앗게 되는 건 아닌지 정말 두려웠습니다. 그렇지만 어머니는 이성을 잃는 일도, 눈물도 보이는 일도 없이, 묵묵히 불효자인 저를 지탱해주셨습니다. 제게는 얼마나 구원이었던지요.

이렇게 쓰고보니 제가 무척이나 효녀인 것처럼 되어버렸군요. 사실 저는 어머니께 끝까지 솔직하지 못했고, 자신을 지키기 위해 늘 어머니와의 거리를 두었습니다. 도망치기만 했던 거지요.

어렸을 때 어머니는 제게 무척이나 엄격하고 무서운 존재였습니다. 아버지란 존재를 모르는 저를 어머니는 특별히 엄격하게 길러야 한다고 다짐하고 계셨던 것 같아요. 하지만 워낙 멍한 성격이었던 저는 어머니가 어째서 늘 무서운 얼굴로 꾸짖기만 하는지 이해할 수가 없었습니다. 부모를 무서워하게 되면, 아이는 거짓말을 하기 시작합니다. 저 역시 예외는 아니었어요. 뭔가 잘못을 하면 오빠 탓으로 돌렸고, 점수가 나쁜 시험지를 숨기고, 어머니 지갑에서 몰래 돈을 꺼내 군것질을 하기도 했어요.

소설가였던 남편에게 받은 상처 때문이었겠지요, 어머니는 아이들에게서 문학을 멀리하고 싶어 하셨습니다. 그렇지만 제 관심은 어느새 문학으로 좁혀져 있었고, 소설을 쓰고 싶다는 바람을 가지게 되었습니다. 어머니가 얼마나 괴로워하실까, 고민하지 않을 수 없었어요. 이렇게 저는 슬금슬금 늘 어머니한테서 도망쳤습니다. 그 후로 몇 번의 '가출'을 되풀이했지요. 어머니에게서 멀어지면 멀어질수록 신경이 쓰여 결국 스스로 어머니 곁으로 돌아오지만, 얼마 못 가 다시 도망치고 싶어하지요. 결국 저는 어리석게도 어머니의 주위를 빙빙 돌기만 했습니다.

하지만 제 경우뿐 아니라 어머니와 딸의 관계란 것이 그런가 봅니다. 아버지와 아들이 대립하기 십상인 것처럼 어머니와 딸 또한 대립하려는 마음이 생기는 것 같습니다. 동성이기에 스스로를 비춰보기 때문이겠지요. 어머니에게는 아들이 귀엽고, 아버지에게 딸은 무조건 예쁘지요. 사람에게 성별의 차가 있는 한은 그렇겠다 싶다가도, 요즘은 그런 '원칙'도 그다지 통용되는 것 같지도 않습니다만, 예전처럼 성별을 뚜렷이 구분하지 않게 되었고, 가족의 모습 또한 변하고 있지요.

요즘 일본에서는 어른이 돼서도 부모로부터 독립하지 않는 자녀들이 문제가 되기도 합니다. 가족 사이에 대립도 간섭도 없고 집세를 내지 않아도 되니 집에서 나가려는 필연성도 없어지지요. 또 한편으로는 간단히 부모를 살해하는 아이들이 늘고 있습니다. 자기 아이를 죽이는 젊은 부모들도 있어요. 너무나 극단적이지요. 어느 시대든 사회는 심각한 문제를 안고 있었을 테고, 더 잔혹한 장면도 얼마든지 있었겠지요. 하지만 기본적인 욕구—먹고 안심하고 잘 수 있고 입을 것이 있는 것 등─가 채워진 오늘의 사회는 오히려 더욱 살벌하고 숨 막히는 면이 있는 것 같습니다.

요즘의 한국사회는 어떤지요. 지난번 편지에 쓰신 것처럼 오히려 풍요로운 사회에서 젊은이들이 살기 힘들어진 건지도 모르겠군요.

오늘은 마당의 노각나무에 붙은 송충이를 퇴치했습니다. 올해는 잦은 비 탓인지, 벌레들 때문에 나무들이 차례차례 말라버려 속이 상합니다.

모쪼록 건강하시길.

9월 21일 도쿄에서

츠시마 유코

그 누구와도 똑같이……

츠시마 님.

지난봄에 내가 마당 빈터에 토마토며 오이 같은 걸 심었다고 말씀드렸죠.

우리 집에 큰 나무를 심을 자리는 그곳 한 곳뿐이라서 잘생긴 소나무를 한 그루 심었으면 좋겠는데 생각보다 소나무 구하는 일이 쉽지 않더군요. (마음에 드는 건 너무 비싸요.) 소나무는 산에 많이 있으니까 위로하며 동백이 좋겠네, 느티나무는 어떨까? 할 뿐 아직도 빈터로 있습니다.

그 자리에 고추며 바질이며 치커리 등등을 모종하면서 담벼락 쪽에 구덩이를 파고 호박 모종도 했었어요. 아무렇게나 생긴 오이도 열리고 토마토도 제법 열리고 했는데 도무지 호박은 잎사귀와 줄기만 무성할 뿐 열리지 않는 거예요. 노란 호박꽃만 덧없이 많이 피네, 생각했습니다. 거름이 부실한 모양이로군, 생각하며 호박 따먹기를 포기했었어요. 푸른 잎들만 무성한 채 담을 타고 바깥으로 넘어가기도 했죠. 다른 것들은 다 시들거나 줄기만 남았는데 아직도 호박잎은 무성해요.

어제는 외출하려고 마을버스가 오기를 기다리다가 무심코 내 집 기다란 담장을 올려다보게 되었어요. 어마, 내 눈이 반짝 빛났어요. 세상에나 담을 타고 넘어온 호박잎들 사이로 푸른 호박 하나가 길가를 향해 덩그렇게 얼굴을 내밀고 있지 뭐여요. 어찌나 신선하던지요.

다시 집으로 들어와서 내버려둔 호박잎들 사이를 여기저기 살펴보았죠. 내가 포기했는데 뒤늦게 여기저기에 애호박들이 매달려 있지 뭐여요. 주먹만 한 것도 있고 얼굴만 한 것도 있고 이제 갓 생긴 것도 있었어요.

오늘은 일요일입니다.

방금 어제 봐둔 호박을 따와서 채를 썰어 호박전을 부쳐 먹었습니다. 숨겨놓은 보석을 찾아낸 것 같이 호박 따오는 일이 신이 났고 소금 간만 맞춘 호박전도 아삭아삭 맛있었어요. 근데 왜 제 계절에 열리지 않고 찬바람 부는 이 가을에 저리 열리는지 의문이 풀리질 않는군요.

지난번 편지를 읽다가 깜짝 놀랐어요. 8월이어서였을까요. 츠시마 님은 도쿄에서 나는 서울에서 똑같이 원폭에 대한 이야기를 썼더군요. 나는 그 무렵 다큐멘터리로 히로시마와 나가사키에 떨어진 원자폭탄에 흐물흐물해진 사람들을 보고 난 충격이 가시지 않은 상태여서 나온 이야기였지만 츠시마 님이 쓴 원폭에 대한 이야기는 구체적이고 실감나고 공포스러운 것이었습니다. 얼마나 두려웠으면 원폭을 맞았다고까지 생각했을까, 싶어 츠시마 님의 어린 시절이 안타까울 지경이더군요.

요즘 젊은 친구들은 전쟁에 대해서 실감이 없는 듯합니다. 다큐멘터리, 영화, 뉴스, 그리고 어른들이 들려주는 이야기 속에 등장하는 것일 테니 어쩌면 당연한 현상인지도 모르겠습니다. 사실 대통령이 뭐 하는지 모르고서도 국민들이 평화롭게 살 수 있다면 그게 바로 좋은 나라겠지요. 그와 같이 전쟁을 실감하지 못하면 행복한 세대이겠지요. 문제는 전쟁이 끊임없이 계속되고 있는 중이니 걱정스러운 것이죠. 9·11이나 미국의 아프가니스탄 침공 같은 일을 요즘 젊은 친구들은 테러나 전쟁으로서의 인식보다 컴퓨터게임같이 받아들이는 경우도 있어 무척 당혹했던 적도 있습니다. 믿기지 않은 일이라서 그럴까요?

츠시마 님이 다녔던 가톨릭여학교가 야스쿠니신사 근처에 있었던 모양이군요. 야스쿠니신사 정문 앞길을 6년 동안이나 통학길로 오갔다면 그쪽 길은 환하시겠어요. 그사이 많이 변하기도 했겠지만요.

작년에 슈에이사 초청으로 도쿄에 갔을 때 내가 묵었던 호텔도 그 부근에 있었어요. 이틀쯤 지나서인가, 슈에이사의 이와모토 씨가 내가 묵고 있는 호텔이 김대중 전 대통령 납치사건이 있던 그 호텔이라고 일러주었어요. 이상한 일이지요. 아무런 느낌이 없이 세상의 수많은 호텔 중에 한 호텔로 여기고 있던 장소가 그 한마디로 인해 역사적 공간으로 변하더군요. 거기에 묵는 내내 엘리베이터를 탔을 때 각층의 숫자를 보며 몇 층의 어느 방이었을까를 골똘히 생각했던 기억이 납니다. 돌아와서도 일부러 그때의 일을 다시 찾아보기도 했어요.

야스쿠니신사 가까운 호텔에 묵다보니 신사 앞을 지나는 일이 잦았습니다. 저기가 말로만 듣던 그 야스쿠니신사로구나 생각하며 고개를 빼고 들여다보기만 했지요. 들어가볼 엄이 나지 않았어요. 이것저것 따지지 않아도 마음이 착잡하고 무거웠지요. 츠시마 님이 표현한 것처럼 가까이 가기 싫었던 이유로는 음울하고 고압적이며 비린내가 풍기는 전쟁의 냄새 때문이었겠지요.

신사의 긴 담장을 따라 걷다가 길을 건너가면 기타노마루공원이 있었어요. 나무들이며 꽃들이며 정성껏 손질된 기타노마루공원으로 매일 아침 산책을 나갔더랬지요. 신사 앞을 지날 때면 묵지근했던 마음이 기타노마루공원으로 들어설 때에는 발걸음도 가벼워지고 콧소리가 나오곤 했습니다. 우뚝우뚝 푸른 나무들이 잘 가꾸어진 아름다운 공원으로 기억됩니다. 야스쿠니신사에는 발도 들여놓지 못했지만 그 공원에서는 나무의자에 길게 누워도 보고 사진도 찍었어요. 공원에 오래 머물려고 호텔로 돌아가는 길 중 가장 멀리 빙 돌아오는 길을 찾아 내려오곤 했지요. 나중에

호세이대학의 21층인지 22층에서 있었던, 츠시마 님도 패널로 참석한 '한국영화와 문학을 위한 세미나'가 있던 날에 창밖을 내려다보니 내가 들어가기를 꺼린 야스쿠니신사 전체가 한눈에 내려다보이더군요. 햇볕이 쨍쨍 내리는데 스모선수들이 시합을 하고 있었어요. 기합 소리와 박수 소리가 호세이대학의 그 높은 층까지 들렸습니다.

츠시마 님.

지난 역사가 한국과 일본을 지리적으로 가장 가깝지만 심리적으로는 아주 먼 나라로 둔갑시켜놓기도 합니다. 츠시마 님과 내가 지금 이렇게 친밀감을 느끼며 편지를 주고받고 있는 것이 어느 땐 신기한 생각도 들어요. 물론 참 다행이야, 안도감도 동시에 느낍니다. 역사와 정치로는 해결되지 않는 일이 있지요. 우리가 이렇게 인간적인 접근을 할 수 있었던 건 우리 사이에 정치가 아닌 문학이 있었기 때문이라고 생각해요. 나는 내가 읽을 수 있었던 츠시마 님의 작품 속 화자들을 이해하고 받아들이는 것이 조금도 낯설지 않습니다. 어느 땐 한국소설 속의 화자들보다 더 친숙하게 느껴지는걸요. 역사나 정치로써는 이룰 수 없는 소통이라고 생각합니다. 그래서 나에겐 더할 나위 없이 츠시마 님과의 만남이 값지게 느껴집니다.

이제 한국은 며칠 있으면 한가위입니다. 추석이라고도 하지요. 한해 농사가 거의 마무리되는 추석엔 조상들을 기리는 차례를 지내고 성묘를 합니다. 일본에도 비슷한 명절이 있겠죠?

어렸을 때 추석엔 진짜 온 집안이 분주했습니다. 더구나 우리 집은 종가집이어서 더 그랬어요. 타 지방에 사는 친척들도 성묘하러 왔다가 우리 집에 와 머물다 가곤 했거든요. 거의 보름 전부터 어머니는 추석 준비를 했던 거 같아요.

집 안의 문을 모조리 뜯어내 물에 담근 뒤 솔질해서 헹궈 말리고 하얀 문종이를 새로 바르는 것도 추석 무렵에 이루어졌습니다. 겨울이 오기 전에 창호지를 새로 발라놓아야 바람이 새 들어오지 않아 조금이라도 따뜻하게 겨울을 지낼 수 있었습니다. 어차피 해야 되는 일이니 명절을 새 기분으로 맞이하기도 할 겸 추석 무렵에 했던 거 같아요. 새 종이를 바르기 위해 낡은 문종이를 제거하는 것은 큰 공정이었죠. 문고리가 닿는 자리는 손이 자주 타서 다른 곳보다 쉽게 찢어지니까 문종이를 이중으로 발랐습니다. 어머니는 그 바쁜 틈에도 나보고 나뭇잎을 주워오라 하셨어요. 내 깐에 예쁘다고 생각되는 붉은 단풍잎을 주워서 갖다 드리면 그걸 바르게 펴서 문종이와 문종이 사이에 넣고 풀칠을 하셨지요. 그럼 겨우내 문고리 옆 창호에 비치는 단풍잎을 볼 수가 있었죠. 그때 이야기를 하다보니 그 나뭇잎 한 장이 인생을 통틀어 식구들을 위해 바삐 살아야 했던 나의 어머니가 누렸던 최상의 낭만이 아니었나 생각되네요.

하여간 집 안의 모든 문을 떼내 새 문종이를 발라서 양지의 담장에 쭉 기대놓았던 풍경. 그 하얀 문종이 위로 쏟아지던 가을 햇살…… 어린 시절 추석 무렵에 가장 흔하게 볼 수 있었던 모습이었습니다. 이불호청도 죄다 뜯어 빨고 풀을 먹여 다듬이질을 해서 다시 꿰매는 일도 동시에 이루어졌습니다. 아, 나의 어머니는 어찌 그리 많은 일을 해치우실 수 있었을까요. 어머니가 내게는 넘을 수 없는 산, 흔들어도 끄떡 없는 거목처럼 느껴지는 이유가 나는 엄두도 못 낼 그 노동들을 척척 해내셨기 때문입니다. 두부며 묵 쑤기며 한과 같은 차례음식들도 다 아궁이에 불을 지펴야 하는 재래식 부엌에서 이루어졌으니 어머니는 도대체 언제 주무셨으며 언제 일어났는지…… 도무지 헤아릴 길이 없군요.

아이들에겐 추석날이란 새 옷을 얻어 입는 날이기도 했어요. 한국에서는 그걸 추석빔이라고 합니다. 어머니께서 추석을 앞두고 새 옷을 사서 장롱에 넣어두시면 매일매일 그 옷을 꺼내 거울 앞에 대보며 빨리 추석이 오기를 손꼽아 기다렸던 것도 생각납니다. 명절 바로 전날엔 어느 집이나 밤새 처마에 등불을 내걸었지요. 집집마다 내건 등불로 인해 마을이 환했습니다. 그 밤에도 어머니는 목욕물을 데워 차례로 우리 형제들을 씻기셨지요. 내 차례가 되어 목욕통 속으로 들어갈 때쯤이면 지치실 법도 한데 천만에 어머니의 손힘은 팽팽했지요. 자꾸 몸을 움츠려 등짝을 한 대 얻어맞기도 했는데 등에 어머니의 손자국이 빨갛게 나곤 했으니까요. 아침에 깨보면 머리맡에 새 옷과 양말이 좋은 냄새를 풍기며 놓여 있었어요. 그런 거 챙기느라 어머니는 뜬눈으로 새벽을 맞이했겠죠.

돌이켜보면 따뜻한 추억이라고 기억되는 일 속엔 죄다 어머니가 치러낸 어마어마한 가사노동량이 함께하고 있습니다. 도무지 지금 나로서는 불가사의하게만 느껴지는 양입니다. 헤어져 살던 가족들이 큰집에 모여 차례를 지내고 함께 음식을 나눠먹고 성묘를 하고 밤에 보름달을 보는 것이 한국의 추석 풍경입니다. 더도 말고 덜도 말고 한가위만 하여라, 라는 말이 있을 정도로 추석은 풍성한 명절을 상징하지요. 나의 어머니 시절만큼은 아니지만 지금도 한국사회의 여자들에게 명절이란 손에 물 마를 날 없는 괴로운 날인 것은 틀림없습니다. '명절증후군'이라는 주부들만이 앓는 병명도 있습니다. 명절을 앞두고 혹은 지내고 난 뒤에 스트레스로 인한 우울증이 불러일으키는 병이지요.

나는 매년 추석을 일주일쯤 앞두고 전라남도 승주로 성묘를 갔었습니다. 그곳에 시부모의 산소가 있었거든요. 너무 먼 곳이라 추석 당일에 다녀올 수 없으니 미리 날을 잡아 다녀오곤 했어요. 산소 가는 길은 한국의 아름다운 남도길을 정통으로 달려볼 수 있는 기회여서 여행을 떠나는 느낌을 주었습니다. 전주에 사는 가족들과 중간에 만나서 시부모의 산소를 찾아가곤 했죠. 아늑한 섬진강을 따라가다가 지리산자락으로 접어들어 굽이굽이 따라가야 시부모가 잠들어 있는 산소가 있는 마을이 나왔습니다. 여름이 지난 가을 날씨는 짓궂어서 간혹 소나기를 뿌렸는데 비가 그친 후엔 쌍무지개가 뜨기도 했죠. 게다가 한국에서 전라남도는 음식의 가짓수가 많고 맛 또한 기막힌 곳이지요. 오천 원짜리 백반도 상자리가 모자랄 정도로 음식이 가득 올라오거든요. 산소를 찾아가는 길에 먹는 점심이나 돌아오는 길에 먹는 저녁은 항상 기대 이상이었습니다.

내가 워낙 길눈이 어둡습니다. 1년에 한 번이지만 7년 동안 다녔는데도 아직도 혼자서는 못 찾아가는 산소를 이번에 익산의 묘원으로 합장해서 옮겼습니다. 큰집에서 하는 일이니 저희는 그저 따르는 것이지요. 한 번도 뵌 적이 없는 시부모의 유골이 작은 항아리에 담겨 황토에 묻히는 걸 물끄러미 지켜보았습니다.

생전의 모습을 뵙질 못해 그분들에 대해서는 식구들의 대화 속에서나 듣습니다. 그분들은 선량하고 깔끔하고 대쪽같으신 데가 있으며 집안식구들을 잘 챙기는 어른들이었던 것 같습니다. 이미 세상에 안 계신 분들에 대해 특별히 나쁜 뜻으로 얘기할 건 없어서이기도 하겠으나 시부모를 기억하는 이들이 한결같이 그리워하는 걸 보면 나쁘지 않은 삶을 살다 가신 분들이라 여겨집니다.

일꾼들의 형식적인 달구질이 아쉽기도 했고, 살아계셨을 때 만났다면 나는 그분들에 대해 어떤 인상을 갖게 되었을까? 문득 스치는 바람결 같은 상념에 잠겼던 그런 하루가 지난 한 달 사이에 있었네요. 사람의 인연에 대해서도 새삼 짚어보게 되더군요. 그분들과 나는 무슨 인연일까요. 한 번의 일면식도 없이 산 자와 죽은 자의 입장으로 그 순간을 마주하고 있었습니다.

거리가 훨씬 가까워졌을 뿐 아니라 묘원이 있는 곳은 찾기도 쉬워요. 선산은 매년 한 번씩 일곱 번을 갔어도 못 찾아가나 묘원은 그날 한 번 가봤어도 지금이라도 찾아갈 수 있을 것 같아요. 햇볕도 잘 들고 맞은편이 소나무숲이라 풍경도 좋았어요. 모두들 아늑하고 평화로운 곳이라고 흡족해했습니다만 내 마음 한편엔 무얼 잃어버린 것 같이 서운하더군요. 성묘 간다는 구실로 이런 가을날 남도길에 오를 수가 있었는데 이제 그런 일은 없겠지요.

츠시마 님.

다음에 한국에 오면 전라남도에 함께 가볼까요? 분명히 한국의 남도땅을 츠시마 님도 좋아하실 겁니다. 지리산자락엔 화엄사, 쌍계사, 선암사 같은 오래된 절이 산속에 파묻혀 있으니 하나하나 찾아가보는 기쁨도 누릴 수 있어요.

지난 편지에 장편소설을 쓰시기 시작했다고 했는데 진전이 있었는지요? 2차대전 전에 사상의 자유 연애의 자유를 꿈꾸던 일본 여성이 우연히 대만에 건너가게 된 후의 경험을 쓴다고 했는데 지난번 대만 체류가 바탕이 되는가보군요. 뜻한 대로 좋은 작품이 탄생하기를 바랍니다. 뭣보다도 건강을 잘 챙기십시오. 소설 쓰는 일은 체력과도 직결되잖아요.

최근에 읽었다는 에드먼드 화이트의 『쥬네전』에 대한 평도 즐겁게 읽었습니다. 미화에 대한 츠시마 님의 날카로운 견해는 옳습니다. 자신이든 타인이든 발생한 일을 그대로 보지 않고 미화시키는 것은 심약한 마음 때문이겠지요. 그렇게 해놓고 부담을 덜고 싶어서요. 끝까지 정면대결하지 못하고 일종의 타협을 보는 것. 전쟁이나 폭력에 그런 식의 미화가 개입되면 야만스러운 일은 계속될 겁니다. 츠시마 님이 인용한 자코메티가 쥬네에게 했다는 말 "당신은 아름답다, 정말이지 아름답다. 모든 사람과 똑같이, 그 이상도 그 이하도 아니다."라는 표현이 뒤통수를 치기도 했습니다.

『쥬네전』이 한국어로도 번역이 되면 꼭 읽어보겠습니다.

다음 편지를 기다리며……

9월 19일 서울에서
신경숙

4부. 가을에서 겨울로

단 한 번뿐인 이 순간 이곳에서

신경숙 님.

어떻게 지내시는지요. 도쿄보다 한발 앞서 서울은 단풍이 아름다운 가을이 찾아왔겠지요. 도쿄도 연일 온화하고 맑은 가을하늘입니다. 올해는 태풍이 많은 데다 기온마저 불안정한 날이 많았는데 이렇게 평온한 날씨가 이어지니 그동안의 몸과 마음의 긴장이 풀리는 것 같아요.

신경숙 씨의 지난달 편지를 읽으며 '추석'과 같은 명절이 있는 건 좋은 일이란 생각을 했습니다. 오늘의 일본에는 그러한 명절이 거의 자취를 감추어, 계절감은 물론 가족 간의 유대감도 많이 사라진 것 같기 때문입니다. 하지만 신경숙 씨 말씀대로 명절을 지켜내는 여성들의 고생은 이만저만이 아니겠군요. 그 생각을 하면 전통적인 명절을 지내기가 현실적으로는 점점 어려워질지도 모른다는 생각도 드는군요. 편지로 전해지는 한국의 '추석'은 일본의 설날과 꼭 닮았어요. 새 옷에 새로 종이를 바른 문, 갖가지 음식들. 어렸을 때 저의 어머니도 그믐날은 밤늦게까지 분주하셨어요. 저의 집은 본가도 아니고 어머니와 아이들만이 보내는 자그마한 설날이었는데도 말이죠.

일본의 '추석'은 '달맞이'라고 해서 억새나 싸리를 꺾어와 과일과 경단 등을 차려놓고 마당에서 달맞이를 하는 것뿐이니 그다지 재미있지는 않군요. 저의 집에서도 언젠가부터 '달맞이'를 하지 않게 되었고요. 이렇게 달만 올려다보는 날이 된 건 언제부터일까 생각하다보니, 성묘는 '양력' 8월 15일인 '오봉'에, 월동 준비는 '양력' 설날 전에 하는 식으로 나뉘어버린 게 아닌가도 싶습니다.

서양식 '양력'이 일본의 개국과 함께 들어와 한동안은 '양력'과 '음력'이 일본사회에서도 혼재했지만, 합리적인 면이 우선되었는지 점점 '음력'이 눈에 띄는 일이 적어졌고, 그와 함께 절기를 지키는 일도 사라져버린 것 같아요. 하지만 그런 혼란이 완전히 사라진 것은 아니어서 지금도 중국에서 전해진 24절기를 '음력'으로 이야기하기도 하지요. '양력'에 대한 인식밖에 없어 이야기를 듣는 순간 당황하기도 하지만, 머릿속으로 다시 계산한 후, 아, 그렇지 하고 납득을 하곤 합니다. 설날 연하장에 '영춘迎春'이라 쓰는 습관이 아직 남아 있지만, '양력'으로 따지면 이제부터 본격적인 겨울인데, 하는 마음이 들고 말아요. 또 고전 등을 읽을 때도 이런 혼란은 늘 따라다니지요. 게다가 일본은 천황이 바뀔 때마다 연호가 바뀌니 정말이지 복잡해요. 숫자에 약한 저는 늘 지금이 몇 년이더라, 하고 다시 생각해야 한답니다.

'추석'을 계기로 겨울채비를 한다는 이야기에 4년 전 11월 초에 방문했던 늦가을 원주의 아름다운 농촌풍경이 떠올랐습니다. 그곳에서 일한문학심포지엄이 있었지요. 투명한 가을빛이 감도는 시골길을 산책하며 양반이 살았다던 오래된 저택과 단풍이 아름다운 조용한 사찰, 그리고 농가를 개조한 레스토랑에도 갔었지요.

일한작가들이 원주에 있는 토지문화관(김지하 씨 장모님인 작가 박경리 씨의 대하소설 『토지』에서 유래한 이름이라 들었습니다.)에서 묵으며 심포지엄을 가졌지요. 공교롭게도 심한 한파가 밀려와 야외에 마련해둔 리셉션 음식들이 전부 '냉동식품'이 되어 모두를 깜짝 놀라게 했어요. 모두들 커다란 화톳불과 따뜻한 냄비요리 쪽으로 모여들었고요. 하지만 밖이 아무리 추워도 온돌방은 후끈후끈 따뜻해 처음 온돌의 고마움도 체험할 수 있었습니다. 심포지엄이 끝난 뒤 근처 농촌을 돌고 강릉 해안까지 갔었는데, 마침 김장철이라 배추가 여기저기에 산처럼 쌓여 있었습니다. 그런 풍경은 난생처음이 아니었나 싶어요. 정말 믿기 힘든 양이어서 도대체 이맘때 한국에서는 얼마나 많은 배추가 쓰일까 상상하다가 현기증이 났던 것을 기억합니다.

실은 얼마 전, 이 김장용 배추더미와 영화 속에서 다시 만났어요. 일본에서 태어나고 자란 조선 국적(지금은 한국 국적으로 바꾸었다고 합니다.)의 여성이 오랜 기간 가정용 비디오로 자기 아버지를 찍은 다큐멘터리 「디어 평양」이란 영화입니다.

그녀의 아버지는 열다섯 살 때 제주도에서 일본으로 건너왔는데, 해방 후에는 북한을 자신의 조국으로 선택해 일본에 사는 조선 국적 사람들의 조직 간부로 활약합니다. 1960년경부터 일본에서는 북한으로 가는 '귀국' 운동이 활발해져, 71년 아버지는 세 아들을 '귀국' 시키기에 이르지요. 셋째 아들은 아직 중학생이었어요. 이 '귀국' 운동으로 일본에서 북한으로 '돌아간' 사람들은 10만 명에 이른다고 합니다. 그 후 세 아들은 각각 평양에서 결혼하여 그들 또한 아버지가 됐어요. 2001년 아버지의 고희를 맞아 아버지와 어머니, 그리고 일본에 남은 막내딸(이 비디오를 찍어 온 여성)이 배를 타고 평양으로 가 큰 잔치를 엽니다. 아들이 사는 아파트단지를 방문하는데, 아파트 건물 양쪽 양지에는 배추들이 빽빽이 널려 있었어요.

큰아들 집에서는 중학생인 손자가 일본에서 온 할아버지에게 훌륭한 피아노 솜씨를 선보입니다. 도중에 갑자기 정전이 되지만 촛불을 켜놓고 연주는 계속되지요. 일본으로 돌아온 아버지는 북한의 실상에 대해 아무 말도 하지 않습니다. 하지만 그동안 집안에서 금기시되었던 국적 이야기에 아버지는, 막내딸의 일을 위해서라면 한국 국적으로 바꾸어도 어쩔 수 없지, 또 한국인과 결혼한다 해도 상관없다는 말을 하기에 이릅니다. 일본인은 안 되지만요. 세 아들을 북한에 보낸 것을 후회하지 않는 것은 아니다, 아버지는 작은 소리로 중얼거립니다.

김장용 배추와 생각지 못한 곳에서 다시 만나, 4년 전 심포지엄 후에 참가자들과 찾은 강릉을 떠올렸습니다.

한반도 동쪽에 펼쳐진 바다를 바라보며 일본측 참가자인 우리들은 단순히 반가운 마음에 사진을 찍으려 했지요. 그때 해변 감시탑에 서 있던 군인이 안 된다고 주의를 주었어요. 북한과 인접한 곳이란 걸 잊고 있었단 사실에 그때서야 깨달았습니다. 주의를 받을 때까지는 감시탑도, 주위를 둘러치고 있는 철책선도 눈에 들어오질 않았으니 물정을 몰라도 너무 몰랐지요. 10년 전에는 북한 잠수함이 그곳에 좌초되어 상륙한 병사들과 총격전이 일기도 했다더군요. 그 잠수함이 지금도 그대로 해변에 있다구요. 삼엄한 국경지대이면서 동시에 횟집들이 늘어선 바닷가 리조트지이기도 한 강릉이 제게는 무척이나 묘한 장소였습니다.

해변 찻집에 들어가 함께한 작가 윤대녕 씨에게 한국 사람들이 북한을 어떻게 생각하는지 여쭤보았습니다. 많은 문제들을 안고 있지만, 동포이기에 적대시하고 싶지는 않다, 특별하고 조심스러운 동료라 생각한다고 하셨던 것 같은데, 기억이 분명한지는 모르겠습니다.

북한이 핵실험을 강행한 것에 지금 세계의 비난이 쏟아지고 있습니다. 바로 이웃에 사는 일본인으로서는 이런 어수선한 일을 벌이는 것이 곤혹스럽지만, 핵무기 보유가 어째서 미국이나 러시아, 중국, 프랑스 등에는 용서가 되는지, 그 나라 정치가들이 어째서 북한의 핵실험에 대해서는 저다지도 비난할 수 있는지, 기묘할 뿐입니다. 국제사회가 이렇게 비난을 하니 어떤 비난을 가해도 상관없다 생각하는지, 일본의 주간지 등은 북한에 대해 놀랄 정도의 격렬한 말들로 사람들의 '증오'를 부추기고 있습니다.

그런 일본이지만, 각지의 작은 영화관에서 「디어 평양」이란 영화가 상영되어 관객을 모으고 있다는 사실이 그나마 조금 위안이 됩니다. 이 영화를 보면 북한문제는 한반도를 식민지화했던 일본인 우리 자신들의 문제이기도 합니다. 해방 후에는 이상을 추구하던 많은 동포들로부터 새로운 국가건설이란 뜨거운 지지를 받았고, 그런 희망이 실망으로 바뀐 지금에도 일본에 사는 많은 동포들이 그들의 생활을 필사적으로 지탱하고 있다는 현실을 알게 됩니다.

김장용 배추가 널려 있는 남북한의 공통된 가을풍경. 평양에 사는 중학생이 연주하는 쇼팽과 라흐마니노프의 피아노 선율. 아이들의 동상을 막기 위해 겨울마다 일본에서 보내지는 대량의 '손난로'와 감기약.

북한은 어떻게 되는 걸까요. 일본에 있는 저로서도 정말 걱정입니다.

최근 일본계 브라질 2세 여성과 기회가 닿을 때마다 수다를 즐기고 있습니다. 그녀는 브라질에서 태어났지만, 그곳에서 일본인 남성과 만나 결혼을 해 지금은 도쿄에서 살고 있습니다. 그녀의 부모님은 일본의 국가정책 때문에 이민을 간 것은 아니었지만, 그래도 일본계 이민자들에 대해서도 잘 알고 있어요. 요전 날에는 일본계 노인 중에 지금도 구일본제국의 패전을 믿지 않는 사람이 있다고 하던데 도대체 어떤 사람들인지 물어보았습니다. 그 사람들을 이민사회에서는 '이긴 편'이라 부른다며, 그녀가 말했습니다.

그래요, 정말 딱한 사람들이지요. 절대 머리가 이상한 건 아니어서 이성적으로는 일본이 패망한 것을 알고 있어요. 하지만 자기들을 이민자로 브라질에 보낸 일본제국이 사라져버렸다는 사실을 받아들이면, 자신들의 인생 또한 무너져버리는 것이 아닌가, 하는 두려움을 안고 있지요. 일본제국은 그들 삶의 버팀목이며 자랑거리였으니까요. 하지만 그 때문에 사람들로부터 고립되어 더더욱 편벽해가지요. 어떻게도 할 수가 없어요.

그런 이유가 있었나, 저는 비로소 이해할 수 있을 것 같았습니다. 지금까지는 그런 편벽한 노인이 브라질에 있다니 하고 어이없어할 뿐이었어요. 국가정책으로 브라질로 건너간 이민자들은 일본이 미국과 전쟁을 치를 때는 수용소에 보내지거나 갖가지 박해를 당했다고 합니다. 그때도 그들은 '일본인'으로서의 자부심을 가지고 조국이 전쟁에 이길 때까지만, 하는 마음으로 견디었겠지요. 자신들의 고통으로 조국이 지탱된다는 자부심도 있었을

지 모릅니다.

　지금부터 약 백 년 전, 일본이 러시아와 무리한 전쟁을 함으로써 일본사회는 심각한 불황에 빠지게 되었고, 실업자대책의 한 방편으로 많은 사람들을 브라질로 보냈어요. 노예제도가 폐지된 브라질에서는 커피농장에서 값싼 임금으로 일할 노동자가 필요했구요. 그런 이유로 전쟁 전까지 약 20만 명이 브라질로 이주했다고 합니다. 브라질 쪽에서는 그들의 영주를 원했지만 이민자들은 어디까지나 잠시 '벌이'를 위해 왔다는 생각이어서 돈이 모이면 반드시 일본으로 돌아가고자 했지요. 때문에 일본인 학교를 만들어 아이들에게 일본어 교육을 시키기도 했어요. 하지만 일본이 구 '만주'로 출병했을 무렵부터는 브라질정부가 일본어 교육을 제한하기 시작했다고 합니다. 이러한 여러 사정들이 더해지면서 브라질 이민자들의 '일본인 의식'은 견고해졌겠지요.

　인간은 자신이 경험한 고난이야말로 무엇보다 인정받고 싶어하는 존재인지 모르겠습니다. 자존심과 꿈만 지킬 수 있다면, 어떤 고난에도 견딜 수 있는 것 또한 인간의 특성인지도 모르겠어요. 그만큼 그 꿈이 '국가'에 의해 농락당하게 되면, 고립된 쓰라린 입장에 몰리게 되겠지요. '조국'인 북한에 세 아들을 '귀국'시키고 일본에서 살고 있는 아버지의 마음과 브라질 이민자들의 '이긴 편 노인들', 그들의 공통된 마음이 아닐까 생각합니다.

　제게는 전후 얼마 되지 않아 미국으로 건너간 어머니의 남동생인 삼촌이 계십니다. 대학교수였으니 이민자들과 같은 고생이

나 박해를 받았다고는 생각되지 않지만, 언젠가는 일본으로 돌아갈 것을 믿고 있었던 것 같아요. 하지만 아이들은 이미 완전한 미국인이 되어 있었지요. 아이들 중 한 명이라도 '진짜' 일본인과 결혼해주지 않을까, 일본에서 살겠다고 하지 않을까, 늘 그런 바람을 가지고 있었습니다. 아이들과는 일본어로 대화를 나눌 수 없게 된 데에 절망하던 시기도 있던 것 같아요.

이미 고령이 되신 지금은 미국에서의 자신의 삶을 있는 그대로 받아들이게 되신 것 같습니다만, 삼촌의 과도한 '일본인 의식'이 우리에게는 그저 이상하기만 했어요. 일본식 예절을 고집하셔서 서로 얼싸안는 등의 미국식 인사는 일체 받아들이지 않았지요.

그 삼촌 자녀 중 한 명인 사촌 여동생이 도쿄에서 열린 국제 피아노 콩쿠르에 참가한 적이 있었습니다. 남동생 생각이 간절한 어머니 손에 끌려가다시피 저도 콩쿠르장으로 갔지요. 프로그램에서 동생을 찾아보니 미국인으로 되어 있었어요. 미국인 자격으로 참가했으니 당연한 일이지만, 순간 저는 동요하고 말았습니다. 아, 내 사촌 동생이지만 미국인이구나, 하고 말이지요.

언젠가 그녀와 함께 파리에서 보스턴으로 간 적이 있는데, 공항심사 때 우리는 미국인과 외국인으로 헤어져 통과해야 했습니다. 미국인 쪽은 줄이 짧고 진척도 빨랐지만, 외국인 쪽은 꽤나 시간이 걸렸던 것 같아요. 그러자 동생이 제 쪽으로 와서는 담당 직원에게 사정을 하는 거였습니다. 이 사람은 내 사촌이다, 그러니 나처럼 미국 시민으로 취급해 달라구요. 그런 말이 통할 리 없어 저는 당황스러웠지만, 그녀는 완고하게 우겨댔습니다. 우리가 사촌 자매란 고리로 연결되어 있으니 여권이 다른 것 정도는 극복할 수 있을 거라 진심으로 믿었던 것 같아요. 그렇지만 그럴 수는 없지요.

미안해, 정말 무슨 나라가 이런지, 저쪽에서 기다리고 있을게, 동생은 실망스런 얼굴로 자신의 국적대로 미국인들이 늘어선 줄로 돌아갔습니다.

이런 당황스런 장면들이 늘 우리 사이를 맴돌고 있었어요.

프랑스인과 결혼한 동생도 이제는 두 아이의 어머니가 되었습니다. 둘째 여자아이가 태어나자 일본식으로 이름을 짓겠다고 저의 어머니 이름을 붙였지요. 그 아이가 이제 네 살이 되었군요. 자신의 이름의 토대가 된 고모할머니에 대해서는 아무것도 모른 채 일본에서 더더욱 멀어진 존재가 된 조카지만, 그 고모할머니를 마치 신화나 전설 속의 수호신처럼 여기며 자신의 인생을 걸게 될지도 모르지요. 멀리 바다를 건너간 어머니의 이름, 그 사실을 떠올릴 때마다 가슴이 벅찹니다.

요즘은 길을 걷거나 전철을 탈 때, 주변사람들이 어떤 상황에서 살고 있는지, 겉모습을 잠깐 보고서는 알 수 없다는 생각을 하게 되었습니다. 제 지인 같은 브라질 2세나 3세도 있을 테고, 사촌 동생 같은 미국인 2세도 있겠지요. 조선 국적인 사람과 한국

국적의 사람, 대만 혹은 중국 사람, 물론 다른 국적의 사람들도 있을 겁니다. 국적은 어디까지나 국적이고, 그 사람들이 안고 있는 사정은 모두가 다르겠지요.

거리에 나오면 무심코 지나가는 사람들의 대화에 귀를 기울이게 됩니다. 여러 입장에서 살아가는 사람들이 바로 이 순간 이 장소를 나와 공유하고 있다는 작은 사실에 용기를 얻게 되고 애틋하게 느껴지기도 하지요. 그럴 때면 인간은 그렇게 나쁜 존재가 아닐지도 모른다는 생각도 듭니다.

이제부터 우리는 겨울을 맞게 됩니다. 그렇지만 겨울이 오면 봄이 멀지 않다고들 하지요. 이런 이야기를 하다보니, 맛있는 음식으로 유명한 전라남도, 그리고 신경숙 씨 고향인 전라북도에 가고 싶어졌습니다. 신경숙 씨가 좋아하신다는 산에도 오르고 싶군요. 체력적으로도, 다리에도 자신은 없지만요.

건강하고, 조용한 겨울을 맞이하시길 바랍니다.

10월 22일 도쿄에서
츠시마 유코

빗소리를 들으며

밤 열 시 무렵부터 비가 내리기 시작하고 있습니다. 사방이 조용한 가운데 후드득후드득 소리가 나서 밖을 내다보니 비가 쏟아지고 있더군요. 그동안 서울은 근 오십여 일 동안 가뭄이었답니다. 그러니 반가운 비…… 그야말로 비님입니다. 가을이 와서도 낮에는 여름처럼 덥다가 해가 지고 나면 기온이 떨어져서 추워지는 날씨가 계속 되었어요. 저 비는 때아닌 가을 가뭄에 쩍쩍 갈라진 대지와 나무들의 뿌리에 스며들겠네요.

삼사 일 아무것도 손에 잡히지 않아 무력한 나날을 보냈습니다. 이따금 찾아드는 우울증 비슷한 것입니다. 특별히 무슨 이유가 있는 것도 아닌데 무엇에도 집중할 수 없는 그런 날들이 찾아옵니다. 책도 읽을 수 없고 글도 쓸 수 없고 전화벨이 울리는 것도 귀찮고……. 나라는 존재가 무가치하게 여겨지는(이때가 정점입니다.) 때. 이런 기분에 빠지게 되면 아무것도 소용없다, 여겨집니다. 가능한 한 내 마음상태를 내보이지 않으려 아무 일도 하지 않고 발등에 떨어진 일을 두고도 자거나 TV를 보거나…….

오늘은 해가 저물 무렵에 시골에 계신 어머니와 독일에 살고 있는 친구에게 전화를 넣어봤습니다. 어머니는 왜 이리 오랜만이냐? 하시더군요. 내가 전화해볼까 하다가 너 바쁠 것 같아서 그만두었다고도 하시더군요. 몇 분 안 되는 전화통화로 그동안 추수를 했고, 마지막으로 콩 타작을 했다는 것, 어머니의 언니 그러니까 내게는 이모가 되시는 분이 계단에서 넘어져 병원에 입원을 했는데 암세포가 손댈 수 없이 퍼져 있는 것을 발견했다는 소식들을 들었습니다. 너무 늦어서 손을 쓸 수가 없단다, 하시기에 그동안 건강진단 안 받아보셨대요? 물으니 어머니는 힘 하나도 없이 받았다는구나, 그런데도 몰랐다니 어이없는 노릇이지, 하시다가 갑자기 옛말에 엄마 죽고 없으면 이모 보러 간다고 했는데 너는 어쩔래? 하십니다. 슬퍼하시는지 어쩌는지 짐작할 수 없는 담담한 목소리셔서 도리어 내가 어머니? 하고 불러보았습니다. 괜찮으세요? 물으니 어쩌겠느냐고 하시더군요. 하늘이 알아서 하시는 일을 내가 어쩌겠냐?고요.

이상하더군요. 2년 전에 외삼촌이 돌아가셨을 땐 슬퍼하느라 밥도 제대로 못 드셨던 분이었거든요. 지난번에 이모를 병문안 갔을 때 깨죽을 끓여 갔더니 맛있게 드시더라면서 내일도 깨죽이나 끓여 가봐야지, 하시며 수화기를 놓으시더군요.

독일의 친구는 내 전화를 받고 대뜸 무슨 일이 있니? 물었습니다. 이따금 소식을 메일로 주고받았는데 갑자기 전화를 하니 무슨 일인가? 싶었겠죠. 일은 무슨 일! 갑자기 네 목소리 듣고 싶어서……라는 내 대답에 친구는 응, 그랬습니다. 너, 바쁠까봐 난 메일도 안 보냈는데…… 합니다. 어머니나 친구나 내가 바쁠까봐 전화도 안 넣고 메일조차도 안 보냈다니 그동안 내가 얼마나 바쁜 척을 했기에 가까운 이들이 전화를 거는 일 메일을 보내는 일조차 바쁠 텐데 미리 짐작하며 생략하게 했을까요.

친구는 터키에 다녀왔다고 하더군요. 고고학을 공부하기 위해 독일로 건너간 지 10년이(10년까지는 꼬박꼬박 세었는데 그 뒤로 안 세었습니다.) 지난 친구는 시작하게 되면 앞으로 10년 동안 진행될 발굴 프로젝트를 위해 답사를 다녀왔다고 합니다. 10년? 놀라서 되물으니 친구는 10년 계획의 프로젝트는 흔한 일이야, 합니다. 십 년이라……. 10년 후를 잠깐 생각해보았으나 아무것도 생각나는 게 없습니다. 10년 전부터 하고 싶었으나 시작조차 못했던 일들만 서너 가지 스쳐갔습니다. 손이 작을 뿐 아니라 손가락이 가는 내 친구의 손은 발굴시 무언가를 집어내는 데 가장 요긴하게 쓰인다고 합니다.

터키 얘기를 하다보니 자연스레 〈노벨문학상〉을 받은 오르한 파묵 이야기도 나왔습니다. 스웨덴에서 파묵의 〈노벨문학상〉 수상을 발표하던 날에 프랑스에서는 아르메니아인 학살을 부정하면 벌금을 무는 법이 통과한 날이라고도 합니다. 묘한 우연이지요. 터키 내의 문학인에게 설문조사를 했는데 터키작가들 상당수가 파묵이 〈노벨문학상〉을 수상한 것에 대해 재능 없는 작가가 유럽에 잘 보여 수상을 한 경우라고 생각한다고 대답했다고 해요. 왜? 작품도 멋지잖아…… 했더니 친구는 입장 차이겠지, 라고 대답했습니다. 파묵의 작품은 한국에도 여러 작품 소개되어 있습니다. 나는 『내 이름은 빨강』과 『하얀 성』밖에 읽어보질 못했으나 두 작품 모두에게서 흘러넘치는 재능을 느꼈더랬습니다. 역사를 포스트모던하게 접근한 방식이 내게는 무척 이채롭고 신선하게 다가왔습니다. 통화 마지막에 친구는 너 진짜 별일 없니? 다시 물었습니다. 없다니까…… 하자 친구는 수화기 저편에서 내년 3월쯤에 서울에 갈 수 있을지도 몰라, 하였습니다. 나는 그저 응, 하고 수화기를 내려놓았습니다. 지난봄엔 10월쯤에 서울에 갈 거야, 했었는데 지금이 10월 하순이네요, 뭐. 아마 친구는 내년 3월쯤에 다시 9월에 서울에 갈 수 있을지도 몰라…… 할 겁니다.

빗소리가 점점 굵어지는군요. 바람도 몹시 부는지 처마에 매달아놓은 풍경이 요란하게 흔들립니다.

지난 한 달 사이에 한국사회의 가장 큰 이슈는 북한 쪽의 핵실험이었습니다. 일본에서 한국보다 더 떠들썩했으니 츠시마 님도 알고 있겠지요. 예고를 했을 때만 해도 설마 했습니다. 자칫 인류를 도탄에 빠뜨릴 핵실험에 찬성하는 이가 어디 있을는지요. 무엇 때문에 저리 고립을 자초하는 물리적 행동을 하는 것일까? 우려에 차서 계속 뉴스를 주시했습니다. 북한의 '전 인민 동원령'이라는 말에 6·25라는 민족끼리의 전쟁을 치른 세대들은 이러다 전쟁이라도 다시 나는 게 아닐까? 흥분하는 분위기도 얼마간 있었으나 대체로 조용히 지나갔습니다. 미국과 일본이 경제적으로 북한 제재에 들어갔다는 소식도 뉴스를 통해 들었지요. 미국과 북한이 대화하기를 바라는 입장이지만 지금으로서는 요원한 일 같군요.

북한의 핵실험은 문인들에게도 충격을 주었습니다. 엊그제는 한국 현대시의 원로이신 정현종 시인이 북한의 핵실험을 비판하는 시를 발표하기도 했죠. 츠시마 님도 정현종 시인을 알 겁니다. 한일작가심포지엄에도 참석해서 시낭송도 하시고 했으니까요. 그분의 시를 읽다보면 생의 기쁨을 발견하게 되죠. 넘치는 유머로 심각한 상황을 발랄하게 뛰어넘고, 비극을 품격 있게 받아들이는 관조의 세계를 펼쳐오신 분입니다. "워낙 충격적이고 심각했기 때문에 가만히 있을 수 없다."고 핵실험 비판 시를 쓴 이유를 밝히셨더군요. "한 나라에 위기가 찾아오면 글쟁이에겐 그 위기에 대해 말해야 할 책임이 있는 것이다. 우리에게 큰일이 벌어졌다는 발언이 여기저기서 터져 나온 지금 시를 쓰는 사람으로서 가만히 있을 수는 없었다."고 하셨더군요.

마당에 신문 떨어지는 소리가 들려 나가서 가지고 들어왔습니다. 비가 아주 거칠게 내리네요. 잠깐인데 머리며 어깨가 비에 젖었어요. 신문을 잠깐 펼쳐보니 일본의 쓰시마와 오키나와에서 북한의 선박을 검사하겠다는 발표가 나와 있군요. 분단국가에 살고 있다는 걸 실감하고 있는 요즘입니다.

츠시마 님.

지난번 편지에 『붉은 수수밭』을 쓴 중국의 모엔 씨 이야길 하셨지요. 작년에 한국에서 있었던 국제심포지엄에도 모엔 씨가 왔습니다. 한국어와 영어로 진행되는 마지막 날 송별파티에서 작별인사를 하러 단상에 나온 모엔 씨가 나는 중국어밖에 하질 못해 심포지엄 내내 무슨 이야기를 하는지 알아듣지 못한 때가 많았다고 해서 참석자들로 하여 폭소를 터뜨리게 했습니다. 모엔 씨는 어눌하게 말을 시작하는 듯했으나 중국사회와 자신의 문학에 대한 입장을 유창하게 피력했습니다.

『붉은 수수밭』을 영화로 처음 보게 되었을 때 생각이 납니다. 문학작품으로보다는 영화를 먼저 대했습니다. 나중에야 원작이 있다는 것을 알았습니다. 번역도 영화보다 늦게 되었어요. 뒤늦게 원작을 읽으며 그 힘을 다시 느꼈지요. 영화 「붉은 수수밭」은 그동안 중국영화에 대한 선입견을 단숨에 지우고 중국영화의 팬이 되게 했지요. 「붉은 수수밭」을 시작으로 중국영화를 무던히도 봤습니다. 최근에 개봉된 「야연」까지요. 모엔 씨에서 이야기가 엉뚱하게 흘러가는데 중국영화를 보고 있으면 그 스케일에 우선 압도되곤 해요. 그냥 한마디로 야— 탄복하게 되지요. 하지만 요즘 중국영화는 유럽을 의식하는 시선이 노골적으로 느껴져요. 그래서 요즘 중국영화를 보는 재미가 덜합니다. 「붉은 수수밭」은 원작이 그래서이기도 하겠지만 순수한 중국적 시선과 스케일과 아름다움과 박력이 있었지요. 모옌 씨의 작품을 읽어보면 가장 중국적인 것이 세계적이다, 라는 말이 실감납니다. 가장 한국적인 것, 가장 일본적인 것과도 통하는 말이겠지요. 문화혁명 당시의 자기 민족에 대한 신랄한 비판에 간담이 서늘해지는 순간도 여러 번 있었습니다. 직설이 아니라 눈에 보이지 않게 개연성에 의해 펼쳐지는 비판이라 더 실감났습니다. 정치라는 것이 인간의 영혼을 이토록 처절히 짓밟고 영혼을 더럽힐 수도 있구나…… 고통을 느끼게 하는 순간이 그의 글에는 있습니다.

츠시마 님이 읽었다는 모옌 씨의 『탄샹싱』이라는 작품 이야기를 들으면서 굉장히 놀랐습니다. 한국에도 번역이 되어 있는지 찾아보고, 있으면 읽어보겠습니다. 장기를 손상시키지 않고 몸에 말뚝을 박는 백단형이라는 사형제도 이야기를 듣고 처음엔 끔찍한 일이군, 했어요. 야금야금 고통을 주어 천천히 죽이는 것이겠지요. 아마도 그토록 "사형을 예술적으로 훌륭히 집행하는" 사람들은 따로 있었겠지요. 장기를 손상시키지 않고 몸에 말뚝을 박는다니 참. 할 수 없이 목숨 있는 것의 숨을 끊어야 할 경우엔 단번에 끊어야 고통이 덜한 법이라 했는데 완전 그와 반대군요.

옛날 책을 읽다보면 사람을 끔찍하게 죽이는 광경과 대면할 때가 종종 있습니다. 물에 적신 창호지를 얼굴에 붙여 숨을 못 쉬게 해 질식시키는 것은 그나마 고통이 덜한 것이었죠. 나라에 반하는 역모나 패륜 같은 대역죄를 지으면 능지처참을 당하는데 잔혹해서 차마 여기에 옮길 수가 없어요.

사람을 죽이는 일의 갖은 방법은 동, 서양이 따로 없는 것 같아요. 루이 15세를 죽이려다 실패한 다미앵이라는 이도 처형 직전에 불에 달군 집게에 의해 팔다리와 가슴 배의 살이 떨어지는 참혹한 고문을 당했다고 하죠. 팔다리를 네 마리의 말에 묶어 말을 달리게 해 사지가 찢어지게 하는 참형에 처해지는 장면을 최근에 읽었는데 구토가 일더군요. 권력과 밀착된 처형일수록 가장 잔인했던 것 같아요. 공개처형 또한 권력을 유지하기 위한 한 방편이기도 했겠죠. 자, 봐라, 이렇게 된다, 그래도 할 테냐! 공포를 동원하기 위해서 말이죠.

현재의 한국사회도 일본과 마찬가지로 사형제도가 존재하고 있습니다. 공식적으로 사형을 집행한 것은 김영삼 대통령 시절이 마지막이었던 걸로 알고 있으나 지금도 교도소엔 사형수들이 많이 수감되어 있습니다. 츠시마 님의 "사형집행이 범죄를 억제하는 힘을 가지고 있다고 하면, 핵무기를 보유하는 것이 전쟁을 억제하는 힘이 된다는 논리와 차이가 없"다는 생각에 저도 동감합니다. 마땅히 어떤 이유로든 인간이 인간의 목숨을 마음대로 해서는 안 되는 일입니다. 그럴 권리가 대체 누구에게 있겠어요. 그러면서도 2년 전에 나약한 여성들을 스무 명도 넘게, 그리고 교회 앞의 정원이 딸린 집에 사는 가족들을 무참히 살해해서 땅에 파묻은 남자를 그러면 어떻게 해야 하나 깊은 고민에 빠지게 되는 것도 솔직히 사실입니다.

한국사회에서도 범죄가 나날이 늘어가고 있어요. 사건들과 직접 연관이 없다고 해도 같은 사회에 살고 있다는 것만으로도 상처가 되는 경우가 많아요. 아들이 아버지를 죽이기도 하고 아무런 저항할 능력이 없는 어린아이를 부모가 학대하기도 하지요. 비 오는 밤길에 술에 취해 걸어가는 여성들만 골라 죽이는 사람도 있고요. 츠시마 님의 말씀대로 생명을 경시 여기는 풍조는 일본사회뿐 아니라 한국사회에도 만연합니다. 이게 어디 일본과 한국만의 일일까 싶습니다.

얼마 전엔 한국에 살고 있는 프랑스 부부의 집 냉동고에서 영아 시체 두 구가 발견되기도 해 모든 사람들을 경악시켰죠. 유전자검사로 밝혀진 바에 의하면 아기를 낳자마자 죽여서 냉동고에 넣은 건 그 엄마라고 합니다. 이미 프랑스에서도 그런 일을 한 번 저지른 적이 있다 하니 도합 세 아이를 그렇게 한 것이죠. 한국과 프랑스가 떠들썩했어요. 정신적으로 문제가 있는 여성이겠죠. 그렇게 믿고 싶습니다. 그러지 않으면 인간에 대해 도저히 희망을 갖지 못할 것 같아요. 앞에서 언급했던 스물 몇 명의 인간을 살해한 사건이 연일 신문기사를 탔을 때 정말이지 뇌가 마비되는 것 같았어요.

정신적 충격에 빠진 나 자신을 위로하기 위해 소설을 쓴 적도 있습니다. 가족이 다 살해당하고 혼자 살아남은 남자가 폐인의 마음으로 전국을 떠돌아다니다가 절이 있는 바닷가 마을에 흘러들게 했습니다. 절 매표소의 매표원인 여자는 남자가 돈이 없다 하니 그냥 들어가게 하고 남자가 배고프다면 밥을 주고 잠자리가 없다 하니 집까지 데려오게 했습니다. 힘든 삶이지만 아픈 노모를 큰방에 두고 동생들과 도란도란 살고 있는 여자를 만나게 했습니다. 남자는 사건 이후 처음으로 그 집에서 편안한 잠을 자지요. 그 소설을 읽고 누군가 그러더군요. 그렇게 다 받아주는 여자가 어디 있어? 나도 반문했습니다. 스물 몇 명씩 사람을 죽이는 남자가 어디 있어? 그럴 수 있고 없고를 떠나 절망 쪽으로 푹 내려가 있는 추를 끌어올려 균형을 이루고 싶었던 마음이 앞섰던 때 나온 작품이었습니다.

지난번 편지에 누군가의 죽음을 한 번도 바란 적이 없는 사람이 있을까요?라고 쓰셨기에 나는? 하는 마음으로 골똘히 생각해보았습니다. 누군가의 죽음을 바란 적이 있던가? 나는 아직 누가 죽기를 바란 적은 없는 것 같아요. 너무 지독하게 고생하는 사람에 대한 영화나 책을 읽다가 차라리 이 사람은 죽는 게 편하겠네, 생각한 적은 있는 것 같은데……(웃음)

어린 시절에 어머니의 관심을 끌려고 '엄마는 내가 죽으면 슬퍼할까?' 하는 생각을 한 적은 있어요. 내가 죽었다고 가정하고 엄마가 슬퍼하는 모습을 상상하니 어찌나 슬프던지 엄마 엄마! 통곡하다가 엄마한테 진짜 혼이 났었죠. 내가 울음을 그치지 않으니까 어머니께서 에미가 죽었냐! 왜 우는 것이냐! 혼을 내셨죠. 참, 어이없고 웃음이 나올 일입니다만 어쩌면 자신의 죽음을 복수의 방법으로 택하는 이들의 심리 저변에는 그런 어린애 같은 마음이 도사리고 있는지도 모르겠어요.

어느새 날이 밝았습니다. 그사이 비가 그쳤네요. 이제 날이 추워지겠죠. 11월이 되면 수선화와 튤립 구근을 마당에 조금만 심어볼 생각입니다. 봄꽃이 피기 전에 수선화랑 튤립 순이 먼저 올라온다고 하니 그날을 기약하면서요. 훈아 씨에게서 고단샤의 『군상』지에 연재소설을 쓰기 시작했다는 소식 들었습니다. 모쪼록 원하시는 대로 작품이 쓰여지길 바랍니다.

2006. 10. 23. 아침
서울에서 신경숙 드림

차가운 밤비가 이어지고

지난달의 신경숙 씨 '우울증'이 전염되었는지, 저도 요즘 우울한 날들을 보내고 있습니다. 겨울 문턱에 들어선 차가운 계절 탓도 있겠지만, 연일 보도되는 아이들의 자살 또한 커다란 이유입니다.

어제 신문에는 열네 살 소년의 자살이 두 건 보도되었습니다. 그저께는 여고생이 자살을 했어요. 학교에서의 '이지메'를 견디지 못해 자살하겠다는 편지가 문부과학대신 앞으로 날아들고, 어머니가 자기 아이를 죽이는 사건보도를 보고 있자면 정말이지 헤어나기 힘든 기분이 됩니다.

문부과학대신 앞으로 배달된 30여 통의 '자살 예고' 편지 중에는 악질적인 장난도 있다고 합니다(어제는 장난 메일을 보낸 중년 여성이 체포되었습니다. 어쩌다 그런 일을 하게 되었을까요?). 지금이 비정상인 사태인 것만은 틀림없는 것 같습니다. 만

일 그 편지들이 '진짜'라면 그대로 넘어가선 안 되겠지요.

지난달 편지에 신경숙 씨는 자신의 죽음을 복수의 방법으로 택하는 이들의 심리 저변에는 부모의 관심을 끌고 싶어 하는 어린애 같은 마음이 도사리고 있는지도 모르겠다고 하셨지요. 분명 자살을 생각하는 아이들이 자기 주변 사람들에게 할 수 있는 유일하고 결정적인 복수는 스스로 목숨을 끊는 것이고, 자신을 짓누르던 모든 마이너스적 요소가 자살로 인해 단번에 플러스화된다고 여기는지도 모르겠습니다. 부모와 학교 아이들이 눈물을 흘리며 진심으로 자기를 괴롭혔던 걸 후회할 거라 기대하는 것도 당연하겠지요. 꽃과 과일 등으로 장식한 가운데 죽은 사람을 모셔둔 장례식은, 누가 뭐래도 아름다워 보이는 '의식'입니다. 죽은 사람을 나쁘게 말하는 사람은 없지요. 자살을 생각하는 아이들에게 그런 '장례식'에 대한 기대마저 작용하는 걸까요.

'행복'이란 것이 상품화되어버린 이 시대에, 아이들은 늘 '행복'하지 않으면 뭔가가 잘못된 것 같은 마음이 들지도 모르겠습니다. 텔레비전을 보아도 거기에는 '행복'이 차고 넘치지요. 건강하고 밝고 풍요로운 삶을 누리라고 우리를 협박하는 것 같은 광고들뿐입니다. 소비사회란 '행복'을 매뉴얼화 해가는 것 같아요. 이렇게 하면 당신은 반드시 '행복'해집니다. 거기에 '행복'이 있는데, 그래도 '행복'해지려 하지 않는 '불행'한 당신은 살아 있을 자격이 없다!고 말이지요.

새삼 '행복'이란 무엇인지, '불행'하다는 것이 그렇게 잘못된 것인지 생각하게 됩니다. 그때 나는 정말 '행복했다'고 할 수 있을 때가 언제였을까, 새삼 지나온 시간들을 되돌아보았습니다. 하지만 의외로 생각이 나질 않는군요.

어린 시절, 그저 철없이 뛰놀던 때. 하지만 그것은 '행복'이란 개념과는 다른 것 같아요. 아이가 태어났을 때도 '행복'을 느낄 만한 여유가 없었습니다. 연애는 오히려 불안과 고통의 연속이지요.

초등학교를 졸업하던 봄, 창밖으로 활짝 핀 복숭아꽃을 넋을 잃고 바라보던 따뜻하고 조용한 오후, 그때는 '행복했다' 할 수 있을 것 같습니다.

혹은 일고여덟 살 무렵, 뜰에 핀 노란 금작화(Scotch broom, 양골담초)의 아름다움에 처음 눈을 떠, 그 노란색에 빠질 것만 같았을 때.

아무것도 아닌 그런 순간들, '행복'은 무심코 지나가고 맙니다.

중학생 때, 처음으로 미국에서 발간된 가정잡지를 보게 되었는데, 넘기는 책장마다 '행복'이 담겨 있는 것 같았습니다. 저의 실생활과는 너무도 달랐어요. 오빠가 세상을 떠나고 얼마 되지 않던 때라, 어머니는 늘 상중인 얼굴로 입을 다물고 있었습니다. 새까만 머리에 앙상하게 마른 중년 여인인 어머니는 워낙이 칙칙한 색의 기모노만 입고 계셨어요. 미국 잡지에서 본 커다란 냉장고와 오븐이 있는 밝은 부엌은 그야말로 '행복'하게 빛났습니다.

한눈에도 영양상태가 좋아 보이는 백인 가족들. '행복'은 이런 거겠지, 하고 넋을 잃고 보았습니다.

이제 와 생각하면 어처구니없는 믿음이지요. 하지만 당시 많은 일본인들은 미국인들의 생활에서 '행복'을 찾았습니다. 그리고 몇십 년이 지난 지금, 일본인들의 생활도 미국을 따라잡게 되었습니다. 하지만 여전히 '행복'은 어디에도 보이질 않습니다. 텔레비전이나 잡지 등에서는 여전히 앞다투어 '행복'을 팔고 있지요. 보다 아름답고, 보다 즐겁고, 보다 쾌적하게.

'불행'을 눈엣가시처럼 여기는 이러한 사회는, '행복'에 다다르지 못한 평범한 사람들을 살기 힘들게 할 뿐이지요. 그렇지만 인간이 살아 있는 한 '불행'은 반드시 따라다니기 마련이며, 소중히 받아들여야 하는 것이라 생각됩니다. 한 사람 한 사람의 개성은 그러한 '불행'이 만들어내고 길러온 결과의 산물이 아닐까요. 그렇지 않다면, 모두가 똑같이 상품화된 '행복'한 얼굴을 한, 왠지 섬뜩한 사회가 되지 않을까요.

애써 가꾸신 밭이 하룻밤의 폭풍우로 쑥대밭이 되어도, 묵묵히 다시 씨를 뿌리는 반복되는 작업에 결코 싫증을 내거나 불평하신 적이 없으셨다는 신경숙 씨 어머님의 이야기를 떠올립니다. 농사를 짓는다는 것이 어떤 것인지를 모르는 저 같은 사람은 그저 얼마나 힘들고 원망스러울까, 하는 상상을 합니다. 하지만 폭풍우로 밭이 엉망이 될 때마다 농민들이 절망하고 자살한다면, 그야말로 목숨이 몇 개라도 모자라겠지요.

저는 아버지가 자살이란 방법으로 죽음을 택한 탓에, 이 말에 아무래도 민감하게 반응하는 경향이 있습니다. 아버지가 정말로 자살했다 할 수 있을까 확신을 갖지 못해, 제 안에서는 아직도 보류상태입니다만, 주변 사람들은 모두 쉽게 '자살'로 결정짓지요. '자살'이라고밖에 할 수 없는 방법이었는지는 모르지만, 그런 간단한 단어로 정리되는 것이 싫은 건지도 모르겠어요.

그런 아버지의 죽음 때문인지, 죽음이라는 것을 매우 가까이 느끼던 시절이 있었습니다.

초등학교 때, 학교 옥상에 올라가 밑을 내려다보다 지금 여기서 뛰어내리면 분명히 죽을 거야, 죽는 건 이렇게 간단한 일이구나, 하고 너무도 쉽게 죽을 수 있다는 사실에 놀랐어요. 3층짜리 교사였지만, 어린아이 눈에는 무척이나 높아 보였습니다. 옥상 주변에는 철조망이 둘러쳐져 있었지만, 그런 철조망을 넘는 건 간단한 일이지요. 살아 있는 제 자신과 죽음 사이에 튼튼한 방어벽 따윈 존재하지 않는다는 사실을 처음으로 깨달았습니다.

옥상에서 떨어지는 건 전혀 어려운 일이 아니다, 그렇다면 죽어볼까, 하는 생각이 들었습니다. 하지만 정작 뛰어내리려니 두려운 마음에 철조망을 넘지는 못했어요. 내가 겁쟁이 같아 부끄러운 생각도 들었습니다. 하지만 열 살짜리 제가 정말로 죽고 싶었던 것은 아니에요. 그저 순간적으로 '삶'의 영역에서 '죽음'의 영역으로 옮겨가는 체험을 해보고 싶었던 것뿐이에요.

아이들은 어른들이 생각하는 것보다 훨씬 '죽음'에 친근한 부분이 있는 것 같습니다. '삶'과 '죽음'에 대한 구별이 분명치 않다고 하면 될까요. 어른들 같은 '삶'에 대한 집착도 자라기 전이지요. 때문에 '죽음'에 대한 두려움도 막연하구요. 하지만 보통의 경우(저처럼), 살아 있는 것들의 본능처럼 '죽음'을 피하려 하겠지요.

지금 아이들에게는 '이지메'라 불리는 학교에서의 집단적 차별이 심각한 문제라고 합니다. '차별' 문제는 어느 때나 존재했겠지요. 다만 최근에는 그 '차별의식'을 다 함께 공유하지 않으면 자기가 '차별' 받게 된다는 두려움에, 모든 아이들이 부화뇌동해 한 아이의 '이지메'에 가담하고, '이지메'의 대상이 된 아이는 자살을 하고 맙니다.

실제로는 어떤 상황에서 이러한 일들이 벌어지는지 저로서는 알 수가 없습니다. 자살에 이르기까지는 그밖에도 여러 요인이 있는지도 모르고, 학교 내에서 자행되는 '이지메'의 실체는 여전히 공개되지 않고 있어요. '약한 것을 못살게 구는' 현상은 어느 시대에나 있었겠지만. 지금은 메일 등의 정보수단이 더해지면서 그 방법이 더 잔혹해진 것인지, 아니면 '행복'이란 이미지가 넘치는 사회에서 아이들이 느끼는 '불행'이 감당하기 힘들 만큼 커진 걸까요.

일본에서 자살하는 사람들이 정말로 늘고 있는지 마음에 걸려 인터넷에서 찾아보았습니다. 자살이 '유행했다'던 전쟁 전보다

두 배나 되는 숫자였습니다. 일본이 세계에서 세 번째로 자살률이 높다는 사실에도 놀랐습니다. 실제로는 아이들의 자살비율이 높지 않다고는 하나, 이 또한 두 배로 늘었다고 생각해야겠지요. 제가 본 그래프에 의하면 한국인들의 자살률도 급증하고 있는 것 같았어요. 우리는 사회적으로 같은 문제를 안고 있는지 모르겠습니다.

전쟁 전에는 청년들의 자살이 많았는데, 이는 낭만적인 죽음을 갈구한 데 큰 원인이 있었다고 합니다. 이 세상에서 이루지 못한 사랑을 다음 세상에서 맺고자 하는 남녀(여자가 기생이었다던가 하는 신분의 차이 등)의 자살이 신문을 떠들썩하게 했던 것 같아요. 이제는 '젊은 베르테르'처럼 사랑 때문에 홀로 괴로워하다 목숨을 끊는 젊은이나 철학적인 고민으로 죽음을 택하는 인텔리 청년은 그다지 없을 겁니다. 그렇다고 인간 그 자체가 얼마나 변했을까, 하는 생각도 듭니다만.

어느 시대, 어떤 사회에도 자살은 존재합니다. 작년에 부여에 갔을 때, 신라군의 침략으로 백제의 삼천궁녀가 강에 뛰어들었다는 커다란 바위를 본 적이 있어요. 아무리 그래도 3천 명은 너무했다. 실은 3백 명 정도가 아니었을까, 함께 간 지인들끼리 농담을 하기도 했지요.

그런 죽음까지 포함한다면, 너무도 많은 사람들이 인류역사와 함께 자살을 계속하고 있는 것이 됩니다.

예전에 덴마크의 친구 집에서 머물고 있었는데, 친구가 알고 지내는 여성작가가 자기 집 베란다에서 투신자살하는 소동이 벌어져 충격에 떨었던 일을 잊을 수가 없습니다. 친구가 우울한 얼굴로 말했지요. 덴마크와 같은 고도의 복지사회는 사람들의 살고자 하는 욕구와 일하려는 의욕을 앗아가 자살에 이르게 하는 경우가 많다고요. 출산은 무료, 학교 교육 역시 전혀 돈이 들지 않고, 질병이나 노후에 대한 걱정도 없지요. 그렇지만 건강하게 일하는 동안에는 수입의 절반 정도를 세금으로 내야 하기 때문에 악착같이 일할 필요를 못 느낀다는 거예요. 저금할 필요도 없지만 현실적으로 불가능하기도 한 고도의 복지사회는 인간의 생산능력을 현저히 떨어뜨리는데, 이는 문학에 있어서도 예외가 아니라더군요. 15년 전의 이야기니 그 후 덴마크에도 변화가 있었는지 모르지요.

일본인은 일본의 사회복지제도를 기대할 수 없기 때문에, 불평을 토로하면서도 고생스럽게 자기 힘으로 아이들 교육비를 감당하고, 병들었을 때를 대비해 보험에 들고, 노후를 위한 저축도 합니다. 당연히 그로 인한 불평등도 생겨나지요. 하지만 이러한 '장애'나 '고생'이 있어야 비로소 살아갈 의욕과 보람을 느끼게 된다는군요. 그래, 사람들에겐 그런 면도 있지, 하는 생각도 하게 됩니다.

인간이란 정말이지 얼마나 모순된 존재인지요. 그러니 '행복'의 정의 또한 쉽게 내릴 수 있는 것이 아니지요.

지난달 편지에 신경숙 씨는 누군가의 죽음을 바란 적은 없는 것 같다, 고 쓰셨지요. 누구나 한 번쯤은 누군가의 죽음을 바라지 않았을까요, 하는 제 편지에 대한 답변이셨어요. 저 또한 구체적으로 누군가의 '살인 계획'을 세운 적도, 죽기를 바라는 '저주'를 내린 적은 없어요. 어머나, 신경숙 씨가 그렇게 생각한 건 아닐까, 하고 웃고 말았습니다.

제가 이야기하고 싶었던 것은, 특정한 사람들에게 계속해서 심하게 골치를 앓다보면, 아, 어디론가 사라져버리면 좋을 텐데, 하는 생각을 할 때도 있다는 정도였어요. 하지만 정말로 살인을 범한 사람들의 경우도, 애초에는 그 정도의 소망이었던 것이 어떤 구체적인 계기로 인해 돌발적으로 터무니없는 일을 벌이고 말았다고 뒤늦게 깨닫지 않을까요. '살인'이나 '자살'도, 우리들이 무사히 보내는 오늘의 생활과 그저 종이 한 장 차이가 아닐까요.

제 자신이 오늘도 이렇게 무사히 살아 있다는 것이 기적처럼 느껴집니다. 왜 내가 살아 있는지, 아무리 그 의미를 생각해봐도 대답을 찾을 수가 없습니다. 아들이 세상을 떠났을 때, 인간은 누구도 죽음을 면할 수 없다는 것과 길고 짧은 목숨 또한 천 년, 오천 년이란 단위로 생각해보면, 갓난아기로 죽든 아흔이 되어 죽든, 결국은 마찬가지란 생각을 한 적이 있습니다. 아들을 잃은 후에도 살아 있다는 것은 참으로 고통스러운 일이었습니다. 그렇지만 언젠가는 죽을 목숨, 의미를 알 수 없으나 그때까지는 이 세상에서 살아갈 '의무' 같은 것이 있지 않을까, 내 맘대로 죽을 수는 없는 일이라 생각했지요.

그리고 20여 년이 지났습니다. 내가 살아 있는 의미를 모르기는 지금도 마찬가지입니다. 그렇지만 일단은 살아가고 있습니다. 신경숙 씨 어머님과 같이 포기하거나 실망하지 않고, '무엇인가'를 위해 변변치 못한 소설을 쓰면서요.

오늘 밤도 우울하고 차가운 비가 내리고 있습니다. 그러고 보니 작년 겨울은 무척이나 눈이 많은 해였습니다. 눈 피해가 너무 커서 북쪽지방으로 설경을 보러 갈 생각은 할 수도 없었어요. 올 겨울은 어떨까요.

감기 조심하시기 바랍니다.

11월 21일 새벽 세 시 도쿄에서

츠시마 유코

소박한 교류들

저녁참에 윗집에 사는 후배가 커다란 감을 한 바구니 건네주고 갔습니다. 시골에 사는 외할머니네 마당에서 딴 감이랍니다. 감이 주먹만 합니다. 홍시가 될 때를 기다려야 하긴 해도 잘생긴 감을 한 상자나 받아서 부엌 식탁 위에 올려놓고 보니 갑자기 부자가 된 것 같군요.

그동안 잘 지내셨는지요?

하루하루가 너무 쏜살같이 가버리는군요. 아침인가 하면 밤이고, 밤인가 하면 벌써 아침이 와 있어요. 서울의 가을 또한 눈 깜짝할 사이에 지나가버리고 이제 아침저녁으로 겨울 날씨를 느낍니다. 나만 느끼는 것인지는 모르겠는데 서울의 올가을은 단풍이 좋지 않은 것 같아요. 어느 날 거리에서 노랗게 물든 은행잎이나 북한산 자락의 붉은 단풍이 가을임을 실감시키곤 했는데 올해는 나뭇잎들이 제 색깔을 못 내고 우중충했어요. 이제 겨울 초입에 이르렀으니 더 이상 물들지도 않겠지요.

살아 있다는 것은 곧 다른 모양으로 변화된다는 뜻이기도 하겠지요. 지난 봄날 애기 손톱만 하게 돋아났던 나뭇잎들이 지금 저렇게 낙엽이 된 여정처럼요. 며칠 전에 갑자기 찬바람이 불고 첫눈 비슷한 것이 내렸어요. 아침에 나가보니 화분의 꽃들이 죄다 사그라들었더군요. 간신히 붙들고 있는 숨이긴 했어요. 생명이 가을까지였으니까요. 그래도 단숨에 사그라져버린 모습을 보자니 좀 먹먹하더군요.

태어나서 살고 죽는 사이의 가장 찬란한 순간.

별의별 것들을 다 만들어내는 인간이라 해도 찬란한 순간이 지나가는 것을 막아볼 도리는 없나봅니다. 예술이라는 이름으로 글로 쓰고 그리고 노래하고 연주하면서 기억해두려고 하는 인간의 욕망은 지나가는 것을 붙잡아놓을 수 없다는 것을 알기 때문이겠지요. 글쓰기 또한 어쩌면 이와 같은 허무와의 격렬한 싸움인지도 모르겠습니다.

지난번 편지에 4년 전에 원주의 토지문화관에서 있었던 한일 문학심포지엄 때 한국에 왔던 때 이야기를 읽고 저도 잠깐 옛 생각에 잠겼습니다. 정말 그때 무척 추웠지요. 주최 측에서 토지문화관 야외에 정성들여 차려놓은 음식들을 손이 곱아 먹을 수 없을 정도로요. 겨울은 아니고 늦가을인데도 그랬지요. 그때 나는 사정이 있어 원주에서 하룻밤에 머물지 못했지요. 양 나라 작가들이 모두 강릉 해안으로들 간다고 하는 얘기만 들었지요. 아마 그 길에 김장하려고 밭에 산더미같이 쌓아놓은 배추를 본 모양이 군요. 그 많은 양의 배추에 깜짝 놀라셨다는 글을 읽고 막 웃었습니다. 늦가을의 한국 농촌에서는 흔하게 볼 수 있는 풍경이에요. 아마 지금도 밭에 김장하려고 뽑아놓은 배추들이 산더미만큼 쌓여 있을 겁니다. 김장철을 앞둔 우리에겐 친숙한 풍경입니다만 다른 나라 사람들은 높다랗게 쌓여 있는 배추나 무를 보고 놀랐을 것 같네요. 그 양이 어마어마하잖아요.

한국 사람들은 정말 김치를 좋아하지요. 김치의 종류도 한국 사람인 제가 다 세지도 못할 만큼 많답니다. 다 똑같이 김치 같지만 지역마다 담그는 솜씨에 따라 맛이 다르지요. 전라도 김치엔 젓갈이 풍성하게 들어가는가 하면 서울 김치는 젓갈을 거의 넣지 않거나 아주 조금만 사용하죠. 발효기간에 따라서 맛도 천차만별이라 사실 한국 김치맛을 다 보려면 한두 번 밥을 먹는 거로는 턱도 없어요.

사시사철 김치 없이는 밥을 못 먹는 이들이 한국 사람입니다. 한 해 중에서 이맘때쯤이면 겨울 동안 먹을 김치를 한꺼번에 담근답니다. 그걸 김장이라고 해요. 어렸을 때 우리 집은 보통 김장을 배추 백오십 포기 정도 했답니다. 배추김치뿐 아니라 무김치며 동치미까지 합하면 그보다 훨씬 더 많겠지요. 그러니 김장할 때의 풍경이 얼마나 분주했겠어요. 어른이고 아이고 할 것 없이 식구들이 다 동원되고도 모자라 다른 손을 빌려야 했죠. 우리말에 '품앗이' 라는 말이 있습니다. '품' 이 가지고 있는 뜻은 어떤 일을 하는 데 들어가는 힘입니다. '품앗이' 는 어떤 힘든 일을 서로 거들어주는 걸 뜻합니다. 서로의 일을 돌아가면서 해주는 것을 '품' 을 갚는다고 하죠.

우리 집은 고모네와 작은어머니들이 근처에 살아서 모두들 오셔서 도와주셨습니다. 물론 고모네나 작은어머니네가 김장을 할 때면 어머니가 가서 또 함께 하셨죠. 이렇게 '품앗이' 를 하지 않으면 김장을 못할 정도로 한 집에서 겨울나기를 위해 담그는 김치의 양이 많았어요. 밭에 심어진 배추며 무를 뽑고 다듬어 소금에 절이는 것만으로도 큰일이었어요. 소금에 절여진 배추를 리어카에 싣고 도랑에 나가 씻는 일도 한나절은 족히 걸렸어요. 김치에 들어가는 양념도 열 가지가 넘어서 그걸 다듬고 찧고 썰고 하는 일도 하루 가지곤 모자라죠.

그 많은 김치들을 다 먹느냐고요? 네. 다 먹어요. 다 먹으면 봄이 오죠. 처음엔 생김치였던 것이 점점 익어가며 맛을 더해가지요. 겨울이 가고 봄이 올 무렵이면 신맛이 나요. 나는 금방 담은 생김치도 좋아하지만 오래 묵은 신 김치를 더 좋아한답니다. 신 김치로 김치찌개를 해도 맛있고 싱겁게 끓인 된장국에 밥을 말아서 신 김치를 얹어 먹는 것도 좋아해요.

이렇듯 겨우살이에 앞서 김장을 하는 일이 어느 집이나 큰일 중의 하나였습니다. 김장을 하고 나면 어머니는 부자가 된 것 같다고 하셨지요. 겨우내 먹을 김치를 실컷 저장해놓았으니 그런 기분도 드셨겠지요. 그래서 예전의 한국 주부들은 늦가을에 김 장해서 항아리에 담아 땅에 묻어놓고, 연탄을 가득 창고에 들여 놓고, 쌀을 쌀독에 가득 채워놓는 것이 겨울 준비였어요. 세 가 지를 다 해놓고 나면 이제 겨울 날 일만 남았구나, 싶어 마음에 여유가 생기며 잠시 행복을 느끼기도 했겠죠. 참 소박한 행복이 지요.

하지만 지금의 김장 풍경은 많이 변화했습니다.

물론 아직도 시골 사람들은 김장을 많이 하는 편입니다만 도 시 사람들은 예전처럼 김장을 많이 하지 않습니다. 아예 안 하는 집도 많지요. 그때그때 조금씩 담아 먹기도 하고, 김치를 전문으 로 담가 파는 곳에서 사다 먹기도 하죠. 김장을 한다고 해도 한 열 포기 정도나 할 거예요. 식구들이 예전처럼 다 모여 살지도 않 을 뿐더러 겨울 반찬으로 김치가 반이었던 때는 이제 지나갔으니 까요. 나 같은 경우에는 시골의 어머니께서 김장을 해서 부쳐주 십니다. 지난해 겨울에 츠시마 님이 우리 집에 오셨을 때 식탁에 올라왔던 김치도 어머니가 보내주신 김장김치였어요. 어머니는 손이 크셔서 아주 많이 보내주십니다. 혼자 사는 친구 몇에게 나 눠주고도 내가 여름이 올 때까지 먹을 양을 보내주십니다. 그러 려니 어머니는 대체 얼마나 많은 김치를 담가야 할까요. 항상 너 무 죄송한 생각에 어머니가 김장을 할 때에 맞춰 시골에 내려가 도와드리기라도 해야 한다고 생각합니다만 한 번도 못 가봤습니다. 염치없이 받아만 먹는답니다. 어머니께서 담가서 보내주시는 김장김치를 받을 때마다 무슨 생각을 하는지 아세요? 어머니가 돌아가시면 누가 김장을 해주나…….

올해도 11월이 다 가기 전에 어머니가 애써 담근 김장김치가 시골에서 올라올 겁니다. 김치만이 아니라 청국장과 쌀과 참기름 등속들과 함께 말이죠. 고맙게 받아서 맛있게 먹으면서도 한편으론 좀 씁쓸해요. 늙은 어머니께 김장김치를 얻어먹고 지내는 한 나는 어머니에게서 독립하지 못할 거란 생각이 들거든요.

츠시마 님.

편지를 쓰다가 옷을 껴입고 나가 동네를 한 바퀴 돌았습니다. 밤공기를 좀 쐬고 돌아오면 머릿속이 개운해질까 해서요. 온종일 머리가 지끈지끈 아프군요. 누구나 나 정도의 두통은 다 앓고 사는 줄 알았는데 두통 같은 건 전혀 모르고 지내는 사람들이 있다는 것을 최근에 알았습니다. 두통이 전혀 없는 상태는 어떤 상태일까, 몹시 궁금합니다. 두통을 오래 앓다보니 이제 웬만한 두통은 오래된 친구같이 여기는 지경에 이르렀거든요. 자정이 다 되어가는 밤 골목을 걸어다니니 개들이 짖어대더군요. 이 집 개가 짖으면 저 집 개가 짖고 또 그 윗집의 개가 짖고 어찌나 시끄러운지 민망해서 좀 더 버티려다가 들어왔습니다. 찬바람 속을 걸어다녔더니 두통이 한결 가라앉았네요.

지난번 편지에 언급하셨던 「디어 평양」이란 영화가 몹시 궁금하군요. 편지에 써주신 내용을 보니 한 가족 안에 한국의 비극적인 역사가 모두 들어 있더군요. 일본에서 태어나 자란 여성이 만들었다니 그 시선이 어떤지도 궁금합니다. 자신이 직접 내레이터로 등장한다지요? 츠시마 님의 「디어 평양」의 감상과 함께 북한에 대한 소회를 적은 글을 읽고 많이 부끄러웠습니다. 한국 사람인 나보다도 북한에서 살고 있는 사람들의 인권문제에 대한 츠시마 님의 진심이 전해졌습니다. 매번 느끼는 바이지만 일본인을 떠나 인간으로서 정직하게 모든 상황을 객관적으로 응시하는 츠시마 님의 관점이 존경스럽습니다. 역사적으로 무수한 의미가 부여되는 장소라고 해도 한 개인에겐 체제 때문에 혹은 전쟁 때문에 이산이 된 가족이 살고 있는 장소로만 기억되기도 하지요. 「디어 평양」에서 평양이란 곳은 과연 어떤 모습일는지요.

일주일 전쯤 한국의 고려대학교 일문학 연구센터 등에서 주최한 한일작가심포지엄이 있었습니다. 일본에서 시마다 마사히코 씨와 기리노 나쓰오 씨가 왔어요. 시마다 마사히코 씨야 익히 알고 있었지만 기리노 나쓰오 씨는 처음 만났어요. 일본 여성의 모습이라기보다는 오히려 스페인풍의 외모를 지닌 분이더군요. 플라멩코를 추는 무희 같은 강렬한 모습이었어요. 한국에서는 나와 구효서 소설가가 참석했었습니다. '문학의 새 지평—기억. 경계. 미디어'라는 제목이라 좀 지루할지도 모른다고 생각했는데 네 시간이 금방 가버리더군요.

시마다 마사히코 씨는 '언어를 배운다는 것'이라는 제목으로 발제를 했어요. "문학은 개개인이 살아가기 위한 지혜의 축적임과 동시에 인류의 어리석음에 대한 연구이기도 하다."면서 "그런 의미로 문학은 실학"이라고 했습니다. 더불어 일본어를 바탕으로 글을 쓰지만 시베리아의 오지에 살고 있는 사람들이나 사막에 살고 있는 유목민한테도 자신의 말이 통하는지를 항상 생각한다고도 했습니다. 마지막에 자작시도 두 편을 낭송했지요. 낭독을 멋지게 했습니다. 중량감이 있는 목소리가 모두를 귀 기울이게 했어요. 심포지엄이 성황리에 끝나서 주최 측에서도 흡족해했습니다. 정치적으로 혼란스러운 때라서인지 이런 작은 교류들이 더욱 소중하게 여겨집니다. 시마다 마사히코 씨를 처음 만난 것도 10년은 지난 것 같은데 여전히 열정적이고 젊고 멋지더군요. 그 자리에 참석한 한국 학생들에게 많은 박수를 받았답니다. 심포지엄이 끝난 후 저녁자리가 길어졌어요. 무르익은 분위기를 깨지 않으려고 먼저 슬쩍 일어났는데 나중에 기리노 나쓰오 씨가 제게 팔찌를 선물로 남겨놓았더군요. 기리노 씨가 내게 전해달라고 부탁한 것을 받아둔 이가 우편으로 부쳐주었습니다. 염주알처럼 생긴 구슬로 엮어진 참 예쁜 팔찌였어요.

츠시마 님.

일본 사람들의 겨울맞이는 어떤지요?

지난번 동경에 갔을 때 느낀 점은 일본 사람들의 일상은 참 다정다감하다는 것이었어요. 계절의 변화에도 민감하고 작은 뜻을 기리는 축제들도 많고 계절에 따라 친구들이나 이웃들과 인사하는 일에도 격식이 있는 것 같았어요. 뭐뭐를 하는 날 같은 의미 있는 날이 매우 많은 것 같았습니다. 한 번은 길을 가다가 나팔꽃만 파는 큰 꽃시장을 만났어요. 일본 사람들이 나팔꽃을 좋아하냐고 물었더니 나팔꽃을 사다가 집을 장식하는 날이 따로 정해져 있는데 마침 그때라고 하더군요. 비단 나팔꽃만은 아니겠죠. 봄이 오면 무엇을 하고 여름이 오면 또 무엇을 하고……. 일상에서 계절의 변화를 표현하는 뭐뭐를 하는 날이 많은데 그걸 열심히 챙겨가며 사는 사람들 같았어요. 그때그때마다 알맞은 것을 즐기는 멋에서 나온 것이겠죠. 그런 일본 사람들이니 특별한 겨울맞이가 있을까? 궁금해지는군요.

몇 년 전 겨울에 지인들과 삿포로에 간 적이 있습니다. 그렇게 눈이 많이 내리는 고장엔 처음 가본 것 같아요. 우리가 갔을 때는 눈축제가 지난 때였는데도 도시 전체가 눈에 덮여 있었습니다. 보도블록이 깔끔하게 눈이 치워져 있는 게 신기했어요. 나중에 알고보니 사람들이 지나다니는 보도블록엔 열선이 깔려 있어 길이 얼지도, 눈 때문에 미끄럽지도 않다고 했어요. 보도블록이 따뜻하다니…… 깜짝 놀랐습니다. 눈이 많이 내리는 곳에서 살다보니 저절로 체득된 방법이겠지요.

여전히 눈이 탐스럽게 내리던 날 우리 일행은 삿포로에서 기차를 타고 오타루라는 곳에 갔었지요. 차창 밖으로 흩날리는 눈송이가 정말 멋졌죠. 뭘 기대하고 갔던 건 아니었는데 마침 오타루의 작은 운하에서 촛불축제가 열리고 있었어요. 마을 사람들이 불이 켜진 작은 초를 하나씩 나눠주어서 우리 일행도 불 켜진 초를 받아들고 걸어다니다가 자기가 놓고 싶은 곳에 놓고 마음속으로 평화를 빌었지요. 어둠이 내려앉은 겨울밤의 운하에 띄워놓은 촛불들이 어찌나 영롱한지 걷다가 뒤돌아보고 또 걷다가 뒤돌아보곤 했던 기억이 또렷이 납니다. 여행길에 그런 축제의 시간에 동참할 수 있었던 우연이 행복했었습니다. 이번 겨울에도 그곳에선 촛불축제가 열리겠지요. 언젠가 기회가 닿으면 그곳에 한 번 더 가보고 싶기도 해요. 자전거를 타거나 아니면 걸어서도 시내를 금방 다 돌아볼 수 있을 것만 같은 작은 시골 마을이었습니다.

츠시마 님.

전쟁을 일으키거나 살인을 하거나 핵무기를 만들기만 하는 것이 인간이라면 당장 숨통이 막혀 우린 질식하겠지요. 다행히도 또 다른 수많은 이들, 우리가 모르는 이 지구상의 어느 마을에서는 가난한 사람들이 서로 가진 것을 나눠 가지고 기쁜 일이 생겨 소박한 축제를 벌이고 봄이 되면 피어나라고 땅에 무언가를 심어두는…… 그런 사람들이 살고 있겠지요.

오늘은 그런 사람들을 더 많이 생각하고 싶네요.

항상 건강하세요.

2006년 11월 21일 서울에서

기도의 장소에서

올 한 해 제 책상 위에는 서울의 대형서점에서 구입한 탁상달력이 놓여 있었습니다. 일본과는 다른 한국의 휴일 때문에 당황한 적도 있었고, 휴일 옆에 적힌 한글을 읽을 수가 없어 이래서야 무슨 달력의 의미가 있나 하는 생각을 하기도 했지요. 그렇지만 이 달력으로 한국에 계신 신경숙 씨와 일본에 있는 저와의 거리가 조금은 줄어든 것 같은 기대 또한 맛볼 수 있었습니다.

우리들의 편지왕래는 이번이 마지막이군요. 너무도 짧은 1년간이었습니다. 정말로 하고 싶었던 이야기에는 접근도 못하고 결국 주변만 맴돌았다는 마음을 떨칠 수가 없습니다만, '정말로 하고 싶었던 이야기'가 무엇이었는지는 제 자신도 잘 모르겠군요.

만약 제가 병이나 사고를 당하거나 혹은 사망할 경우, 신경숙 씨께 너무도 큰 폐를 끼치게 된다는 생각에 자신의 건강상태에 조마조마하며 보낸 1년이기도 했습니다. 이렇게 아무 탈 없이 한

해를 보낼 수 있어 정말 다행스럽습니다. 저는 워낙 걱정이 많은 탓에 젊었을 때부터 신문연재 등을 맞게 되면, 원고를 못 주는 일이 생기면 큰일이란 생각에 늘 상당량의 원고를 미리 써두어야만 했습니다. 그렇다고 절대 꼼꼼한 성격이란 뜻은 아니에요. 서류에 잡지, 벗어놓은 옷 등, 제가 보기에도 한숨이 나올 정도로 엉망진창인 작업실에서 필요한 것들을 찾아내는 '발굴 작업'을 반복하고 있지요.

올 한 해 우리 주변에는 많은 일이 있었습니다. 유감스럽게도 즐거웠던 일은 거의 없었던 것 같군요. 일본 국내만 보아도 사회 전체의 무력감은 더욱 깊어져 이를 계기로 보수적인 정치가 한층 힘을 얻고 있고, 이라크 상태도 아무런 진전이 없는 듯하고, 앞으로 세계가 어떻게 될지 하는 불안은 커질 뿐입니다. 불안이 커지면 인간은 안심할 수 있는 자신의 껍데기 속에 갇혀 있고 싶어 합니다. 오늘의 일본은 자기 '나라'에 매달려 있으면 어떻게든 되겠지 하며, 바깥세계에 대한 관심을 점점 잃어가는 경향이 있습니다. 그로써 자신의 껍데기를 위협하는 '바깥세계'에 대한 적개심도 쉽게 자라게 마련이지요.

요즈음은 신문이나 텔레비전 뉴스를 보고 있자면 금방 두통을 일으키고 맙니다. 젊은 시절 저도 신경숙 씨와 같은 두통을 앓았는데, 두통이 시작되면 자리에 누워야만 했어요. 하지만 지금 앓고 있는 것은 그와는 완전히 종류가 다른 두통이로군요.

이 같은 일본사회지만, 생각지 못한 곳에서 의표를 찌르는 새로운 움직임이 일기도 합니다. 요즘 일본 내에서 연극이 연령층을 불문하고 뜨거운 지지를 받고 있는 것을 예로 들 수 있을까요. 얼마 전 어느 문예지에 실린 노다 히데키〔野田秀樹〕의 희곡을 읽고, 저도 한가닥 희망을 갖기도 했습니다. 무대는 인기배우들에 의해 공연되고 있고, 입장권은 구하기도 힘들 정도라고 합니다.

'극장형 전쟁'의 첫 예였다고 일컬어지는 베트남전쟁을 핵으로 한 희곡인데, 베트남전쟁 이후 지금까지 계속되는 전쟁과 오늘의 일본 상황을 비춰보는 내용이에요. '미라이〔未來〕'에서 온 '인류 감찰관' 타마시이〔魂〕가 프로레슬링 시합에 견주어 '인류의 전쟁'을 실황 중계합니다. 타마시이의 정체는 베트남의 마을 미라이를 단 네 시간 만에 초토화시킨 미군의 공격 속에서 죽은 어머니를 대신해 태어난 '비쇼비쇼(흠뻑 젖은, 후줄근한)'의 여자 아기입니다.

타마시이가 외치지요.

……있었던 일을 없었던 걸로 해선 안 돼. ……좋아, 그렇다면 저 미라이도 없는 거야. 화창한 아침, 네 시간 만에 초토화된 미라이마을이 존재하지 않았다면, 당신들의 미래 또한 존재하지 않아. ……사람들은 늘 돌이킬 수 없는 '힘'을 사용한 뒤에야 '무력'이란 힘이 있다는 것을 알게 되지. 그렇지만 말이다. 미라이에서 온 타마시이가 말한다. 그러니 아직 늦지 않았다. 나의 미래는 절멸했

다. 그러나 당신들의 미래는 아직 화창한 아침에 네 시간 만에 사라지지는 않았다. 그러니…….

그리고 마지막에 타마시이는 사라지고 친구인 프로레슬러가 혼자서 말합니다. "누구 하나 너에 대해 이야기하려 하지 않아. 마치 네가 존재하지 않았던 것처럼. ……인류의 힘이 광기를 더해 더 이상 제지할 수 없는 모습이 되었을 때, 링 아래 부디 너를 꼭 빼닮아 '후줄근한' 타마시이가 모습을 나타내기를."

이런 기도들이 매일 도쿄의 극장에서 관객들에게 전해지고 있습니다. 극장을 찾는 사람들 수는 한정되어 있지요. 그러나 그곳에서는 분명 '인류의 미래'에 대한 기도를 모두가 공감하리라 생각합니다. 같은 기도를 인터넷의 블로그 같은 데 올리는 것이 더 많은 사람들 눈에 뜰지 모릅니다. 그렇지만 비록 적은 수이기는 하나 육체를 통해 뿜어내는 육성을 듣고 그 기도가 더욱 힘을 얻기를 바라는 사람들이 늘고 있습니다.

절대 싸다고 할 수 없는 표를 구입해 추운 겨울날 집을 나와 전철을 타고 극장으로 발길을 옮기는 것만으로도 실은 대단한 수고라 생각합니다. 그것은 소박하나마 축제에 참가하는 것과 같은 기분이겠지요. 유명한 배우들의 공연이기 때문에 관객이 모이는 것뿐이라고 냉소적인 태도를 보이는 사람도 있지만, 극장을 찾는 계기가 그렇더라도 상관없지 않나 싶습니다. 어째서 유명한 배우들이 굳이 그런 어려운 무대에 서서 연기를 하는지 생각하게 됩니다. 연극배우들도 자신의 의지로 무대를 선택할 테니까요. 어떤 상황이든 오로지 돈 때문에 사람들이 움직이지는 않겠지요. 그런 무대에 서서 연기를 하는 배우들, 모여드는 관객에게 저는 큰 희망을 갖지 않을 수가 없군요.

연극은 본래 기도의 장소에서 시작되었다고 합니다. 우리가 쓰는 소설이란 형식은 활자를 매체로 하는 근대의 산물이지만, 그 뿌리에는 연극적 요소가 내포되어 있지요. 요즘은 책을 멀리하는 시대라고들 하지만, 그럼에도 소설을 쓰고자 하는 젊은이들은 늘고 있다고 합니다. 문학이란 분야에 깃들어 있는 연극적 요소를 젊은이들이 깨닫기 시작한 걸까요. 텔레비전이나 인터넷 등의 가상공간에 싫증 난 사람들, 조금씩이기는 하나 시낭송회도 확산되고 있다고 합니다. 저는 원래가 낙관주의자인지도 모르겠습니다. 그리고 문학에 종사하는 사람들 모두가 기본적으로는 낙관주의자인지도 모르겠어요. 그렇지 않고서야 어떻게 소설이니 시니 희곡이니 하는 번거로운 것들을 써서 누군가에게 호소하려 하겠어요.

작품을 쓰는 자체는 홀로 해야 하는 고독한 작업이지만, 소설 또한 희곡과 마찬가지로 이 넓은 세상 속에 계속해서 메시지를 보내는 작업이지요. 얼굴을 볼 수 없는 수많은 사람들을 향한 메시지가 아닌, 어디엔가 분명히 있을 누군가에게 보내는 개인적인 메시지. 부디 내가 전하고자 하는 이야기에 귀를 기울여주세요, 이 주인공들과 잠시 인생의 경험을 함께해주세요, 만약에 작품을 통해 우리가 같은 세계를 느끼고 함께 뭔가 소중한 것을 발견한 다면 서로에게 얼마나 용기가 될까요, 하는 메시지.

지난달 신경숙 씨는 "살아 있다는 것은 곧 다른 모양으로 변화된다는 뜻이기도 하겠지요."라고 쓰셨지요. 그리고 "시간은 무엇이든 소멸시키려고 하고 작가는 언어로 다시 되살려놓는 기나긴 싸움"을 하는 사람인지도 모르겠다고요.

어째서 우리들은 인터넷의 블로그나 휴대전화의 메일 교환만으로 만족하지 못하고 등장인물이 나와 움직이고 생각하는 '이야기'를 원하는지 새삼 생각하게 됩니다. 신경숙 씨가 말씀하신 '긴 싸움'으로 생각하면, 우리는 '희망'을 뺏기지 않기 위한 '무기'를 필요로 하고 있다고도 할 수 있을 것 같군요. 그 무기는 물론 인간이 생각해낼 수 있는 가장 강력한 것이어야겠지요. 그리고 아전인수처럼 들릴지 모르지만, 그것은 결국 사람들이 서로의 생각과 마음을 알기 위해 다듬어온 말을 잇는 것, '이야기'의 시공간이 아닐까요.

아무리 성능이 뛰어난 최신 미사일이라도 파괴할 수 있는 것은 물질뿐입니다. 소중한 것을 잃은 사람들의 슬픔과 애정이 땅 위로 퍼져갑니다. 슬픔을 지탱하는 애정은 노래를 만들고, 기도를 낳고, '이야기'의 요람이 됩니다. 그것은 누구도 파괴시킬 수가 없지요. 인터넷의 블로그나 휴대전화 메일은 대단히 편리하나, 그대로라면 '모든 것을 소멸시키는 시간'에 가담하는 통신수

단에 지나지 않습니다. 시간에 대항하기 위해서는 인간의 끈질긴 상상력이 만들어낸 '이야기'의 시간이 필요하겠지요.

우리는 자전하며 태양의 주위를 도는 지구에 매달려 살고 있습니다. 오래전의 일이지만, 천체망원경으로 지평선에 해가 지는 순간을 보고, 그 속도에 깜짝 놀란 적이 있습니다. 태양이 저렇게도 빠른 속도로 움직이다니, 하고 놀라다 자신의 어리석음을 깨달았어요. 태양이 움직이는 것이 아니라 내가 서 있는 지구가 움직이는 것이지요. 하지만 그 모습은 태양이 자신의 침상으로 정신없이 숨어드는 것처럼만 보였습니다. 그 속도를 생각하면 늘 현기증을 느낍니다. 밤하늘의 별도 북극성을 중심으로 움직이고, 아니지요, 지구가 돌고 있는 것이지요.

우리들 태양계의 중심인 태양도 언젠가는 불타 완전히 사라진다고 합니다. 이는 우리가 알 수 없는 먼 장래의 이야기지만, 그 전에 인류로 인해 지구가 폐허와 같은 혹성이 되고 말지도 모르겠습니다.

우주의 시간으로 보면, 어느 우연한 시기에 지구라는 혹성에 번식한 인류. 그런 존재가 말을 발견해 문자를 만들고, '이야기'를 즐기는 방법을 터득하고, 건물을 짓는 기술을 연마해 도시를 만들고, 자동차와 비행기를 날리고, 원자력과 컴퓨터도 만들어 냈습니다. 물의 흐름을 바꾸고 산을 깎고, 국가란 것을 만들어 전쟁을 반복해왔지요. 옛 사람들이 일으킨 전쟁에 관한 책을 읽다보면, 그때마다 양산되는 엄청난 죽음의 의미를 알 수가 없어 괴롭기만 합니다. 그럼에도 계속해서 아이들이 태어나 인류는 멸망하지 않고, 자연을 파괴하고 전쟁을 일으켜 살육을 계속하고 있지요.

전쟁에는 여성에 대한 능욕이 따라다니게 마련이어서, 여성으로서는 더욱 슬픈 일입니다. 강간이 얼마나 두려운 것인지 저로서는 좀처럼 상상이 되지 않지만, 아마도 여성에게는 최악의 공포와 굴욕이 아닐까 싶습니다. 그러한 강간으로 임신하고 마는 고통에도 노출되어 있지요. 그렇게 태어난 아이를 어머니인 여성이 사랑할 수 있을지, 이 또한 매우 어려운 문제입니다. 그러한 수많은 아이가 전쟁 발발 때마다 태어나, 고단한 삶을 살거나 혹은 세상에 태어나기도 전에 중절수술로 살해당하고 있습니다.

한국과 일본 간에도 일본정부의 '냄새 나는 것에는 뚜껑'이라는 대응방식 때문에 '종군위안부' 문제는 꼬일 대로 꼬인 상태입니다. 일본사회는 불행히도 여성에 관한 일에 대해서는 전혀 상상력을 발휘하지 못하는 것 같아요. 많은 여성들이 전쟁에 휘말린 이상, 그 숫자만큼의 사정이 있을 터이고, 한 사람 한 사람의 고통과 슬픔이 분명히 존재했음에도 그것을 제멋대로 '없었던 일'로 할 권리는 누구에게도 없습니다.

현실은 언제나 혼란스럽고 실체를 알 수 없이 우리를 덮칩니다. 그것을 표현하기란 어려운 일이지요. 때문에 우리는 상상력을 개입시켜, 그 여성들과 아이들이 경험했던 것들을 알아야 할 것입니다. 전쟁이 어떤 것인지에 대해 아는 것은 그러한 상상력의 문제이며, 그 일을 게을리한다면 저 또한 '있었던 일을 없었던 것으로 한다면, 당신들의 미래 또한 없다'고 외치고 싶어집니다.

인간에게 주어진 가장 근본적인 상상력은 어린아이의 세계와 일맥상통하는 놀라움으로 가득 차 있습니다. 이 세상을 있는 그대로 받아들이고, 넋을 놓고 응시하며, 귀를 기울이지요. 거기에는 '순간'의 빛이 있습니다. 순식간에 사라지고 마는 불꽃 같은 '순간'의 빛에, 인간은 일생을 의지해 살아가지요. 인간이란 얼마나 신기한 존재인지요. 산과 같은 온갖 고난과 슬픔을 짊어지고도, 문득 하늘에 떠 있는 구름을 보다 어린 시절에 본 석양에 핑크빛으로 물든 구름을 떠올리고, 단지 그것만으로 위로를 받지요. 저 구름을 타고 싶다, 어떤 느낌일까 하고 상상하지 않을 수 없었던 어린 시절의 자신이, 아직도 내 속에 살아 있다는 것을 깨달으면서요.

아이누문화에서 서사시를 읊는 이야기꾼 '유카라 쿨('노래하는 사람'이란 뜻입니다.)'은 대단히 존경받는 존재입니다. 아직도 세계의 많은 지역에는 이 같은 이야기꾼들이 존경을 받으며 건강하게 살고 있겠지요. 한국과 일본에서 소설을 쓰고 있는 우리 작가들 또한 근대적으로 치장되었지만, 같은 역할을 부여받고 있는지도 모르겠습니다. 서사시의 시작은 '신탁'이었다고 합니다. 기도의 장소에서 연극이 태어나 이야기가 만들어지고, 그렇게 우리들의 '기도'는 지금도 문학이라는 형태로 인류의 미래를 향해 있는 것일까요.

물론 오늘날 우리 사회에서 '작가'는 특별히 존경받거나 하지 않지요. 신의 존재를 의식하지 않게 된 만큼 '이야기'의 내용도 '기도'의 영역에서 멀어져 오락적 세계에 가까워졌습니다. 오락도 인간생활에 없어서는 안 될 요소이지만, 자칫 잊어서는 안 될 것들까지 잊게 하지요. 우리는 마지막 '무기'까지 내놓아서는 안 될 것이며, 또 쉽게 내놓을 수 있는 것도 아니라 생각합니다.

현대도시에서 '작가'로 살아가는 우리들 의식 깊은 곳에는 서사시를 읊었던 이야기꾼의 '유전자'가 깃들어 있는지도 모르겠어요. 주변 사람들의 의식에도 깊고 깊은 우물 같은 것이 있어서, 그곳에서 서사시에 귀를 기울이던 조상의 혼인지 그림자인지가 컴퓨터 앞에 앉아 있는 '작가'에게 무엇인가를 요구하고 있다는 생각을 저는 떨칠 수가 없습니다.

1년 동안 매달 마감일이 다가올 때면 서울에서는 신경숙 씨가 잠시 소설을 쓰던 붓을 놓고(정말 고전적인 표현이군요. 이제는 다시 컴퓨터 앞에 앉아, 라고 써야겠지요.), 이번 달에는 어떤 편지를 쓸까 고민하시겠지 하는 상상을 하면, 나도 이렇게 있어서는 안 되지, 하고 편지를 쓰기 시작했습니다.

신경숙 씨께 보내는 편지이면서 동시에 일본과 한국 독자들께 보내는 편지이기도 했습니다. 매달 배달되는 문예지 『현대문학』

은 슬프게도 한 자도 읽을 수가 없지만, 책상 한쪽에 쌓여 있습니다. 이젠 제법 높은 산이 되었군요.

머지 않은 시일 내 또 만나길 바랍니다. 서울 혹은 도쿄, 아니면 양쪽 모두에서.

1년 동안 신경숙 씨께 늘 격려를 받은 것 같아 무척이나 행복했습니다.

왕복서간이 끝나도 저는 매일같이 인터넷으로 서울의 날씨를 알아보겠지요. 이미 버릇이 되고 말았으니까요. 오늘 밤 서울은 무척이나 추운 것 같군요.

건강하시길.

12월 17일 도쿄에서

츠시마 유코

츠시마 님! 안녕히 계세요

지난밤에 서울에 겨울비가 내렸나봅니다.

새벽에 깨어나 창밖을 내다보니 차가운 비 냄새가 훅 끼쳤습니다. 땅도 젖어 있습니다. 어젯밤에 송년모임이 있어 귀가가 많이 늦었습니다. 술을 마셔서인지 깊은 잠이 들지 않아 뒤척거리다가 빗소리를 들었던 것도 같습니다. 얘기를 많이 한 것도 아닌데 목이 좀 부은 것도 같고 머리가 무겁기도 합니다. 술을 마셔서가 아니라 사람들을 많이 만나고 온 날이면 편한 잠을 이루기가 힘듭니다. 잔상이 남아서겠죠. 오랜만에 만난 누군가에게 제대로 인사도 못 나눈 아쉬움부터, 함께 나눈 얘기들이 남긴 뒤끝, 사소한 실수와 새로운 발견들이 잠자리까지 따라붙습니다. 어느 때는 연장선상으로 꿈도 꾸지요.

이제야 내가 젊은 작가가 아니다라는 생각이 듭니다. 언제부턴가 문인들이 모이는 자리에 가보면 반은 모르는 얼굴입니다.

신인작가들이 그만큼 늘어났다는 얘기겠지요. 누가 인사를 시켜주지 않으면 같은 공간에 있으면서도 서로 누군지 모른 채 헤어지기도 하지요. 어제는 주최 측에서 그 점을 간파했는지 돌아가며 간단하게 자기소개를 하는 시간이 있었어요. 젊은 작가 중에서도 가장 막내격인 여성작가가 일어서더니 "제가 이 자리에서 가장 막내 같은데요. 이 자리가 끝날 때까지 순수한 척 노력하겠습니다."라고 발랄하게 자기소개를 해 모인 사람들이 한바탕 웃었습니다.

20여 년 전의 나도 그랬겠죠. 스물둘에 등단을 했기 때문에 그 당시 나보다 어린 작가는 없었습니다. 지금이야 이십 대 초반부터 작품활동을 하는 이들이 많이 생겼지만 그때는 거의 없었어요. 어디 가나 막내였지요. 작품활동을 하기 시작한 지 15년이 될 때도 신인작가이며 젊은 작가였습니다. 이제는 누구도 내게 젊은 작가라고 하지 않게 되니 젊은 작가라고 불리는 게 얼마나 좋은 것인지 깨닫습니다.

한국의 젊은 작가들의 작품세계는 매우 다양합니다.

평론가들은 한사코 한 경향으로 새 작가들의 작품세계를 묶어 분석해보려 하지만 내가 보기엔 그들끼리도 너무도 달라서 한데 묶을 수 없습니다. 그만큼 각자 개성이 뚜렷한 다양한 목소리들을 내고 있지요. 굳이 공통점을 찾아내란다면 어떤 심각한 상황도 유머와 재치로 뛰어넘는 것은 기본이고 예전의 문학작품에는 특별히 취급되었던 환상, 만화적 상상력, 국경 너머의 공간이 자연스럽게 등장합니다. 젊은 작가들의 해외체류가 보편화되면서 작품 속 주인공들의 생활공간도 세계적이 되었지요. 이제 국경이란 불필요한 것이지 않나 싶을 정도입니다. 남녀의 성별 또한 굳이 내세우지 않아 작품을 다 읽을 때까지 여자인지 남자인지 모르는 경우도 있답니다. 작품을 읽으면서 주인공이 여자인지 남자인지를 끝까지 찾아내려고 하는 나를 발견할 때나, 그러니까 이 주인공이 살고 있는 나라가 어디지? 라는 의문을 해결하려고 할 때, 해독의 불가능을 위해 해체시켜놓은 장면에서 서사의 개연성을 찾으려 들 때, 물리적으로가 아니라 진짜 내가 젊은 작가가 아니라는 쓸쓸한 생각을 합니다.

츠시마 님.

12월의 도쿄 풍경은 어떤지 듣고 싶었는데 이게 마지막 편지군요.

신문에 보도되는 자살하는 아이들 소식 때문에 무척 우울한 나날을 보내고 있다고 하셨지요.

한국도 청소년들의 자살이 신문기사에 자주 등장합니다. 일본 아이들과 마찬가지로 여기도 학교 친구들로부터 왕따(이지메)를 견디다 못해 유서를 써놓고 자살하는 아이도 있고 성적이 나쁜 것을 비관하여 아파트에서 뛰어내리는 아이들도 있어요. 통계적으로 볼 때 하루에 열일곱 명 정도가 자살을 한다니 기막힌 일이지요. 자살을 방지하기 위한 예방협회는 한국에도 있습니다.

인터넷을 접속하면 허다하게 자살사이트를 만난다고도 합니다. 그곳에서 자살을 도와줄 사람을 찾거나 같이 자살할 사람을 만나 서넛이 동반자살을 꾀하기도 해서 사회문제가 되곤 하지요. 집단자살을 제안하는 인터넷사이트가 버젓이 존재한다고 하니 현실이 오히려 비현실적이지요. 홍콩에서 영화배우 장국영이 투신자살했을 때 장국영을 따라 죽겠다는 사람도 많았고 실제로 그 후로 장국영처럼 투신자살하는 사람이 늘었다고 하는 걸 보면 새삼 인간이 무엇인가? 생각해보게 됩니다.

츠시마 님의 우울한 편지를 읽으니 얼마간 차이는 있겠으나 일본이나 한국의 사회상황이 비슷하게 여겨집니다. 한국은 가족이 동반자살하는 경우도 꽤 있어요. 얼마 전에도 사십 대 가장이 경제적 어려움 때문에 자신의 아파트에서 아들과 아내를 죽이고 딸과 함께 바다로 뛰어들어 일가족 네 명이 모두 죽었지요. 예를 들자면 끝이 없을 정도로 가족 동반자살이 한국사회에서 심심찮게 벌어집니다. 혼자가 아니라 가족까지 함께하는 이런 동반자살 형태는 혈연주의가 강한 한국의 특성일지도 모르죠. 내가 죽으면 내 가족은 어떻게 먹고사나…… 죽으면서까지 이런 걱정을 하게 되는 가장의 심리는 또 무엇인지요. 왜 그렇게 분리가 되지 않는 걸까요. 내가 자살하기로 했으니 내 가족도 모두…… 이런 개념만이라도 없었으면 좋겠어요. '사회적 살인'에 가까운 자살도 있지요. 살고 싶은 사회환경이라면 자살률은 훨씬 줄겠지요. 노인들의 복지문제나 청소년들의 교육문제가 그래서 더욱 중요하게 느껴지기도 합니다. 완벽한 사회환경을 바랄 수는 없겠으나 죽고 싶을 정도로 우울해서도 곤란하겠지요.

자살에 대한 이야기를 하다보니 내가 지금 쓰고 있는 소설도 결말에는 여주인공이 자살하게 되는 이야기인데 긴장이 되는군요. 앞으로 내 소설 속의 화자는 절대로 자살 같은 건 하지 않게 하겠다고 생각했었어요. 기록에 자살했다고 나와 있으니 그를 따라야 할 것 같은데 벌써부터 마음이 무겁습니다. 문학작품 속에 등장하는 자살이 혹 죽음을 미화시키는 데 영향을 끼치게 되면 어쩌나, 한편 그런 걱정도 듭니다.

츠시마 님.

그사이 시골의 아버지께서 서울로 오셔서 다리수술을 받았습니다. 그동안 퇴행성관절염을 오래 앓아 늘 다리가 불편하셨지요. 의학기술이 발달해 관절이 퇴화된 그 자리에 인공관절을 집어넣는 수술이었습니다. 아직도 병원생활을 하고 계시지만 수술은 잘되었다고 합니다. 모두들 자기 일상 때문에 병원에 매달려 있을 식구도 없어 간병인을 두었습니다. 식구들이 번갈아가며 병문안을 다니고 있지요. 그런데 수술하고 둘째 날 문제가 생겼어요. 한밤중에 아버지께서 침상에서 벌떡 일어나버리셨지요. 아직 발을 디뎌서는 안 되는데 말이죠. 나중에 왜 그리 일어나셨느냐 물으니 밤중에 깼는데 집도 아닌 데다 낯모르는 사람(간병인)이

저기서 자고 있으니 집에 가야겠다는 생각이 드셨다고 하셨어요.

순간적으로 당신이 관절수술을 했고, 그곳이 병원이라는 것을 잊으신 거지요. 아버지께서는 늙어가시면서 수면장애를 겪고 계십니다. 늘 그런 건 아닌데 마음에 걱정이 쌓이면 아버지의 뇌가 잠을 자지 않는다고 하네요. 아버지 육체는 자는데 뇌는 깨어 있답니다. 어느 때는 주무시다가 벌떡 일어나서 세면장 같은 곳으로 숨기도 하세요. 그러지 마라, 며 옆방에서 자고 있는 사람 귀에 들릴 정도로 소리를 지르는 날도 있지요. 어머니는 그런 아버지 곁에서 십 몇 년의 밤을 보내고 계시지요. 치료를 받아보았으나 아버지의 수면장애는 나아지지 않았어요. 아버지의 수면장애가 심해질 때 물끄러미 아버지 몸속에 쌓여 있는 생에 대한 기억들을 짐작해볼 때가 있습니다. 어린 시절에 이틀 사이로 부모를 잃은 아버지. 낮에는 국군이 밤에는 인민군이 들어오는 마을에서 전쟁을 치러낸 아버지. 고아이면서 종가의 장손으로 살았던 아버지의 인생. 우리 여섯 형제를 키워내는 동안 아버지 마음에 켜켜이 쌓인 것들……. 내가 어찌 그런 것들을 짐작이나 하겠어요. 다만 수면장애가 심하실 때 그러지 마라, 며 겁에 질려 어딘가로 숨으려고 하는 아버지를 보면 고통이 밀려옵니다.

아버지께선 당신 다리수술 때문에 식구들의 일상생활이 뒤죽박죽이 되는 걸 누구보다 싫어하셨습니다. 간병인을 두는 것에 흔쾌히 동의하셨지요. 그러나 아버지 무의식은 그게 아니었나봐요. 낯선 이가 곁에서 자고 있으니 집에 가야겠다고 생각하셨다니 말입니다. 그래서 그 다음 날부터 간병인 대신 식구들이 돌아가며 병원에서 잠을 잤습니다. 병원에 가서 자고 새벽에 집에 들러 세수하고 옷 갈아입고 출근하는 오빠들을 보고 있자니 우리 가족은 왜 이렇게 전근대적일까…… 싶었습니다. 세 오빠 중 둘째는 원주에 살고 있는데 주말에 내려와 아버지와 함께 잤습니다. 아버지께선 아직도 병원에 계십니다. 가장 조심해야 할 때에 바닥을 딛고 벌떡 일어나버리셨기 때문에 후유증을 염려하고 있으나 아직까지는 별일 없이 회복되고 있지요.

앞집은 '천사의 집'이라는 기도원입니다.

손을 씻거나 설거지를 하려고 개수대 앞에 서면 부엌 창을 통해 그 집으로 들어가는 문이 보입니다. 정문은 따로 있고 우리 집 부엌에서 보이는 문은 후문일 거예요. 건물의 덩치에 비해서 문이 아주 작거든요. 여기로 이사 와서 처음 한동안은 무척 당황했습니다. 새벽에 무슨 소리가 들려 귀를 기울여보면 기도하는 소리였어요. 많은 사람들이 같이 기도를 하는지 웅성웅성거리는 것도 같고 어느 때는 누군가 격정적으로 우는 소리도 들렸습니다. 사람의 적응력이란 대단합니다. 그러던 것이 1년이 지나는 사이 익숙해져서 이제는 일부러 들으려고 귀 기울이지 않는 이상 안 들려요.

예전에 터널 입구의 오피스텔에서 1년간 살았던 적이 있는데 처음에 그곳으로 이사를 했을 땐 새벽이면 터널 속을 질주하는 자동차 소리 때문에 자다가 침대에서 떨어지기도 했어요. 몇 개월이 지나니 그 소음이 안 들리더군요. 그때와 비슷해졌다고 느꼈는데 어느 날 새벽에 싸우는 소리가 우리 집까지 쩌렁쩌렁 들렸어요. 너무 오래 싸우더군요. 입에 담지 못할 험악한 욕설을 신새벽부터 계속 듣고 있는 괴로움을 견디다 못해 '천사의 집'이란 간판 아래 쓰여 있는 전화번호를 적어와 번호를 돌렸지요. 싸우는 중인 여자의 허스키한 목소리가 여보세요? 그랬어요. 내가 대뜸 싸우지 좀 마세요, 했더니 안 싸웠다고 하더군요. 싸우다가 전화를 받는 게 틀림없는데 시침 떼고 안 싸웠다고 했어요. 계속 그렇게 욕하고 싸우면 신고하겠어요. 신새벽부터 미안하지도 않아요? 하고선 전화를 끊었더니 조용해지더군요. 가끔 '천사의 집'을 드나드는 앰블런스가 우리 집 대문을 가로막고 서 있을 때도 있어요. 환자들이 실려 나가기도 하고 실려 들어오기도 해요. 그러니까 '천사의 집'이라고 붙어 있는 앞집은 몸이 아픈 사람들의 요양원인지도 모릅니다. (바로 앞집인데 이리 모호하게 쓰려니 좀 이상하군요.) 엊그제는 부엌에서 포트에 물을 받고 있는데 자꾸 뭐가 반짝반짝거렸어요. 뭐가 저렇게 반짝거리나, 궁금해서 창 쪽으로 가서 자세히 봤어요. '천사의 집' 소속의 봉고차를 운전하는 아저씨가 나무사다리를 대놓고 올라가 좁은 대문 꼭대기에 크리스마스트리를 달고 있더군요. 가끔 새벽에 신문을 주우러 나갔다가 그분이 빗자루로 골목을 쓸고 있는 모습을 봤더랬습니다. 눈이 오면 우리 집 앞까지 다 쓸어놓곤 했어요. 크리스마스트리를 정성껏 달고 있는 아저씨의 뒷모습을 보고 있자니 집 앞에 앰뷸런스가 자주 서 있는 걸 언짢아했던 거, 싸웠기로서니 신고하겠다며 전화질을 했던 거 등등이 미안해지더군요. 그날 이후로 좁은 문 꼭대기에 달린 크리스마스트리가 반짝반짝거리고 있습니다. 부엌 창을 통해 그 반짝거림을 보게 될 때면 나도 모르게 입이 벙긋해져요. 모두에게 평화가 깃들길 바라는 마음도 일렁이고요.

츠시마 님.

편지를 쓰다가 잠깐 슈퍼에 다녀왔습니다. 들어오면서 얼마 전에 마당 흙 속에 수선화와 튤립 구근을 묻어둔 자리를 몇 번 밟아주었습니다. 이 겨울을 잘 견뎌주면 봄소식과 함께 새순이랑 꽃이 올라오겠지요. 오늘 날씨는 진짜 춥군요. 뺨이 얼어붙은 것 같아요. 냉장고에 먹을 게 아무것도 없어서 뭐 좀 사러 갔습니다. 빵가게에 들러 호밀빵도 사고 생선가게에서 생굴이랑 학꽁치랑 동태도 한 마리 샀습니다. 동네 은행 옆에 구두수선 하는 곳이 있는데 오늘은 그 옆에다 할머니 한 분이 좌판을 벌였더군요. 도토리묵이랑 흰 두부며 붉은 팥이며 푸른 상추 등속을 팔고 있기에 상추를 조금만 달랬더니 봉지에 가득 담아주고서 천 원을 부르더군요. 너무나 많이 주셔서 왜 그러시냐 했더니 다 줘버리고 오늘은 그만 집에 들어가려고 그런데요. 너무 춥다고요. 그래서 두부며 도토리묵이며 동짓날에 팥죽을 쑬(과연 쑬지는 의문이지만) 요량으로 팥까지 두 되를 샀습니다. 내가 떨이를 한 셈이에요. 할머니는 신나 하시면서 좌판을 정리하시더니 나를 보고 내일 또 오랍니다. 내일은 찐빵을 만들어 나올 것인데 그거 못 먹어보면 서운할 거라면서요. 약속은 할 수 없다며 혹시 외출을 하게 되면 들르겠다 했더니 그러라고 환하게 웃으셨습니다. 거리에 좌판을 벌여놓고 추워서 떨고 있던 분이 환하게 웃으니 내일 찐빵을 사러 와야겠다는 느낌이 들더군요. 내일이 돼봐야 알겠지만요.

서울의 12월은 이렇게 누군가는 좁은 대문에 크리스마스트리를 매달면서, 또 누군가는 도토리묵을 쑤어 좌판에 내다 팔면서…… 저물어가고 있습니다. 출판사에서 보내준 새 달력을 우편함에서 처음 발견하던 날 마치 못 볼 것을 본 거처럼 새 달력이네, 깜짝 놀란 것이 엊그제 같은데 마음이 울적할 때면 저 산을 올려다봤던 시간들과 함께 그 시간도 쏜살같이 지나가버렸네요.

밤이 되면서 눈이 내리기 시작한 모양입니다. 깜박 잠이 들었는데 밖에 나가 있는 식구가 전화를 해서 눈이 많이 왔다고 일러줘 바깥을 내다보니 함박눈이 펑펑 내리고 있군요. 어젯밤은 비가 내리고 오늘 밤은 눈이 내리는군요. 눈은 진짜 소리 없이 내리는군요. 베란다의 화분 위에 눈이 쌓여 동산을 이루고 있는 걸 보니 내리기 시작한 지 꽤 된 것 같은데 전혀 몰랐습니다. 눈을 맞고 있는 저 화분의 흙 속에도 수선화 뿌리가 묻어져 있습니다. 지금 내 눈에는 어두워서 보이지 않으나 산에도 눈이 내리고 있겠지요. 소나무며 바위 위에 눈이 하얗게 쌓여 있겠습니다. 눈이 온 다음 날이나 눈 내리는 날의 산행은 근사하답니다. 물론 갠 날보다 조심해야 하지만 아이젠을 신으면 미끄럽지도 않고 춥지도 않답니다. 오히려 온몸에 열이 퍼져서 금세 얼굴이 빨개지지요. 산에 올라가서 내려다보면 눈 쌓인 나무들이 그야말로 환한 세상을 이룹니다. 오래 산을 지키고 있는 늙은 소나무들이 팔을 벌리고 서 있는 왕미륵처럼 보이기도 하지요. 갑자기 몸이 들썩거리네요. 그러고 보니 산을 저기에 두고 올라가보지 않은 지도 꽤 되었다는 생각. 내일 아침에 등산화를 신고 아이젠을 신고 얼만큼이라도 가봐야겠어요.

눈이 저리 펑펑 내리고 저는 츠시마 님에게 마지막 편지를 쓰고 있군요.

1년이 지나는 사이 열두 번의 편지를 받았고 열두 번의 답장을 썼습니다. 그런데 이상하네요. 이제부터 무슨 얘기 좀 해보려는데 마지못해 배웅을 하고 있는 기분입니다. 처음 시도해보는 일이라 어떻게 흘러갈지 약간 우려했으나 쓸데없는 걱정이었지요. 무슨 얘기를 하자 서로 약속하지 않았어도 우리들의 얘기는 저절로 흘러나왔습니다. 어느 때는 동경에 계시는 츠시마 님과 서울에 있는 내가 동시에 같은 얘기를 쓰고 있기도 했지요. 그 교감을 어찌 잊겠는지요. 더불어 편지를 한 번씩 받을 때마다 매번 존경심이 보태지곤 했습니다. 훈아 씨가 번역해 보내준 츠시마 님의 편지를 읽고 눈시울이 시큰해졌던 새벽도 있었습니다. 상처로 남아 있을 아드님과 아버지 얘기를 솔직하게 해주신 것도 잊지 못할 것입니다. 글쓰기에 대하여 여성에 대하여 전쟁이나 사형제도 소수자들의 인권문제들에 대해서 써내려간 대목에서는 츠시마 님의 결연한 작가정신을 엿볼 수 있었지요. 일본사회에 대한 츠시마 님의 냉철한 시각은 사사로운 정에 이끌려 객관적인 판단 앞에 자주 난처한 기분에 처하곤 하는 나 자신을 돌아보게 했습니다. 우리들의 서신왕래는 여기서 끝을 맺지만 새로운 관계는 이제 시작되리라 여깁니다. 언제나 츠시마 님의 건강과 건필을 바라는 사람이 서울에도 있다는 것을 잊지 말아주세요.

츠시마 님, 안녕히 계세요.

2006. 12. 16.
서울에서 신경숙 드림

일 년 동안의 왕복서간, 그것도 외국의 특정 소설가와 함께 한 것은 내게 새로운 시도였다. 매달 한국의 『현대문학』과 일본의 『스바루』에 동시에 연재되는 발표 형식 또한 처음 하는 경험이었다.

한국은 일본과 가장 가깝고 먼 나라라고들 한다. 신경숙 씨가 한국에서 태어나고 자란 소설가라는 것이 내게는 뜻 깊은 요소였다. 다른 나라 소설가였다면, 이 같은 시도를 할 용기가 쉽게 나지 않았을 것이다. 하지만 그것도 신경숙 씨란 소설가의 매력적인 개성에 이끌린 도정이었다. 문득 뒤를 돌아보면, 신경숙 씨의 뒤에는 한국이, 내 뒤에는 일본이란 나라가 있을 뿐이었다.

신경숙 씨와 한국을 떼어놓고 생각하는 것이 현실적으로는 불가능한 일이라 해도, 지금 이 순간, 소설을 쓰는 신경숙 씨란 여성이 이 지상에 존재한다는 사실을 무엇보다 소중히 여기고 싶었다. 그런 인식 또한 우리가 신기할 정도로 닮아 있던 것을 잊을 수가 없다.

신경숙 씨와의 인연은 이 왕복서간에서도 밝혔듯이, 걸프전이 일어난 해부터 10년간 한해 걸러 양국에서 계속된 일한문학심포지엄에서 시작되었다. 우연히 한 번 만났을 뿐인 작가였다면 아마도 이처럼 편지를 주고받을 수 있는 친근감은 갖지 못했을 것이다.

오랜 시간 동안 서로의 번역된 작품을 읽고, 소설가로서 조금씩 나이를 더해가는 것을 지켜볼 수 있었던, 그런 숙성기간의 결실을 커다란 은혜로 느끼지 않을 수 없다. 풍토와 언어의 차이, '국가'가 안고 있는 많은 벽들을 넘은 '대화'에는 이 은혜로 다져온 튼실한 신뢰감이 필요했다.

왕복서간이란 새로운 시도가 끝난 지금, 우리는 서로를 세상 누구보다도 친한 소설가 친구로 느끼지 않을까 생각한다. 같은 여성이란 것을 제외하면, 나이와 문화 무엇 하나 같은 것이 없는 두 사람인데.

이런 두 사람을 이어준 것은 역시 '소설을 쓰는 일'이었음에 틀림없다.

어째서 밭을 일구는 것도, 김치나 단무지를 담구는 것도 제대로 못하는 우리가 소설을 쓰는 걸까. 우리는 그런 당혹스러움을 이 편지를 쓰는 동안 줄곧 공유해왔다는 생각이 든다. 어째서 나는 지금 소설을 쓰는가, 소설에는 어떤 의미가 있는 걸까 하는 물음을. 편지를 주고받는 동안 우리는 어디까지나 '소설가'가 아닌, '앞으로도 소설을 쓰고자 하는 사람'이었다. 그런 입장을 공유할 수 있었던 것은 무엇보다도 소중한 경험이었으며, 그것이 훌륭한 소설가인 신경숙 씨와의 '대화'였기에 가능했음을 믿는다.

우리는 여전히 서로의 말로 인사조차 나누지 못한다. 한마디도 안 통하는 상태였기에, 번역을 통한 '대화' 하나하나가 분명한 걸음으로 서로에게 다가갈 수 있었고, 각자의 고유한 목소리를 낼 수 있었다.

개인적인 '대화'였으나, 한국과 일본 독자의 귀를 의식한 '대화'이기도 했다. 그것은 어느 정도 어려움을 동반하기도 했다. 하지만 편지란 형태의 내 말들이 매달 일본 밖으로 뻗어나가는 해방감은 즐거웠다. 일본어를 쓰면서도 뭔가 다른 언어를 사용하는 것 같은 기분을 맛보았다.

우리들의 친구이며 한일, 일한 양국의 번역가인 김훈아 씨가 없었더라면, 이 같은 시도는 실현되지 못했을 것이다. 훈아 씨께 진심 어린 감사를 보낸다.

그리고 10년간 일한문학심포지엄 사무국장으로 수고해준 후지이 히사코 씨께도 감사의 말을 전하고 싶다.

그리고 내게 이런 기회를 마련해 주신 신경숙 씨께 다시 한 번 감사의 마음을 바친다.

정말 고마워요.

2007년 5월 도쿄에서

츠시마 유코

이 년 전, 『외딴방』 일본어 출간으로 동경에 가게 되었다. 초여름이었다고 기억된다. 어느 신문사 기자가 일본에 왔으니 꼭 하고 싶은 일이 무어냐고 물었다. 일본작가와 함께 글을 써보고 싶다고 즉흥적으로 대답한 것이 이 서신 교환이 이루어진 동기가 되었다. 그때 통역을 맡은 김훈아 씨가 그 말을 새겨들었던가 보았다. 서울로 돌아온 후 어느 날 츠시마 선생과 서신 교환을 해보면 어떨까? 물었다. 츠시마 선생이라면 너무 좋지! 내게는 망설일 이유가 없었다. 나는 『현대문학』에 도움을 청했고 일본에서는 월간 문예지 『스바루』가 지면을 내었다. 내가 서울의 북한산을 바라보며 살고 있다는 것, 츠시마 선생이 동경의 우물이 남아 있는 집에서 살고 있다는 것에서 서신 교환 제목을 『산이 있는 집, 우물이 있는 집』으로 정했다. 그리고 동경과 서울을 사이에 두고 일 년 동안 서신이 열두 번 오고 갔다. 이 책이 그 결실이다.

십여 년 전 일본 시마네 현에서 열린 한일작가심포지엄에서 츠시마 선생을 처음 만났다. 언어가 달라 서로 깊은 얘기는 나누

지 못했지만 우리는 서로를 좋아하고 있었다. '서로'라고 써놓으
니 내가 츠시마 선생 마음을 내 마음대로 표현해놓은 것 같긴 한
데 내 느낌은 그랬다. 담백한 짧은 머리에 빛나는 눈동자를 가진
츠시마 선생이 말씀을 하면 언제 어디서나 귀 기울여 듣고 있는
나를 발견했다. 선생이 일본인이고 내가 한국인이라는 차이를 거
의 느낄 수가 없었다. 우리가 서로 상처 많은 다른 조국을 가졌다
는 것도 실감이 없었다. 심포지엄 때나 혹은 나 홀로 일본에 갔을
때 그는 마다 않고 내 작품을 이야기하는 패널로 나오셨는데 그
때면 내 작품에 대한 선생의 이해가 한국의 어떤 이 못지않게 깊
다는 것에 놀라기도 했다. 마치 어렸을 때 함께 공원에 갔다가 잃
어버린 언니를 세월이 지나 찾은 느낌이랄까. 오래 떨어져 있어
약간 낯설면서도 그 낯설음이 만들어내는 긴장감이 좋아 손을 놓
고 싶지 않은 그런 기분이었다. 심포지엄 때 텍스트로 한국어로
번역된 선생의 작품을 한 편씩밖에 읽지 못하는 조갑증을 느끼고
있을 때 그의 작품집 『나』가 한국에서 출간되었다. 그제서야 나
는 내가 왜 그에게 나도 모르게 그토록 이끌렸는지 알 수 있었다.
대부분 아이누 설화를 현대화시킨 작품들이 수록되어 있는 『나』
는 물속에 잠긴 수몰된 마을의 어느 집에서 울려퍼지는 종소리
같았다. 그가 구사하는 이야기의 세계가 내겐 낯설지 않고 친밀
했다. 분석을 하지 않아도 정서가 먼저 그의 작품을 받아들였다.
어떤 이야기들은 내가 생각하고 있는 이야기, 이미 내가 쓴 이야
기와 메아리처럼 닮아 있는 경우도 있었다.

하지만 『나』는 그의 작품 세계를 통틀어 볼 때 아주 작은 일부분에 지나지 않는다. 그의 작품 세계는 일본현대소설계의 흐름을 관통해 왔을 뿐 아니라, 끊임없이 문제적인 새 작품을 써 내고 있는 현역작가이다. 프랑스를 비롯한 세계 각국에 많은 작품들이 번역되어 있고 중국, 대만, 인도 등의 아시아 작가들과 활발한 교류를 나누고 있는 분이시기도 하다.

츠시마 선생과 서신 교환을 나누는 동안 나는 작가인 게 행복했다.

내가 츠시마 선생보다 열여섯 살 아래였으나 아무런 격의가 없었다. 그만큼 츠시마 선생이 젊고 자유로운 분이라는 뜻이다. 우리는 테마도 정하지 않았으며 무슨 이야기를 쓰자고 서로 약속하지도 않았다. 우리가 느끼는 것이 곧 서울의 느낌이며 동경의 느낌일 것이라는 것에만 의견을 같이했다. 서로 하고 싶은 이야기를 자유롭게 쓰기로 했다. 그런데 우리가 서로 같은 이야기를 하고 있는 때가 빈번했다. 이 서신 교환 덕분에 작가로서, 여성으로서, 공동체적인 인간으로서, 한 개인으로서의 츠시마 선생을 좀 더 세밀히 알게 되었다. 자연스럽게 지난 일 년간의 우리들의 서신 교환은 츠시마 선생과 나 사이의 편지 교환이 아니라 한국과 일본의 편지 교환이 되었다고 생각한다. 일본이라는 울타리에 갇히지 않는 츠시마 선생의 역사관과 소수에 대한 연민과 사랑, 어떤 것도 미화시키지 않고 객관화시켜 바라보고자 하는 문학인으로서의 자세 앞에서 나는 그를 어렴풋이 알고 지낸 십 년간의 친밀감을 너머 존경심을 지니게 되었다. 너무나 솔직하게 가족 이야기를 써주셨을 때 신새벽에 그의 편지를 몇 번이고 되읽으며 눈시울을 적셨던 기억. 일본의 어머니로 대표될 츠시마 선생의 어머니 이야기를 읽으며 역시 한국 어머니들의 삶 중 어느 부분은 대표성을 지닐 내 어머니의 인생을 견주어보기도 했다.

츠시마 선생이 보낸 서신은 나에게만 보낸 서신이 아니라 한국 독자에게 보낸 것이기도 하다. 이제 이 서신을 독자의 품으로 내보낸다. 나 또한 츠시마 선생을 통한 일본 독자에게 보낸 서신이기도 했다. 이 책이 한국과 일본에서 동시에 출간되는 뜻이다. 우리가 이 서신 교환을 통해 서로를 좀 더 깊이 알게 되었듯이 양국의 독자들도 그런 기회를 가졌으면 한다. 당연히 한일작가심포지엄이 없었다면 나는 츠시마 선생을 만나지 못했다. 십여 년 간 한일작가심포지엄을 개최하고 후원해주신 분들께 감사함을 전한다. 정치를 떠나 국경을 넘나드는 이와 같은 크고 작은 소통들이 인간으로서의 우리들의 삶을 좀 더 다양하고 풍요롭게 해 줄 거라고 믿는다.

양국의 월간 문예지 『현대문학』과 『스바루』가 지면을 내주지 않았으면 이 서신 교환은 이루어지지 않았을 것이다. 진심으로 감사드린다. 매달 늦은 편지를 번역해주고 언어가 달라 편집인 역할까지 도맡아 해야 했던 김훈아 씨께도 고마움을 표한다.

그리고 츠시마 선생님!

지난 십일월에 땅에 수선화 구근을 심어뒀다고 말씀드렸죠.

겨울 내내 싹을 틔우고 잎을 내더니 지금은 노란 꽃을 활짝 피웠습니다. 그 못생긴 구근이 추운 겨울을 견디고 저런 황홀한 꽃을 피우다니……. 생명의 아름다움에 새삼 놀랍니다. 선생님과 서신 교환을 하는 동안 내내 내가 소설 쓰는 사람이라는 것에 감사했습니다. 우리가 문학하는 사람들이 아니었으면 국경을 너머 이토록 허물없이 이야기를 나눌 수는 없었겠지요. 서로 다른 언어를 쓰기 때문에 우리에게는 서신이라는 형식과 번역을 통하는 것이 꼭 필요했지만 이 형식은 오히려 같은 언어를 쓰는 사람들끼리는 나눌 수 없는 또 다른 것들을 소통시켰다고 생각합니다. 선생님과의 인연 소중히 간직하겠습니다.

서울에 제가 있다는 것을 잊지 말아주세요.

2007년 5월 서울에서

신경숙

옮긴이_**김훈아**

성신여대 일문과 및 동대학원을 졸업하고, 일본 센슈대학에서 박사학위를 취득했다. 저서로
『재일조선인여성문학론』이 있으며, 역서로 『일요일의 석간』 『사랑 후에 오는 것들』 등이 있
다. 현재 일본에 거주하며 한국문학을 일본에 번역·소개하는 일에도 힘쓰고 있다.

산이 있는 집, 우물이 있는 집

지은이	신경숙·츠시마유코
옮긴이	김훈아
펴낸이	양숙진

초판 1쇄 펴낸날   2007년 8월 6일

펴낸곳	㈜**현대문학**
등록번호	제1-452호
주소	137-905 서울시 서초구 잠원동 41-10
전화	516-3770
팩스	516-5433
홈페이지	www.hdmh.co.kr

© 2007 현대문학

값 10,000원

ISBN 978-89-7275-396-4 03810